JONATHAN COE

Mr. Wilder & ich

Roman

Aus dem Englischen von Cathrine Hornung

TransferBibliothek
FolioVerlag

Für Neil Sinyard

London

An einem Wintermorgen vor sieben Jahren nahm ich eine der Rolltreppen, mit denen man im U-Bahnhof Green Park von den Bahnsteigen der Piccadilly Line hinauf zur Straßenebene gelangt. Wer schon einmal mit diesen Rolltreppen gefahren ist, weiß, wie lang sie sind. Die Fahrt von unten nach oben dauert ungefähr eine Minute, und für eine ungeduldig veranlagte Person wie mich ist eine Minute Stillstehen zu lang. Obwohl ich es an jenem Morgen nicht besonders eilig hatte, begann ich nach wenigen Sekunden, die Stufen der Rolltreppe hochzusteigen, vorbei an den Fahrgästen, die auf der rechten Seite Wurzeln geschlagen hatten – und dachte währenddessen bei mir, „Du gehst zwar auf die sechzig zu, hast es aber immer noch drauf, du bist noch fit" –, bis ich nach etwa drei Vierteln des Aufstiegs nicht weiterkam. Rechts stand eine junge Mutter und links ihre Tochter, ein Mädchen von vielleicht sieben oder acht Jahren, das ihre Hand hielt. Es hatte blonde Haare und trug einen roten Regenmantel mit Kapuze, in dem es ein bisschen so aussah wie das kleine Mädchen, das am Anfang von *Wenn die Gondeln Trauer tragen* in einem Teich ertrinkt. (Alles erinnert mich an einen Film, ich kann mir nicht helfen.) Es war nicht genügend Platz, um mich an dem Mädchen vorbeizuschieben, und überhaupt wollte ich diesen schönen Moment der Verbundenheit zwischen Mutter und Kind nicht stören. Daher wartete ich, bis die beiden das obere Ende der Rolltreppe erreichten, und sah zu, wie die Kleine sich zum Absprung bereitmachte. Sogar von hinten merkte ich ihr an, wie sehr sie diesem Moment entgegenfieberte, wie sie den Blick gebannt auf das nunmehr ebene Laufband zu ihren Füßen gerichtet haben musste und mit geballter Anspannung in den winzigen Gliedern und Muskeln auf den richtigen Zeitpunkt lauerte, um dann, als es so weit war, mit einer plötzlichen, ungestümen Bewegung abzuspringen und sicher auf festem Boden zu landen, woraufhin sie, zweifellos erleichtert und beschwingt von der Aktion, zwei kleine Hopser machte und dabei ihre Mutter an der Hand leicht mit nach vorn zog. Und ich glaube, mehr als alles andere müssen es diese Hopser gewesen sein, die mich ins Herz trafen, die mir den Atem verschlugen und dazu führten, dass ich der Mutter und ihrer Tochter mit wehmütigem Staunen hinterherschaute, während sie zusammen weiter zur Ticketschranke gingen. Ich musste an meine eigenen Töchter denken, Francesca und Ariane, die keine Kinder mehr waren, und daran, wie es ihnen mit sieben oder acht Jahren manchmal nicht genügt hatte, einfach nur zu laufen, es musste sich zu gewöhnlich angefühlt haben, zu langweilig, um ihrer unbändigen Freude an der Bewegung, an der aufregenden Neuheit ihrer Beziehung zur physischen Welt Ausdruck zu verleihen, weswegen auch sie manchmal unvermittelt einen Satz oder Hopser machten und mich dabei mit nach vorn zogen, jede an einer Hand, und manchmal machte ich ebenfalls einen Satz, um mit ihnen mitzuhalten und ihnen zu zeigen, dass ich ihre Freude an der Welt teilen konnte, dass mein mittleres Alter sie mir noch nicht ausgetrieben hatte.

Das alles schoss mir durch den Kopf, während ich zusah, wie Mutter und Tochter in Richtung Ticketschranke davongingen, und die Gedanken schwollen an und verdichteten sich zu einem einzigen vorübergehenden, aber überwältigenden Gefühl des Verlusts und der Sehnsucht, das mich erschrocken nach Luft ringen ließ und mich zwang, einen Augenblick innezuhalten, aus dem unaufhörlichen Strom der Passanten herauszutreten, tief durchzuatmen und mit der Hand auf dem Brustbein zu verharren, bis ich bereit war, mich wieder in den Strom einzureihen, meinen Weg fortzusetzen, die Oyster Card an den Kartenleser zu halten, die Schranke zu passieren und dann auf den Ausgang zur Piccadilly zuzusteuern, dem fahlen Morgenlicht entgegen.

Langsam ging ich die Piccadilly entlang und dachte darüber nach, was die Szene auf der Rolltreppe bei mir ausgelöst hatte. Morgen würde Ariane, die ältere meiner Zwillinge (um fünfundvierzig Minuten älter) von zu Hause fortgehen und ans andere Ende der Welt fliegen. Meine Aufgabe würde es sein, sie nach Heathrow zu fahren, ihr im Flughafenterminal Lebewohl zu sagen und dabei so zu tun, als empfände ich nichts als ungetrübte Freude über die wunderbaren Möglichkeiten, die sie in Sydney erwarteten. Und dann würden mein Mann und ich mit Fran zurückbleiben, mit dem Problem von Fran, mit Fran, die in den letzten Wochen plötzlich und auf dramatische Weise von einem Kind zu einem Problem geworden war, ein Problem, das uns beide kalt erwischt hatte und das uns auch weiterhin zusetzen würde, bis wir einen Weg gefunden hätten, der durch den Schlamassel, den sie angerichtet hatte, hindurchführte und auf der anderen Seite heraus. Aber noch war dieser Weg nicht in Sicht.

Was ich auf der Piccadilly vorgehabt hatte, war rasch erledigt. Ich ging zu Fortnum & Mason, um Ariane ein Abschiedsgeschenk zu besorgen, und musste nicht lange suchen: Tee. Sie liebte Tee – für sie schmeckte er nach Zuhause – und ich hatte ihn immer gern für sie zubereitet. Ich kaufte eine Packung mit sechs verschiedenen Sorten, dazu eine kleine silberne Teekanne mit Sieb, und versuchte mir vorzustellen, wie sie in irgendeinem gesichtslosen Studentenzimmer in Sydney Tee aus dieser Kanne in ihren Union-Jack-Becher schenkte und einen Schluck nahm und in Gedanken wieder daheim in unserer Küche saß, die Ellenbogen auf den alten Tisch aus Kiefernholz gestützt und ihr Haar in den Schimmer des sanften Sonnenlichts getaucht, das durch die Zweige des Apfelbaums draußen im winterlichen Garten fiel.

Vielleicht würde sie das trösten. Oder, was noch besser wäre und mir obendrein wahrscheinlicher erschien: Vielleicht würde sie gar keinen Trost brauchen.

Es war das Jahr 2013, die erste Januarwoche, jene verwirrende Zeit, in der die Festtage vorbei sind, die Welt aber noch nicht ganz zur Normalität zurückgekehrt ist. Ich hatte das Bedürfnis, etwas zu tun, das sich nach Routine, nach Alltag anfühlte, und beschloss, in der Bar der British Academy of Film and Television Arts einen Kaffee trinken zu gehen. Vielleicht würde jemand dort sein, den ich kannte. Es konnte mir nicht schaden, ein bisschen zu plaudern und Klatsch und Belanglosigkeiten auszutauschen.

Die Bar war fast leer und verströmte noch einen Hauch von nachweihnachtlicher Trostlosigkeit. Es war nur einer da, den ich kannte, und der saß allein an einem Zweiertisch vor der Fensterfront zur Straße. Mark Arrowsmith. Nicht gerade meine erste Wahl für einen netten Plausch. Aber wie heißt es doch so schön? In der Not schmeckt jedes Brot. Dann eben Mark. Ich ging hinüber zu seinem Tisch und wartete, bis er von seinem MacBook aufsah.

„Calista", sagte er. „Darling! Welch schöne Überraschung."

„Darf ich?"

„Aber sicher doch."

Er klappte den Laptop zu und räumte einige Papiere beiseite, um Platz für den Cappuccino zu schaffen, den ich mir bereits am Tresen geholt hatte.

„Entschuldige das Durcheinander", sagte er. „Nächste Woche treffe ich mich endlich mit den Leuten von Film 4. Sie wollen einen Finanzplan sehen, was eigentlich nur bedeuten kann, dass sie jetzt doch ernsthaft interessiert sind." Er ordnete die letzten Unterlagen zu einem Stapel und verstaute ihn in einer Plastikmappe.

Mark musste inzwischen Ende sechzig sein. Obwohl er nicht annähernd so sportlich gebaut war, hatte er etwas von Burt Lancaster in *Local Hero*. (Wie gesagt, alles und jeder erinnert mich an einen Film.) Er hatte die Augen eines Träumers – oder zumindest hatte er sie früher einmal gehabt, denn inzwischen waren sie vom Scheitern getrübt. Mark versuchte seit mindestens fünfundzwanzig Jahren, ein und denselben Film auf die Leinwand zu bringen. Irgendwann in den Achtzigerjahren hatte er eine Option auf die Filmrechte an einem Roman von Kingsley Amis erworben – ein Name, der damals noch ein gewisses Prestige besaß. Eigentlich war das Vorhaben ganz realistisch gewesen, und Mark hatte sogar einen bekannten Regisseur und drei oder vier zugkräftige Schauspieler dafür gewonnen. Doch aus irgendeinem Grund war die Finanzierung im letzten Moment geplatzt, und dann war der Regisseur abgesprungen, und dann waren zwei der Schauspieler abgesprungen, und einer von den anderen sah inzwischen nicht mehr so zugkräftig aus, und ehe er sich's versah, hatte das Projekt einen unguten Beigeschmack angenommen, den alle bemerkten, außer Mark. Als Produzent konnte er zwar schon ein paar recht erfolgreiche Produktionen für sich verbuchen – einen Spielfilm und ein Fernsehspiel für BBC Two –, aber seither hatte er nichts mehr gemacht, und das Bestreben, seine dämliche Kingsley-Amis-Adaption ins Werk zu setzen, war zu einer Obsession geworden. In der BAFTA-Bar gehörte er mittlerweile zum Inventar. Immerzu saß er allein mit seinem MacBook an einem Zweiertisch und wartete darauf, sich mit jemandem zu treffen, der die fünfzehnte Fassung des Drehbuchs gelesen hatte (oder nicht), oder der vielleicht jemanden kannte, der jemanden kannte, der für einen Hedgefonds arbeitete und eventuell am Ende des Steuerjahrs noch Geld übrig hatte und nichts Besseres damit anzufangen wusste, als es in die Filmversion eines unbedeutenden Romans von jemandem zu investieren, von dem niemand mehr sprach und der inzwischen so aus der Mode gekommen war, dass man genauso gut hätte versuchen können, die Gelben Seiten zu verfilmen. Aber noch immer weigerte sich Mark, aufzugeben, und inzwischen war sein Schnurrbart ergraut und ein Film triefäugiger Enttäuschung verschleierte seinen Blick.

Das Merkwürdige war, dass er trotz allem noch ein Haus in Südfrankreich besaß und seine beiden Kinder aus zweiter Ehe auf Privatschulen schickte, und niemand wusste, woher er das Geld dafür nahm. Aber so etwas war mir bei den Briten schon öfter begegnet, daher vermutete ich, dass er aus einer Familie stammte, die seit Generationen ein beträchtliches Vermögen besaß und ein Händchen dafür hatte, es zusammenzuhalten. Bei diesem Gedanken tat er mir gleich nicht mehr so leid. Außerdem fiel mir ein, dass ich seit über zehn Jahren selbst keine richtige Arbeit mehr vorweisen konnte und es gerade nötig hatte, ihn zu bedauern.

„Hast du in letzter Zeit viel gearbeitet?", fragte Mark prompt und mit einer Direktheit, auf die ich hätte verzichten können.

„Eigentlich nicht", gab ich zu. „Hast du *** gesehen?"

Ich nannte einen britischen Film, der ein paar Monate zuvor ein bescheidener Kinoerfolg gewesen war.

„Allerdings", sagte Mark. „Das warst du? Ich dachte, es sei *** gewesen."

Er nannte einen jungen britischen Komponisten, der Film- und Produktionsmusik schrieb und wachsendes Ansehen genoss.

„Ein Teil davon stammt von ihm. Eigentlich war ich nur für die Orchestrierung zuständig. Erinnerst du dich an die kleine Marimba-Figur, die immer kommt, wenn die beiden im Auto unterwegs sind?"

Ich summte ihm die schlichte Melodie vor.

„Natürlich", sagte Mark. „Die hat es ja herausgerissen. Die ist beim Publikum hängengeblieben."

„Die ist von mir."

„Aber *er* hat die Oscar-Nominierung bekommen." Mark schüttelte den Kopf, wie immer bestürzt über den Lauf der Dinge. „Du bist so begabt, Cal. Würdest du die Musik für meinen Film schreiben? Sag Ja. Du bist die Einzige, die dafür infrage kommt."

Natürlich sagte ich Ja, aber ich nahm das Angebot nicht ernst. Genauso gut hätte Mark mir anbieten können, meine Hypothek abzuzahlen, falls er je im Lotto gewänne. Egal. Es war eine nette Geste und er meinte es ernst und es war nicht seine Schuld, dass er bestimmt auch noch den kläglichen Rest seines Arbeitslebens auf dieses zum Scheitern verdammte Projekt verwenden würde.

„Dame Judi hat ein Auge auf die Rolle geworfen, stell dir vor", sagte er, als könnte er meine Gedanken lesen und wollte mir versichern, dass er kein weltfremder Spinner war.

„Ich dachte, sie wäre längst im Boot", sagte ich und meinte mich zu erinnern, dass wir schon einmal über Judi Dench gesprochen hatten. Es schien Jahrzehnte her zu sein.

„Sie war im Boot, und dann war sie nicht mehr im Boot, und jetzt ist sie wieder im Boot", erklärte er. „Nur dass sie jetzt die Großmutter spielen wird, nicht die Mutter."

Das leuchtete ein. In Marks Vorstellung war die Besetzung des Films mehr oder weniger gleich geblieben, die Darsteller rückten lediglich von Zeit zu Zeit in die nächste Generation vor. Sollte der Film je zustande kommen, würde der ehemals scharfe junge Hauptdarsteller den Part des Großvaters übernehmen und mit Rollator am Set auftauchen.

„Außerdem", sagte ich, vielleicht einen Tick zu defensiv, aber ich wollte nicht, dass er dachte, ich würde den ganzen Tag zu Hause sitzen, Däumchen drehen und darauf warten, dass das Telefon klingelte (obwohl ich genau das tat), „schreibe ich auch noch meine eigene Musik."

„Konzertmusik?", fragte er.

„Etwas in der Art. Es hat mit Film zu tun, ist aber nicht für einen Film gedacht. Es ist eine kleine Suite für Kammerorchester. Ich nenne sie ‚Billy‘." Und auf Marks fragenden Blick hin fügte ich hinzu: „Wie ‚Wilder‘."

„Das ist ja eine hübsche Idee. Ich wusste gar nicht, dass du ein Fan von ihm bist."

„Ich liebe seine Filme. Tut das nicht jeder?"

„Keine Frage. Es ist wirklich unglaublich, wenn man sich das vorstellt: ein Meisterwerk nach dem anderen. Ich meine, wie *schafft* man das in dieser Branche? *Frau ohne Gewissen* – ein Meisterwerk. *Boulevard der Dämmerung* – ein Meisterwerk. Er hat sie nur so rausgehauen. *Manche mögen's heiß, Das Appartement* ..."

„Was ist mit denen danach?" fragte ich.

Mark runzelte die Stirn. „Ich weiß nicht ... Hat er denn danach noch viele Filme gemacht?"

„Oh ja. Ungefähr zehn."

Er dachte angestrengt nach und sagte: „War da nicht einer mit Sherlock Holmes ...?"

„Hast du mal *Fedora* gesehen?", fragte ich.

Mark schüttelte den Kopf. „Ich glaube nicht. Und wenn, habe ich ihn vergessen."

„Also, ich habe ihn nicht vergessen", sagte ich, „weil ich dabei war, als er ihn gedreht hat."

Seine Augen wurden groß. „Wirklich?" Er runzelte wieder die Stirn und murmelte, „*Fedora, Fedora* ... Worum geht's da?"

Und ich konnte mir die Bemerkung nicht verkneifen: „Um viele Dinge. Aber hauptsächlich ... hauptsächlich geht es um einen alternden Filmproduzenten, der versucht, einen Film zu machen, der völlig aus der Zeit gefallen ist."

Das schien die Unterhaltung zu beenden, denn kurz darauf packte Mark seine Sachen zusammen und ging. Durch das Fenster sah ich, wie er die Piccadilly überquerte und nach Norden Richtung Regent Street zog. Der Himmel verdunkelte sich und es begann zu regnen.

*

Ich bin ein widersprüchlicher Mensch, das gebe ich offen zu. Unser letztes gemeinsames Abendessen als vierköpfige Familie verlief vollkommen harmonisch und fröhlich, aber genau das deprimierte mich daran. Davon wird es so schnell keine mehr geben, dachte ich bei mir, als ich hinterher die Spülmaschine einräumte. Die Mädchen waren nach oben in ihre Zimmer gegangen, um dort wer weiß was zu machen. Ich beschloss, einen Film anzuschauen, um mich abzulenken. Die Saison der Preisverleihungen würde bald losgehen, und als Mitglieder der BAFTA-Jury mussten Geoffrey und ich uns durch circa dreißig DVD-Screener hindurcharbeiten, die man uns zur Begutachtung zugesandt hatte. Wir legten einen amerikanischen Actionfilm mit einem kakofonen Soundtrack ein, bei dem die Geräusche von Explosionen, Schießereien und Auto-Crashs mit einer dröhnenden orchestralen Daueruntermalung wetteiferten. Nach ungefähr zehn Minuten schlief Geoffrey tief und fest auf dem Sofa und schnarchte so laut, dass er sogar den Lärm des Films übertönte. Ich schaute ihn bis zum Ende an, ohne dass er mich auch nur im Geringsten interessierte oder mitriss. Alles daran war schablonenhaft, und ich fragte mich, wie man so viel Zeit, Energie und Geld auf etwas verschwenden konnte, das die Welt binnen weniger Monate vergessen haben würde (und der Zuschauer schon in dem Moment, in dem er das Kino verließ). Im Anschluss an den Actionfilm sah ich mir eine britische Komödie an, in der zwei quirlige alte Schachteln einen Roadtrip nach Südfrankreich unternahmen und dabei in allerlei Verwicklungen gerieten. Der Film sollte wahrscheinlich komisch und aufbauend sein, aber mich erfüllte er mit einem tiefen Gefühl von existenzieller Verzweiflung. Immer wenn gleich etwas Lustiges passieren sollte, versetzte der Filmkomponist den Zuschauern augenzwinkernd einen kleinen Rippenstoß, indem er die Streicher pizzicato spielen ließ. (In den Fünfziger- und Sechzigerjahren wäre ein Fagott für den Rippenstoß zuständig gewesen.)

Nachdem ich den beiden reizenden Rentnerinnen dreißig Minuten lang dabei zugesehen hatte, wie sie in der Provence herumalberten, hatte ich Lust, sie beide umzubringen. Ich machte den Fernseher aus und ging – noch deprimierter als zuvor – in die Küche zurück.

Wenn ich derart verzweifelt bin, gibt es nur eins, was mich tröstet. Für Notfälle habe ich immer mindestens drei verschiedene Sorten Brie auf Lager. Manche Leute trinken, um zu vergessen; ich esse Brie. Zum fraglichen Zeitpunkt befanden sich ein guter *Coulommiers* (eigentlich kein richtiger Brie, aber das spielte keine Rolle) und eine hochwertige, wenngleich für den Massenmarkt produzierte Supermarkt-Marke in meinem Kühlschrank, aber die Situation duldete keine Kompromisse: Nur ein erstklassiger *Brie de Meaux fermier* würde es an diesem Abend tun.

Natürlich hätte man ihn erst ein paar Stunden chambrieren müssen, doch dafür war jetzt keine Zeit. Ich löffelte einen ordentlichen Schlag aus der Packung und schmierte ihn auf einen Cracker. Köstlich, wie sich die feinen nussig-pilzigen Aromen auf meiner Zunge entfalteten. Die Konsistenz war fest, aber cremig. Eine Wonne. Ich schabte noch etwas heraus, und dann noch etwas, und bevor ich wusste, was ich tat, hatte ich innerhalb von zehn Minuten glatt den halben Käse verdrückt.

„Oje", sagte Geoffrey. Er war aufgewacht und stand jetzt in der Küchentür. „So schlimm?"

„Du wirst nie verstehen", sagte ich mit halbvollem Mund, „wie tröstlich ein guter Brie sein kann. Du bist ein Käse-Banause."

Geoffrey mochte Cheddar und zur Not auch Red Leicester. Von Käse hatte er keine Ahnung.

Er setzte sich mir gegenüber und schenkte sich ein halbes Glas Laphroaig ein.

„Alles wird gut", sagte er.

Ich packte Käse auf einen weiteren Cracker und verschlang ihn mit zwei Bissen.

„Wie denn?", fragte ich.

„Einfach so. Das Leben geht weiter."

Ich dachte über diese Antwort nach und fand sie unzulänglich.

„Unsere Töchter sind jetzt also erwachsen", fuhr er fort. „Das ist doch wunderbar. Aus ihnen sind zwei schöne junge Frauen geworden."

„Es ist nicht nur das", gab ich gereizt zurück.

„Was ist denn sonst noch?"

„Ist dir die Musik in den beiden Filmen aufgefallen?"

„Nicht so richtig."

„Nein, natürlich – du hast das einzig Vernünftige getan und bist eingeschlafen."

„Wieso, was ist damit?"

„Das war keine Musik, es war einfach nur … eine Geräuschkulisse. Nach Schema F zusammengestellt. Keine einzige Melodie, keine einzige neue Idee. Und das ist es, was die Leute heutzutage wollen. Sie wollen nicht das, was ich schreibe. Herrgott noch mal, seit fünfzehn Jahren hat niemand mehr eine Filmmusik bei mir in Auftrag gegeben."

„Die Filmindustrie ist nicht mehr das, was sie mal war, das ist kein Geheimnis. Aber jetzt hast du ja Zeit für andere Dinge."

„Andere Dinge? Zum Beispiel?"

„Ich dachte, du wolltest etwas Neues komponieren. Dein Billy-Wilder-Stück."

Das stimmte natürlich, aber es war nicht genug.

„Was soll aus mir werden, Geoff?", fragte ich, legte den Cracker auf den Tisch und umfasste Geoffreys Hände. „Ich habe zwei

Begabungen. Zwei Dinge, die meinem Leben einen Sinn geben. Ich bin eine gute Komponistin und ich bin eine gute Mutter. Musik schreiben und Kinder großziehen, das kann ich. Und jetzt teilt man mir praktisch mit, dass keine dieser Fähigkeiten mehr gefragt ist. Ich habe an beiden Fronten ausgedient. Erledigt, fertig, das war's. Und ich bin doch erst siebenundfünfzig! Gerade mal siebenundfünfzig." Ich griff nach seinem Whiskyglas und nahm einen tiefen Schluck. Großer Fehler. Whisky und Brie passen nicht zusammen. Überhaupt nicht. „Was soll aus mir werden?", wiederholte ich.

*

Vor dem nächsten Morgen hatte ich mich richtig gefürchtet. Die Post kam ungewöhnlich früh, während Geoffrey und ich noch beim Frühstück saßen. Ariane war oben und packte die letzten Sachen zusammen. Fran war unter der Dusche. Als sie herunter in die Küche kam, hatte sie es eilig. Sie jobbte im Café Nero, und in einer halben Stunde würde ihre Schicht beginnen. Ein Brief mit dem Logo des National Health Service auf dem Umschlag war für sie gekommen. Sie öffnete ihn und sagte:

„14. Januar. Montag in einer Woche."

Damit meinte sie den Termin für den Eingriff, der ihre Schwangerschaft beenden sollte.

Sie gab mir den Brief und ich las ihn, wusste aber nicht, was ich sagen sollte.

Geoffrey sagte: „Das ist doch gut. Je eher es vorbei ist, desto besser."

Ich stand auf und ging auf Fran zu, um sie in den Arm zu nehmen, aber sie merkte, was ich vorhatte, und wich mir rechtzeitig aus.

„Ich bin spät dran", sagte sie, biss von einem Toast ab und kippte ihren Espresso in einem Zug hinunter. „Bis später."

„Hast du dich von deiner Schwester verabschiedet?"

„Oh – das habe ich ganz vergessen", sagte sie und rannte wieder nach oben.

„Sie wird sie monatelang nicht sehen", sagte ich zu Geoffrey. „Wie konnte sie das vergessen?"

„Teenager sind eben seltsam", antwortete er.

Sie war eine oder zwei Minuten oben, kam dann wieder herunter, zog ihren Mantel an und steuerte auf die Haustür zu, scheinbar völlig unbeeindruckt von der Aussicht, längere Zeit von ihrer Zwillingsschwester getrennt zu sein.

„Es ist also okay für dich?", fragte ich, als sie schon halb zur Tür hinaus war. „Der Termin, meine ich."

„Klar."

„Und du willst es definitiv durchziehen?"

„Nicht jetzt, Mum, okay? Ich bin spät dran. Es ist nicht der richtige Zeitpunkt, um darüber zu reden."

„Es scheint nie der richtige –"

Aber Fran eilte bereits den Weg zur Straße hinunter. Ich sah ihr mit einem Gefühl von Hilflosigkeit hinterher, schloss die Haustür und ging wieder hinein.

Geoffrey mampfte ein Toastbrot und las den *Guardian*.

„Bin ich der einzige Mensch in dieser Familie, der etwas empfindet?", fragte ich. „Eine unserer Töchter ist schwanger und die andere fliegt nach Australien. Wieso lässt mich das als Einzige nicht kalt?"

„Das liegt an deiner mediterranen Herkunft", sagte Geoffrey – eine Antwort, die mich auf die Palme brachte.

„Athen liegt nicht am Mittelmeer!", rief ich. „Und meine Mutter kam aus London, mein Vater war halber Slowene, und ich bin genauso emotional verklemmt wie ihr alle."

Das Einzige, was ihm dazu einfiel, war: „Jeder geht eben anders mit den Dingen um", noch einer seiner nichtssagenden Gemeinplätze, die mich zur Weißglut trieben.

„Du hältst es nicht mal für nötig, mit uns zum Flughafen zu kommen", sagte ich, was ungerecht war.

„Ich muss heute unterrichten", sagte er. „Das steht seit Monaten fest. Ich werde mich jetzt von ihr verabschieden."

Er ging nach oben. Genau wie ich hatte Geoffrey in letzter Zeit Schwierigkeiten, eine auskömmliche Arbeit im Filmgeschäft zu finden, mit dem Ergebnis, dass er jetzt immer öfter an der National Film and Television School in Beaconsfield unterrichtete. Natürlich wäre er mit zum Flughafen gefahren, wenn er an diesem Tag keine Kurse gehabt hätte. Das war mir klar. Ich ließ nur meinen Frust und meine Trauer an ihm aus. Wenn man seit fünfundzwanzig Jahren verheiratet ist, kann man sich das hin und wieder erlauben, finde ich.

Ich ging hinüber zu dem französischen Fenster, das die Küche mit dem Garten verbindet.

Wir wohnten (und wohnen immer noch) in einem Fünf-Zimmer-Reihenhaus in Hammersmith. Billig, als wir es kauften, inzwischen irrsinnig überteuert. Das ist nebenbei noch so etwas, das ich an den Briten nie ganz verstanden habe: wie versessen sie darauf sind, ihre vier Wände als Wertanlage zu betrachten, nicht als das Heim ihrer Familie. Geoffrey verfolgte ständig den steigenden Marktwert unseres Hauses auf irgendwelchen Immobilien-Webseiten, aber für mich war es vor allen Dingen unser Zuhause, und ich hoffte, dass es unseren Töchtern genauso ging. Als ich an jenem Morgen aus dem französischen Fenster in den Garten schaute, sah ich eine Karte von Arianes Kindheit vor mir. Einen Atlas der Erinnerungen. Da war der Apfelbaum, auf den sie immer geklettert war. Der lange dicke Ast, an dem Geoffrey eine Schaukel angebracht hatte. Sie hing immer noch dort, und wenn man genau hinsah, konnte man sie hinter dem unkontrolliert wuchernden Blattwerk des Lorbeerbusches entdecken. Die Rasenecke, wo die Mädchen im Sommer gerne gepicknickt hatten und wo sie in einem der seltenen Winter, in denen es schneite, einmal versucht hatten, einen Schneemann zu bauen. Der schmiedeeiserne Tisch, an dem Ariane so oft gesessen und gezeichnet hatte, die Stirn vor Konzentration gerunzelt, die Zunge zwischen die Lippen geschoben. Ihre Bilder bewahrte ich immer noch zusammengefaltet in einem Karton unter unserem Bett auf, obwohl sie unbedingt wollte, dass ich sie wegwarf.

Erinnerte sie sich ebenfalls an diese Dinge, oder waren sie ihr inzwischen gleichgültig?

Sie würde glücklich sein in Sydney, da war ich mir ziemlich sicher. Das Konservatorium hatte ihr ein Stipendium bewilligt – eine fantastische Gelegenheit, wie man so sagt. Und dass Fran im Herbst nach Oxford gehen würde, war ebenfalls eine fantastische Gelegenheit, wenn sie es sich nur nicht dadurch vermasselt hätte, dass sie schwanger geworden war. Der Schwangerschaftsabbruch war vermutlich die richtige Entscheidung. Allerdings machte sie nicht den Eindruck, als ob sie froh darüber wäre, aber wie sollte man über so etwas auch froh sein. Der Vater (Vater! Er war noch ein Junge) wollte nichts damit zu tun haben, auch nichts mit ihr, von seiner Seite war also keine Unterstützung zu erwarten. Es wäre unvernünftig von ihr, das Kind zu bekommen. Und sie war, so hoffte ich zumindest, dazu erzogen worden, vernünftige Entscheidungen zu fällen.

„Das wäre erledigt", sagte Geoffrey, der zurück in die Küche gekommen war. Er schnappte sich den Hausschlüssel vom Schlüsselbrett an der Wand, küsste mich auf die Wange, und dann war er ebenfalls weg. Womit nur noch Ariane und ich übrig waren, zum letzten Mal miteinander allein.

*

Heathrow, Terminal 3. Ein abscheulicher Ort, wenn man sich dort von jemandem verabschieden muss. Ariane hatte im Auto munter drauflosgeplaudert, über ihre Freunde getratscht, von dem Buch erzählt, das sie gerade las, und ich fragte mich, ob sie wirklich so fröhlich war oder nur versuchte, ihren Abschiedskummer zu überspielen. Ich persönlich bin nicht besonders gut darin, meine Gefühle zu verbergen. Ich hatte beiläufig genickt und die eine oder andere Bemerkung eingeworfen, aber innerlich war mir elend zumute, und ich war mir sicher, dass sie das wusste.

Kurz bevor sie sich in die Schlange vor dem Abflugbereich einreihte, sagte sie:

„Du fängst jetzt aber hoffentlich nicht an zu weinen oder so.“

„Ach wo“, sagte ich. „Ich freue mich doch für dich. Das wird bestimmt ein ganz tolles Abenteuer.“

„Ich hoffe, Fran bekommt das alles geregelt.“

„Das hoffe ich auch. Es ist ein Alptraum. Aber Daddy und ich werden sie … unterstützen, wo wir nur können.“

Ariane zögerte. Es war, als wollte sie etwas Bedeutsames sagen. Vermutlich „Leb wohl“.

„Übrigens werde ich euch von jetzt an ‚Mum‘ und ‚Dad‘ nennen. Sonst klingt es so … ich weiß nicht. Es hört sich an, als wären wir noch kleine Kinder.“

„Gute Idee“, meinte ich und schluckte schwer. Woraufhin betretenes Schweigen herrschte.

Ariane machte den ersten Schritt und legte die Arme um mich.

„Also, wir sehen uns in ein paar Monaten.“

„Genau“, sagte ich und erwiderte ihre Umarmung. „Ist überhaupt nicht lang.“

Aber mein Körper wurde von einem Schluchzer geschüttelt. Sie hielt mich fest und rieb mir den Rücken und sagte: „Komm schon, Mum. Mach es dir doch nicht so schwer.“

Noch ein wortloses Schütteln.

„Hat deine Mutter das auch getan?“

„Was hat meine Mutter damit zu tun?“, brachte ich hervor.

„Na ja, schließlich hat sie das Gleiche durchgemacht", sagte Ariane. „Sie hat dich doch damals auch zum Flughafen gebracht, oder? Als du nach Amerika gegangen bist."

„Das war etwas anderes", sagte ich.

„Was war daran anders?"

„Das war nur eine Reise."

„Dann stell dir einfach vor, das hier wäre auch bloß eine Reise."

Sie gab mir einen Kuss, drückte mich ein letztes Mal und löste sich dann aus meiner zu festen, überbehütenden Umarmung. Ich sah zu, wie sie sich in der langen Schlange Richtung Sicherheitsbereich schob, und schließlich wandte sie sich noch einmal um, lächelte und winkte, und dann öffnete sich die Glastür, und sie ging hindurch, bog um eine Ecke und verschwand aus meinem Blickfeld.

Ich wischte mir mit dem Mantelärmel die Tränen aus dem Gesicht, drehte mich um und machte mich auf den langen, einsamen Weg zurück zum Parkplatz. Ich dachte darüber nach, was Ariane gesagt hatte, und fragte mich, ob sie recht hatte.

War es für meine Mutter auch so schwer gewesen, damals, 1976? Seit ihrem Tod war kaum ein Tag vergangen, an dem ich nicht an sie gedacht hatte. Aber merkwürdigerweise war mir diese Frage nie in den Sinn gekommen.

Los Angeles

Um Arianes Frage zu beantworten: Nein, meine Mutter weinte nicht, als ich mich in der ersten Juliwoche des Jahres 1976 am Flughafen von Athen von ihr verabschiedete. Das glaube ich zumindest. Und wenn doch, hätte ich es überhaupt bemerkt? Meine Tochter hatte recht: Wenn man jung ist, nimmt man die Gefühle seiner Eltern nicht wahr; meistens ist einem gar nicht bewusst, dass sie überhaupt Gefühle haben. Man lebt in einem seligen Zustand der Soziopathie, was die Emotionen der Eltern betrifft.

Überhaupt war ich viel zu aufgeregt, um auf solche Dinge zu achten. Ich war gerade einundzwanzig geworden, aber praktisch noch nie allein gereist, und in den Sommerferien drei Wochen lang mit dem Rucksack quer durch Amerika zu ziehen war ein großer Schritt für mich. Auf dem Flug nach New York ignorierte ich das Bordkino (wenn ich mich recht erinnere, wurde eine Krimiparodie namens *Eine Leiche zum Dessert* gezeigt, aber ich kann es nicht beschwören, weil mich Filme damals nicht interessierten) und vertiefte mich stattdessen in meinen Reiseführer und den Greyhound-Fahrplan. Es war ein langer und ungemütlicher Flug. Eine Weile hörte ich das klassische Musikprogramm, das die Fluggesellschaft den Passagieren anbot. Natürlich gab es in den Siebzigern noch keine tragbaren Audiogeräte, daher war man dem Musikgeschmack anderer Leute ausgeliefert, und irgendjemand hatte eine ausgesprochen fade Auswahl von Beethoven, Mozart und so weiter zusammengestellt, noch dazu in einer miesen Klangqualität. Musik war bereits meine Leidenschaft, aber die Komponisten, die ich liebte – Satie, Debussy, Ravel, Poulenc, zufällig alles Franzosen –, hatten an Bord keine Chance. Die Stunden zogen sich endlos hin und meine Nervosität stieg. Aus unerfindlichen Gründen war ich im Raucherbereich gelandet, und der Typ mittleren Alters, der neben mir saß, qualmte ungemein beißende Zigarillos. Als wir auf dem John F. Kennedy Airport landeten, war mir richtig schlecht, und an diesem ersten Abend setzte ich vor lauter Übelkeit und Müdigkeit keinen Fuß vor das Hostel; ich lag nur im Bett und fragte mich, worauf ich mich da bloß eingelassen hatte.

Im Anschluss an New York verbrachte ich mehr als eine Woche damit, einen Bus nach dem anderen an die Westküste zu nehmen. Chicago – Springfield – St. Louis – Oklahoma City, dann weiter durch New Mexico nach Vegas und L.A. Anfangs war ich ziemlich allein, aber nach ein paar Tagen bereitete eine glückliche Fügung diesem Zustand ein Ende.

Als ich an der Greyhound-Station in Springfield eintraf, stellte ich fest, dass es die Busverbindung, die ich gebucht hatte, gar nicht gab. Offenbar lag der Fehler nicht bei mir, denn mehrere Passagiere hatten dasselbe Problem, darunter auch ein britisches Mädchen, das ungefähr so alt war wie ich, mit aschblonden Haaren und einem bleichen, sommersprossigen Teint. Sie hieß Gill. Wir mussten vier Stunden auf den nächsten Bus warten – genügend Zeit also, um ins Gespräch zu kommen und obendrein Freundschaft zu schließen. Wie sich herausstellte, hatten wir eine Menge gemein: Keine von uns war besonders selbstsicher, im Gegenteil, wir waren beide eher schüchtern. Genau wie für mich war diese Reise das größte Abenteuer, das Gill je unternommen hatte. Im Gegensatz zu mir hatte sie noch nicht mit dem Studium begonnen, meinte aber, sie würde im Herbst nach Oxford gehen. Sie lebte am Stadtrand von Birmingham, einem Ort, über den ich nichts wusste, außer, dass es eine große Industriestadt irgendwo mitten in England war. Ich habe schon lange keinen Kontakt mehr zu Gill, aber trotz allem, was in Los Angeles passierte, habe ich sie in bester Erinnerung. Während ich das hier schreibe, liegt sogar ein Foto von uns vor mir auf dem Tisch, das an einem Spätnachmittag am Strand von Santa Monica aufgenommen wurde. Wenn ich es mir so anschaue, würde ich ohne Anmaßung behaupten, dass ich die Hübschere von uns beiden war – Gill hatte ein langes, eckiges Gesicht und eine unvorteilhafte Zahnstellung –, aber aus irgendwelchen Gründen hängt die Anziehungskraft auf das andere Geschlecht ja nicht unbedingt von einem anziehenden Äußeren ab, und so kam es, dass Gill diejenige war, deren Roadtrip durch Amerika in einer Urlaubsromanze mündete.

Sein Name war Stephen. Gill und ich hatten es inzwischen an die Westküste geschafft und unterwegs noch den Grand Canyon, Las Vegas und andere Sehenswürdigkeiten mitgenommen, aber allmählich fanden wir das ganze Herumreisen und Sightseeing beschwerlich, und zu dem Zeitpunkt, da wir in L.A. eintrafen, war unsere Energie weitgehend erschöpft. Daher verliefen unsere ersten beiden Tage in der Stadt eher ereignislos. Wir wohnten downtown in einem Hostel, das ich in finsterer Erinnerung habe. Es gab dort keine Verpflegung und wir ernährten uns ausschließlich von dem, was wir im Drugstore zwei Blocks weiter kauften: abgepacktes Brot und Scheiblettenkäse, manchmal auch etwas Truthahnschinken oder Speck. Nach ein, zwei Tagen mit diesem Fraß fühlte ich mich elend. Wir unternahmen ein paar halbherzige Versuche, uns die Touristenattraktionen anzuschauen, aber es war viel zu heiß dazu, und mit öffentlichen Verkehrsmitteln kreuz und quer durch diese riesige Stadt zu fahren erwies sich als mühsam. Aber so richtig vertrackt wurde es erst am zweiten Abend, als Stephen in dem Hostel auftauchte, nachdem er per Anhalter von San Francisco runter nach L.A. gefahren war. Er war ebenfalls Brite, und vielleicht war das der Grund, weshalb Gill überhaupt mit ihm ins Gespräch kam, ich erinnere mich nicht mehr an die Einzelheiten, aber ich weiß noch, dass aus unserer kameradschaftlichen Zweisamkeit in den folgenden Tagen eine komplizierte Dreisamkeit wurde. Stephen hing wie eine Klette an uns, und allmählich beschlich mich das Gefühl, das fünfte Rad am Wagen zu sein. Als Erstes fiel mir auf, dass die beiden fast immer vor mir herliefen, während ich hinterdreintrottete. Dann hielten sie auf einmal Händchen, und dann küssten sie sich, wann immer sich eine passende Gelegenheit dafür bot (oder nicht). Nach ein paar Tagen stand fest, dass ich zur unfreiwilligen Zeugin einer ausgewachsenen Liebesgeschichte geworden war.

Wie ernst die Sache war, wurde mir allerdings erst am Abend von Stephens Abreise klar. Er hatte einen Platz in einem Nachtbus von L.A. nach Phoenix, Arizona, gebucht, wo er einen anderen Backpacker, einen Schulfreund aus England, treffen wollte. Zufällig war es derselbe Abend, an dem Gill irgendeinen Freund ihres Vaters zum Dinner in Beverly Hills treffen sollte. Sie wirkte nicht sonderlich erfreut über die Einladung, nahm es ihrem Vater sogar ein bisschen übel, dass er das Ganze arrangiert hatte – wobei ich mir sicher bin, dass er es in bester Absicht getan hatte –, und sie hatte mich bereits eingeladen, mitzukommen, gewissermaßen zur moralischen Unterstützung. Doch nun, da dieses Dinner mit dem Abschied von Stephen zusammenfiel, war sie richtig wütend darüber. Ich persönlich konnte die ganze Aufregung nicht verstehen – schließlich hatten die beiden bereits vereinbart, sich gleich nach Gills Rückkehr in London zu treffen. Sie würden nur zehn Tage voneinander getrennt sein – war das denn so schwer auszuhalten? (Wie man merkt, war ich zu diesem Zeitpunkt noch nie verliebt gewesen.)

Am Nachmittag fuhren wir drei noch zusammen an den Strand von Santa Monica. Ich verbrachte die meiste Zeit damit, allein zwischen den Vergnügungsbuden und Souvenirshops auf dem Pier herumzuschlendern, am Strand zu sitzen und aufs Meer hinauszuschauen, während Gill und Stephen Hand in Hand die

Strandpromenade rauf und runter spazierten und herumknutschten, bis ihre Lippen wund waren. Irgendwann musste Stephen dann den Bus zurück zum Hostel nehmen, um seine Sachen zu holen und sich auf den Weg zur Greyhound-Station zu machen. Ich hatte angenommen, dass Gill in Tränen aufgelöst sein würde, aber zu meiner Überraschung (und Erleichterung) wirkte sie vollkommen gefasst. Nachdem sie sich an der Bushaltestelle von Stephen verabschiedet und dem Bus hinterhergeschaut hatte, bis er in der Ferne verschwunden war, kam sie zu mir an den Strand.

„Alles in Ordnung?", fragte ich, als sie sich neben mich setzte.

„Ja, klar."

Damals wusste ich noch nicht, wie zwanghaft die Briten ihre Gefühle verbergen, daher nahm ich ihr das ab und beschloss, das Thema zu wechseln, indem ich ihr eine Frage stellte, die mir durch den Kopf gegangen war, seit sie mir erzählt hatte, dass wir an diesem Abend mit einem alten Freund ihres Vaters essen gehen würden. Etwas an dieser Einladung verwirrte mich, denn nach allem, was ich gehört hatte, war Gills Vater ein ganz normaler Büromensch, der nichts mit dem Filmgeschäft zu tun hatte.

„Wie kommt es eigentlich", begann ich und wählte meine Worte sorgfältig, um nicht unhöflich zu erscheinen, „dass dein Vater einen Filmregisseur aus Hollywood kennt?"

„Keine Ahnung", meinte sie. „Mein Dad ist ein ziemlich rätselhafter Typ. Er kennt einen Haufen Leute. Außerdem fährt er ständig ins Ausland und erzählt uns hinterher nie so genau, wo er eigentlich war. Aber die beiden müssen ziemlich gute Freunde sein, weil der Regisseur vor ein paar Jahren einen Film in England gedreht hat, und die Premiere war in London, und meine Mum und mein Dad waren eingeladen. Ich weiß noch, wie die Eintrittskarten mit der Post kamen. Die waren so richtig edel, aus dickem Papier mit Goldrand."

„Und was war das für ein Film?"

Gill zuckte mit den Schultern. „Irgendwas mit Sherlock Holmes, glaube ich. Dad fährt *total* auf Sherlock Holmes ab."

„Ist er berühmt?", fragte ich. „Dieser Regisseur, meine ich."

„Ich glaube nicht. Außerdem ist er schon siebzig oder so."

Das war alles, was sie mir erzählte. Den Rest des Nachmittags verbrachten wir mit Sonnenbaden, und bei dieser Gelegenheit ist das Foto entstanden. Ich weiß nicht mehr, wer es aufgenommen hat. Wir müssen irgendjemanden darum gebeten haben. Es zeigt uns, wie wir eine halbe Meile vom Pier entfernt nebeneinander am Strand sitzen und zusehen, wie die Schatten länger werden und die tiefstehende Sonne ihr warmes, goldenes Licht über den Pazifik breitet, zwei junge Mädchen, Tausende von Meilen von zu Hause entfernt, Gills lange dünne Beine auf dem Sand ausgestreckt, daneben meine eigenen, kräftigeren, stämmigeren, die sich gleichmäßig zimtbraun von ihrer durchscheinenden englischen Blässe abheben. Ich gebe zu, dass ich selbstsüchtig erfreut darüber war, sie wieder zurückzuhaben, sie für den Rest dieser Reise für mich zu haben, sie nicht mehr mit Stephen teilen zu müssen. Und was das Dinner betraf, was war schon dabei, einen Abend mit fremden Leuten zu verbringen, noch dazu mit einem schönen großen Steak auf dem Teller, das mich für das ganze Junkfood der letzten Tage entschädigen würde? Wenn ich natürlich gewusst hätte, wie richtungsweisend dieses Essen für mein Leben sein würde, wäre ich wohl nicht so gelassen gewesen, aber das konnte ich ja nicht ahnen, und einstweilen brauchte ich nichts weiter zu tun, als dort am Strand zu liegen, mit meiner wiedergewonnenen Freundin an meiner Seite, dem Sonnenlicht auf dem Wasser, dem entfernten, fröhlichen Kreischen, das von der Achterbahn am Pier zu uns herüberklang, dem heißen Sand unter meinem Körper, der Aussicht auf eine Zukunft, die aus nichts als ungetrübten Möglichkeiten zu bestehen schien.

*

Man hatte Gill die Adresse eines Restaurants namens „Bistro" auf dem North Canon Drive in Beverly Hills gegeben. Das war eine Gegend von Los Angeles, die wir noch nicht kannten, und sie hatte nicht die geringste Ähnlichkeit mit dem Stadtteil, in dem wir wohnten. Die Abendsonne schien auf schicke Bars und Coffeeshops und Designer-Boutiquen, und aus jedem Gebäude, jeder Ritze im Asphalt, quoll förmlich das Geld hervor. Da wir die Anfahrtszeit unterschätzt hatten, trafen wir um 19 Uhr 50 – zwanzig Minuten zu spät – ein und standen außer Atem und reichlich nervös vor einem unscheinbaren dreistöckigen Gebäude mit einem Vorbau aus dunklem Holz, der völlig fehl am Platz wirkte, zumal in seinen altmodischen hohen Fenstern Spitzengardinen hingen. An dem geschmiedeten Vordach über dem Eingang stand „Restaurant" und darüber hing ein Schild mit der Aufschrift „The Bistro", das vom Stil her an ein Plakat von Toulouse-Lautrec erinnerte.

Natürlich ließ man uns zunächst nicht hinein. Der Türsteher musterte uns kurz und baute sich dann mit einem spöttischen Lächeln vor uns auf. Wir trugen beide die gleichen Klamotten: spottbillige T-Shirts mit irgendeinem Aufdruck auf der Brust, abgeschnittene Jeans, Sonnenbrille und Flipflops. Mit Restaurants kannte ich mich nicht so gut aus, aber ich hatte begriffen, dass wir uns in einem exklusiven Viertel befanden, und selbst mir war bewusst, dass wir underdressed waren.

„Wir sind mit Mr. Wilder zum Essen verabredet", sagte Gill, als der Türsteher uns aufforderte, zu gehen.

„Ja, klar", erwiderte er, wobei er an uns vorbeischaute und gelangweilt die Straße inspizierte. Er trug einen dunklen Anzug mit Krawatte, und sein Gesicht glänzte vor Schweiß, denn es war immer noch brütend heiß.

„Er hat uns eingeladen", beharrte Gill. Dann buchstabierte sie den Namen Silbe für Silbe. *Miss-ter-Weihl-der.*

Der Türsteher würdigte sie eines kurzen Blickes, schnaubte verächtlich, wandte uns den Rücken zu und verschwand im Restaurant. Nach ungefähr einer Minute kam er wieder heraus, und sein Gesichtsausdruck hatte sich verändert, obwohl er keineswegs freundlicher dreinblickte.

„Name?", fragte er.

„Foley. Gill Foley."

„Gill", wiederholte er. Es fiel ihm sichtlich schwer, zu glauben, dass er uns tatsächlich hineinlassen musste. „Okay. Kommt mit." Mit einer zackigen Kopfbewegung deutete er Richtung Eingang, und wir folgten ihm nach drinnen. Ich weiß noch, wie er seine gedrungene Körpermasse gewichtig schaukelnd vor uns herschob, und wie die Speckrolle in seinem Nacken gegen den gestärkten Hemdkragen rieb.

Das Interieur des Restaurants wirkte ebenso fehl am Platz wie seine Fassade. Draußen herrschten der blaue Himmel und der unablässige Sonnenschein Kaliforniens im Hochsommer. Drinnen, nachdem man den schmalen Empfangsbereich passiert hatte (wo ein blasses Mädchen hinter dem Garderobentresen saß und uns schon fragen wollte, ob wir etwas abzugeben hatten, sich dann aber, nach einem kurzen Blick auf uns, eines Besseren besann und es bleiben ließ), fand man sich in einem Saal wieder, der einer völlig anderen Welt anzugehören schien. Kassettenvertäfelung aus dunklem Holz, Kristallleuchter, überall Spiegel, eine Bar über die gesamte Wandlänge. Alles reichlich überfrachtet. Es fühlte sich wirklich so an, als hätten wir irgendeine Zeit- und Raumschranke durchschritten und wären im Paris des Fin de Siècle gelandet – nur dass die gedämpften Unterhaltungen um uns herum (und das Lokal war brechend voll) natürlich auf Englisch geführt wurden. Über die Beschallungsanlage erklang sogar Akkordeonmusik: Eine Musette-Gruppe walzerte sich durch „Sous le ciel de Paris" (eines der ersten Stücke, die ich auf dem Klavier gelernt hatte), das aus irgendeinem Grund nach a-Moll transponiert worden war, obwohl es üblicherweise in g gespielt wird.

Unser Türsteher reichte uns an einen schnurrbärtigen Oberkellner in stramm sitzendem Frack weiter, der viel zu erfahren und höflich war, um uns wegen unserer töricht unangemessenen Kleidung schief anzuschauen; er drehte sich einfach auf dem Absatz um und geleitete uns durch den Saal, wobei er mit geübten, geschmeidigen Bewegungen eine Schneise zwischen den Tischen hindurch schlug. Die anderen Gäste verstummten und starrten uns an, als wir an ihnen vorbeigingen. Ich spürte, wie ich rot anlief. Wir steuerten auf einen Tisch in einer Ecke des Raumes zu, an dem jedoch nicht zwei Personen saßen, wie ich erwartet hatte, sondern vier. Zwei Männer, zwei Frauen. Sie sahen ziemlich betagt aus. Das war das Erste, was mir auffiel. Das Zweite war, dass sie sehr betrübt wirkten. Eine Wolke der Niedergeschlagenheit hing über dem Tisch. Sie hing vor allem über den beiden Männern. Das war nicht zu übersehen. Das eine Paar saß sich an einem Tischende gegenüber und das andere Paar am anderen Tischende, und in der Mitte waren zwei freie Plätze für Gill und mich, damit wir uns ebenfalls gegenübersitzen konnten.

Ein Paar war eleganter gekleidet als das andere. Mein Augenmerk galt besonders einer Dame Anfang fünfzig mit üppigem schwarzem Haar und großzügigem Mund und ausgeprägten Wangenknochen und blauen Augen, die hinter einer großen, leicht getönten Brille funkelten. Sie trug eine Chiffonbluse in herbstlichem Braun mit einem Muster aus kleinen gelben Blättern. Obwohl ich mich mit Kleidung noch weniger auskannte als mit Restaurants, und mir nie Gedanken darüber machte, erkannte ich, dass es eine teure Bluse war. Ihr gegenüber saß ein älterer Herr, von dem ich annahm, dass er ihr Ehemann war. Er war fast kahl, machte aber das Beste aus seinem verbliebenen Silberhaar, das sorgfältig zurückgekämmt war und seine markante Stirn zur Geltung brachte. Er trug ein schlichtes, beigefarbenes Freizeithemd, das bis oben hin zugeknöpft war und mir ebenfalls teuer erschien, und wenn ich später an diese erste Begegnung zurückdachte (was ich häufig tat), fragte ich mich, wie er es bloß geschafft hatte, so elegant auszusehen, so ungemein stilsicher, wo er doch nur dieses Freizeithemd und saloppe Hosen trug, während jemand wie mein Vater den teuersten Smoking in ganz Athen leihen konnte (was er anlässlich der Feier zu seinem fünfzigsten Geburtstag in jenem Jahr getan hatte), und trotzdem unmöglich aussah, weil der Kragen zu eng war und die Fliege immer schief saß und sein Hemd über dem Bauch spannte. Ich nehme an, es hat damit zu tun, was man sein Leben lang gewohnt war. Und mit Geld, natürlich. Geld spielt immer eine Rolle.

Das war mein erster flüchtiger Eindruck von Mr. Wilder. Er trug ebenfalls eine Brille, eine Brille mit dicken Gläsern, und trotz seiner offensichtlichen Grabesstimmung konnten seine Augen hinter dieser Brille nicht anders, als aufzuleuchten und vor Belustigung zu sprühen, als er Gill und mich in unseren schmuddeligen T-Shirts und abgeschnittenen Shorts auf den Tisch zukommen sah. Die Belustigung war offen und unverblümt und irgendwie demütigend, aber ich konnte keine Bösartigkeit darin erkennen. Er betrachtete unseren Auftritt als eine komische Situation und kostete ihn als solche aus. Wer konnte ihm das verdenken?

Als er aufstand, um uns zu begrüßen, erhoben sich auch seine drei Tischgenossen.

„Also, eine von euch beiden", sagte er und streckte die Hand in unsere Richtung aus, ohne sich festzulegen, „muss Gill sein."

„Das bin ich", sagte Gill und schüttelte die dargebotene Hand.

„Ah ja, natürlich. Schön, dich kennenzulernen. Freut mich sehr. Setzt euch doch bitte hier in die Mitte."

Zu meiner Überraschung hatte er einen starken – einen sehr auffälligen – Akzent, der sich für meine Ohren sehr deutsch anhörte. Niemand hatte mir erzählt, dass er Deutscher war. Ich war davon ausgegangen, dass er Amerikaner war.

„Ich heiße Calista", sagte ich, als Gill keine Anstalten machte, mich vorzustellen. Offenbar hatte sie es vergessen.

„Gut", sagte er. „Schön. Also, das sind meine Frau Audrey, mein Freund Mr. Diamond und seine Frau Barbara."

„Calista", sagte Audrey. „Was für ein hübscher Name. Ist das ein englischer Name?"

„Ich bin Griechin", erklärte ich. „Aus Athen."

Wir nahmen unsere Plätze ein. Ich saß zwischen den beiden Männern, Gill zwischen den beiden Frauen. Mr. Diamond hatte schütteres Haar, eine Brille mit Drahtgestell und die zurückhaltende Art eines Wissenschaftlers. Ich nahm an, dass er an diesem Abend nicht viel sagen würde, und sollte recht behalten. Seine Frau Barbara machte einen freundlichen Eindruck – zumindest wirkte sie auf mich weniger beängstigend als die anderen drei. Ich fühlte mich vollkommen überfordert. Es hätte schon geholfen, wenn ich irgendetwas über Mr. Wilder und seine Filme gewusst hätte. Unter einem Filmregisseur hatte ich mir immer einen jungen, dynamischen Mann mit Trainingsanzug und Baseballkappe vorgestellt, der „Cut" und „Action" rief und dabei in einer sportlich-lässigen Pose hinter der Kamera hockte. Mr. Wilder sah eher aus wie ein pensionierter Universitätsprofessor, oder wie ein Chirurg aus Beverly Hills, der eine florierende Klinik für teure Schönheitsoperationen betrieb.

Alle vier tranken Martini. Sie fragten uns, ob wir auch einen wollten: Gill sagte Ja, ich sagte Nein. Unterdessen führte Mr. Wilder ein ernsthaftes Gespräch mit dem Sommelier, das damit endete, dass er zwei Flaschen Wein bestellte, einen weißen und einen roten. Er erkundigte sich insbesondere danach, ob der Rotwein zur rechten Zeit dekantiert worden war, und man versicherte ihm, dass dies der Fall war.

Auf den Platzdeckchen vor uns lagen in Leder gebundene Speisekarten. Ich öffnete meine. Die Gerichte wurden sowohl auf Englisch als auch auf Französisch aufgeführt, aber sie waren in einer derart verschnörkelten Schrift geschrieben, dass ich sie in keiner der beiden Sprachen richtig verstand. Ich überflog die Weinkarte, warf einen Blick auf den Preis des Rotweins, den Mr. Wilder soeben bestellt hatte, und fiel fast vom Stuhl.

An Gill gewandt sagte er jetzt: „Und wie geht es deinem Vater, wenn ich fragen darf?"

„Gut", antwortete Gill.

„Sehr schön. Das freut mich zu hören." Und an die Tischrunde gewandt sagte er: „Ich habe den Vater dieser jungen Dame bei Kriegsende in London kennengelernt. Er arbeitete im Informationsministerium, und wir haben durch die gemeinsame Arbeit viel Zeit miteinander verbracht. Ich mochte ihn sehr."

„Habt ihr noch Kontakt?", fragte Mr. Diamond.

Mr. Wilder zuckte mit den Schultern. „Hin und wieder. Ich bin kein großer Briefeschreiber. Zuletzt habe ich ihn vor ein paar Jahren in London gesehen, als wir den Holmes-Film gedreht haben. Wir haben uns auf einen Drink im ‚Connaught' getroffen."

Gill sagte nichts und vergab somit die Chance, aus diesem Gesprächsthema noch etwas herauszuholen. Sie tat mir ein bisschen leid. Es musste schwierig sein, dachte ich, sich mit einem alten Freund des Vaters zu unterhalten, vor allem, wenn man ihm noch nie begegnet war. Und natürlich war sie traurig wegen Stephen. So viel stand ihr jedenfalls ins Gesicht geschrieben.

„Mögt ihr Austern?", fragte uns Mr. Wilder aus dem Blauen heraus.

„Austern?", gab ich zurück und tat so, als würde ich die Speisekarte studieren.

„Die Austern sind hier sehr gut. Sie kommen aus der Humboldt Bay. Natürlich kein Vergleich zu echten französischen Austern, aber wir sind hier nun mal in Kalifornien."

„Dann probiere ich vielleicht die Austern", sagte ich.

„Magst du Austern denn?"

„Eigentlich nicht."

„Dann würde ich sie nicht probieren. Hab keine Angst. Du kannst bestellen, was du möchtest. Such dir etwas aus, das dir schmeckt."

Er war wirklich sehr nett, obwohl ich natürlich sauer auf ihn war, weil er gemerkt hatte, dass ich mich fürchtete.

„Was nehmen Sie denn?"

„Meine Frau und ich", sagte Mr. Wilder, „teilen uns ein Dutzend Austern. Und dann nehmen wir zusammen das *Chateaubriand.*"

„Wir nehmen immer das Gleiche, wenn wir hier sind", sagte Audrey.

„Kommen Sie schon lange hierher?"

„Seit das Restaurant eröffnet wurde. Es gehört Billy, weißt du." Ich drehte mich zu ihm und starrte ihn an.

„Echt?"

„Ich bin einer der Anteilseigner", sagte er wegwerfend.

„Wir wollten", sagte Audrey (und mir fiel die erste Person Plural auf), „ein klein wenig Paris nach Beverly Hills holen. Alles in dieser Stadt ist sehr … künstlich, sehr neu. Billy wollte etwas, das ihn an das gute alte Europa erinnert."

„Ich hatte mir eigentlich etwas Schlichteres vorgestellt", sagte Billy. „Karierte Tischdecken, Wein in Karaffen und so. Aber dann hat sie das in die Hand genommen."

„Die gesamte Ausstattung", sagte Audrey, „stammt aus einem von Billys Filmen. Alles – die Bar, die Leuchter, die Wandvertäfelung …"

„*Irma la Douce*", murmelte er, aber ich wusste nicht, was er damit meinte.

Ein Kellner erschien, um unsere Bestellung aufzunehmen. „Das Übliche für Sie, Mr. Wilder?"

Er nickte kurz.

„Und Mrs. Diamond? Was darf es heute Abend für Sie sein?“

Mrs. Diamond bestellte etwas Leichtes – einen Salat, glaube ich –, während ihr Mann noch unentschlossen wirkte.

„Zunächst die *Pâté*“, sagte er zögernd und schaute über den Tisch hinweg zu seiner Frau, um festzustellen, ob sie seine Wahl billigte, was sie offenbar tat. „Und dann sollte ich wahrscheinlich ebenfalls einen Salat nehmen, oder zumindest etwas, das nicht allzu schwer ist, aber …“

Er schaute sie wieder an, diesmal mit einem flehenden Blick, und sie half ihm aus der Patsche.

„Ach, nun hab dich nicht so, Iz. Nimm das Steak. Du bist doch ganz versessen drauf.“

„*Mit* Fritten?“

„Ausnahmsweise. Die sind hier so gut.“

Der Kellner sah erwartungsvoll zu ihm hinunter. „Steak und Pommes frites, Sir?“

Mr. Diamond klappte die Speisekarte mit einem bestätigenden Lächeln zu. Es war eines der wenigen Male, dass ich ihn an diesem Abend lächeln sah – oder dass ich ihn überhaupt lächeln sah. „Warum nicht?!“, sagte er, und die anderen am Tisch warfen sich amüsierte, verschwörerische Blicke zu.

Ich bestellte das Gleiche wie Mr. Diamond. Er war mir bereits sympathisch und ich hatte das Gefühl, dass er der zuverlässigste und vertrauenswürdigste Wegweiser durch das soziale Labyrinth sein würde, das ich gerade betreten hatte. Gill bestellte eine Zwiebelsuppe und ein Omelett. Der Kellner verschwand und der Sommelier erschien mit dem Wein. Es folgte ein ausgefeiltes Ritual des Entkorkens, Riechens, Probierens und Goutierens. Sechs Gläser wurden gefüllt.

„Also“, sagte Barbara, als diese Prozedur vorüber war, „ihr zwei reist zusammen durch die Staaten, stimmt's?“

„Stimmt", sagte ich. Ich hatte einen kräftigen Schluck Wein genommen und fühlte mich schon viel besser.

„Wart ihr schon an der Ostküste?"

Wir nickten.

„Und wie hat euch New York gefallen?"

Beim Gedanken an diese Unterhaltung könnte ich noch heute vor Scham im Boden versinken. Wir waren ohnehin schüchtern, aber an jenem Abend brachten wir buchstäblich kein vernünftiges Wort heraus. Die ganze Situation war so verwirrend anders als alles, was uns bisher im Leben begegnet war. Doch bevor es allzu offensichtlich wurde, dass keine von uns etwas Interessantes über New York zu sagen hatte, wurden wir zum Glück erlöst, denn nun erschien ein Mann an unserem Tisch, ein Mann Anfang dreißig, der einen Business-Anzug mit schrillem Karomuster und einem absurd breiten Siebzigerjahre-Revers trug. Er hatte einen Lockenschopf und einen verlegenen, ehrerbietigen Gesichtsausdruck.

„Mr. Wilder?", sagte er.

Mr. Wilder wandte sich ihm zu, wobei er weder abweisend noch einladend dreinschaute.

„Ich möchte Sie nicht stören …"

„Schon okay. Schießen Sie los."

„Ich wollte nur sagen – ich bin Ihr *größter* Fan."

„Wirklich? Mein größter?"

„Es ist eine solche Ehre, Sie kennenzulernen."

„Das ist sehr freundlich, danke."

„Sie können sich nicht vorstellen, was für einen Einfluss … Ich meine, Sie sind der Grund, weshalb ich überhaupt ins Filmbusiness gegangen bin."

„Sie sind im Filmbusiness?"

„Ich bin im Vorzimmer von Warner. Darf ich Ihnen meine Karte geben?"

„Im Vorzimmer von Warner? Dann sollte ich Ihnen nachstellen, nicht umgekehrt."

Der Mann kicherte nervös über das Kompliment und reichte Mr. Wilder seine Visitenkarte. Der lüpfte seine Brille, um sie zu lesen.

„Manche mögen's heiß", fuhr der Mann fort, „ist … also, das ist einfach der größte."

„Sehr freundlich", wiederholte Mr. Wilder.

„Ein Meisterwerk der amerikanischen Komödie", fügte der Mann hinzu. „Wirklich."

Mr. Wilder nickte zustimmend. Es war ein beredtes Nicken, mit dem er zu verstehen gab, dass die Zeit des Mannes um und das Gespräch beendet war.

„Also … tut mir leid, dass ich Sie einfach so überfallen habe", sagte der Mann abschließend. „Aber ich habe Sie von dort drüben gesehen und konnte nicht widerstehen."

„Das ist schon in Ordnung", sagte Mr. Wilder. „Es war nett, Sie kennenzulernen."

„Ich weiß nicht, ob Sie zurzeit an etwas arbeiten oder bei einem Studio unter Vertrag sind, aber … nun ja. Sie haben ja meine Karte."

„So ist es."

Bevor er ging, sagte der Mann „Darf ich?" und streckte ihm die Hand entgegen. Sie gaben sich die Hand und er ging.

Mr. Wilder wandte sich wieder dem Tisch zu und nahm einen Schluck von seinem Wein. Dann sah er zu Mr. Diamond hinüber und sagte:

„Hast du das gehört? ‚Ein Meisterwerk der amerikanischen Komödie'."

„Ich hab's gehört."

Mit einem kurzen Lachen fügte Mr. Wilder hinzu: „Frei nach einem deutschen Film, der wiederum von einem französischen

Film abgekupfert war. Von einem Österreicher und einem Rumänen geschrieben!"

Der Hauch eines Lächelns flackerte über Iz' Gesicht und war gleich wieder verschwunden.

Währenddessen hortete ich eifrig Informationen. Mr. Wilder musste, dem Akzent nach zu urteilen, der Österreicher sein. Was bedeutete, dass sein Freund Rumäne war. Und nachdem ich das Gespräch mitverfolgt hatte, war ich mir ziemlich sicher, dass *Manche mögen's heiß* der Titel eines Films war, bei dem Mr. Wilder Regie geführt hatte. Ich gebe zu, dass ich den Film nicht kannte. Hätte jemand den Namen Marilyn Monroe erwähnt, wäre ich vielleicht beeindruckt gewesen, denn von *ihr* hatte selbst ich schon gehört. Aber dieses Stichwort fiel nicht. Vielleicht hätte Gill mir weiterhelfen können, aber ich merkte, dass sie gar nicht richtig zuhörte. Sie saß nur da und starrte mit Leichenbittermiene vor sich hin.

„Andererseits", sagte Mr. Wilder, „hat er ihn vielleicht gar nicht gesehen. Woher sollen wir das wissen?"

„Ach, komm schon, Billy", sagte seine Frau vorwurfsvoll. „Sei nicht so zynisch."

„Ich glaube, der Typ war ehrlich", sagte Mr. Diamond.

„Jedenfalls behalte ich die hier", sagte Mr. Wilder und steckte die Visitenkarte in seine Hemdtasche. „Wer weiß. Wie es aussieht, werden wir sie bald brauchen."

Diese Bemerkung war nicht witzig gemeint und wurde von den anderen auch nicht so aufgefasst. Mr. Diamond sah gleich noch deprimierter aus als ohnehin schon. Barbara schwenkte den Wein in ihrem Glas herum und blickte mit unbewegter Miene in seine Untiefen. Dagegen schien Audrey vor allem verärgert zu sein.

„Krieg dich wieder ein, Billy. Marlene will den Film also nicht machen. Und wenn schon!"

Wie ich später herausfinden sollte, war das eine brisante Bemerkung. Billy konnte es nicht ausstehen, bei geselligen Anlässen über die Arbeit zu sprechen, und schon gar nicht über ein so heikles und vertrauliches Thema wie dieses. Aber er nahm es Audrey nicht übel. (Überhaupt nahm er ihr nie etwas übel.) Er sagte nur:

„Lass uns jetzt nicht darüber reden, okay?"

„Sag ich ja: Krieg dich wieder ein."

Zum Glück hatte ich keine Ahnung, wer diese „Marlene" war. Und da ich nicht wusste, wer sie war, wusste ich auch nicht, dass Mr. Wilder gehofft hatte, sie würde die Hauptrolle in seinem neuen Film spielen. Ich wusste auch nicht, dass er an diesem Morgen einen Brief von ihr erhalten hatte, in dem sie ihm eine unmissverständliche Abfuhr erteilte. Auch nicht, dass dieser Brief ihn und Mr. Diamond in eine Katastrophenstimmung versetzt hatte, die sie wiederum den ganzen Tag daran gehindert hatte, mit dem Drehbuch voranzukommen, an dem sie gerade arbeiteten. Das alles wusste ich nicht. Und selbst wenn ich es gewusst hätte, wäre nichts davon so wichtig gewesen wie die köstliche Scheibe grober *Pâté ardennais,* die nun vor mich hingestellt wurde und über die ich mich augenblicklich hermachte, mit einer Gier, wie sie nur jemand haben konnte, der keine anständige Mahlzeit mehr zu sich genommen hatte, seit er zwei Wochen zuvor von zu Hause fortgegangen war. Aber wenigstens hatte meine Begeisterung eine positive Wirkung, denn sie schien Mr. Wilder aufzumuntern, und zwar so sehr, dass es hinter seinen Brillengläsern wieder belustigt sprühte und er nach einem langen Schluck Wein sagte:

„Wie mir scheint, hast du auf dieser Reise nicht besonders gut gegessen."

Ich nickte und schämte mich dafür, dass ich es mir so sehr anmerken ließ.

„Bon appétit", fügte er hinzu.

Er konzentrierte sich nun darauf, seine Austern zu schlürfen, die für meine Begriffe ekelhaft aussahen und noch schlimmer rochen, doch er hatte gerade einmal drei verzehrt, als ein weiterer

Mann an den Tisch kam. Dieser hier war ungefähr Mitte vierzig, hatte schulterlanges, schwarzes Haar und einen Schnauzbart, der über die Mundwinkel herabhing. Er trug ein Hemd aus transparentem Käseleinen und verwaschene Jeans, und um seinen Hals baumelte ein schweres Medaillon. Alles in allem wirkte er selbstsicherer als der vorige Besucher.

„Mr. Wilder?“, begann er.

Billy, der gerade im Begriff war, seine vierte Auster zum Mund zu führen, wandte sich um und bedachte den Mann mit einem fragenden, resignierten Blick.

„Wie kann ich Ihnen helfen?“

„Ich weiß, Sie essen gerade und … amüsieren sich mit Ihren Freunden und so, aber kann ich Ihnen was sagen? Dauert auch nicht lange.“

„Nur zu.“

„Ich wollte nur sagen, Ihre Filme … die haben mein Leben verändert.“ Nachdem er das verkündet hatte, fuhr der Mann eilig fort:

„Wissen Sie, die Sache ist die, damals, Anfang der Sechziger, da bin ich ausgestiegen und hierher an die Westküste gezogen. Ich meine, die Drogenkultur und die Hippiekultur und die Konterrevolution und so hatten da noch nicht richtig angefangen, aber man konnte sie schon riechen. Als Erstes bin ich also nach San Francisco gegangen, und da war damals echt was los, da gab's 'ne echte Poetry-Szene und 'ne echte Jazz-Szene, und ich bin da so eingetaucht und hab angefangen, ein bisschen zu schreiben und, tja“ – (ein Lachen) – „also, meine Gedichte waren nicht so toll, um ehrlich zu sein, aber wenigstens haben sie mir geholfen, mich neu zu sortieren, wissen Sie, ich hab kapiert, dass mein Leben bis dahin so total … *engstirnig* gewesen war, ich meine, ich war so *angepasst*, aber so richtig hab ich eigentlich erst … zu mir selbst gefunden, als das mit der Musik losging, Sie wissen schon, Flower Power, Bewusstseinserweiterung, das ganze trippige, flippige Zeug, da wusste ich, was ich wirklich wollte, also bin ich nach L.A. gezogen, hab mich ein bisschen in der Musikszene umgesehen und mir 'nen Namen gemacht, 'ne Zeit lang hatte ich 'nen Plattenladen, so 'nen kleinen Laden auf der Melrose, den gibt's nicht mehr, ich glaub, da ist jetzt 'ne Zahnarztpraxis oder irgend so was Verrücktes drin, aber dann bin ich ins Musikmanagement gegangen, war 'ne Weile Manager von Mother's Finest, vielleicht kennen Sie die noch, die waren damals ganz schön bekannt, die haben vor drei-, viertausend Leuten gespielt, manchmal wenigstens, na ja, egal, jedenfalls bin ich dann mehr so auf Promotion umgestiegen und, um es kurz zu machen – sorry, ich weiß, Sie wollen auch mal weiteressen –, hab dann 'nen Club in Fairfax aufgemacht, und jetzt hab ich noch einen in East Hollywood, zwei Schuppen also, laufen beide richtig gut, und wenn ich so drüber nachdenke, bin ich echt der glücklichste Kerl auf der Welt, ich meine, ich weiß, ich bin kein Filmregisseur oder so, den alle Welt kennt, aber als Clubmanager hat man ein gewisses … Prestige in der Szene, wenn Sie wissen, was ich meine, also, ich kann jede Nacht 'ne andere Braut haben, wenn ich Lust habe, und manchmal läuft mir das schon rein, nicht, dass ich" – (auf Audreys Blick hin) – „also, nichts für ungut, Ma'am, ich wollte Ihnen nicht zu nahe treten, ich hoffe, Sie nehmen's mir nicht krumm. Ich wollte Ihnen nur meine Geschichte erzählen, Mr. Wilder, und Danke sagen. Danke für alles."

Billy sah ihn einen Moment lang an und sagte dann:

„Ich verstehe nicht. Was zum Teufel hat das alles mit meinen Filmen zu tun?"

Dem Mann dämmerte, dass er den wichtigsten Teil seiner Geschichte ausgelassen hatte, und er lachte entschuldigend.

„Tut mir leid, ich bin vielleicht 'ne Pfeife, Mann, das hätte ich Ihnen gleich am Anfang erzählen sollen, also, das ist alles wegen diesem Film von Ihnen passiert, *Das Appartement*. Wissen Sie, welchen ich meine?"

„Ich erinnere mich noch daran, ja."

„Also, der Typ, der von Jack Lemmon gespielt wird, das war ich Anfang der Sechziger, klar? Ich war nämlich auch so ein Trottel, hab für 'ne große Firma in New York City gearbeitet, und dann hab ich Ihren Film gesehen und mir ist aufgegangen, dass ich es genauso machen musste wie er, ich musste das alles hinschmeißen, ich musste da verdammt noch mal raus, verstehen Sie, was ich meine?"

Es entstand eine Pause. Billy nickte.

„Ich verstehe, was Sie meinen. Das war also alles wegen mir?"

„Alles wegen Ihnen."

Er stand da, als wartete er darauf, dass man ihm gratulierte.

„Nun …", Billy streckte ihm die Hand hin, „… das ist gut zu wissen. Danke."

Sie schüttelten sich die Hand.

„Ich danke *Ihnen*, Mr. Wilder. Und nichts für ungut, Ma'am."

„Schon okay", sagte Audrey und schenkte ihm ein gnädiges Lächeln.

Der Mann ging. Billy nahm noch einen Schluck Wein und schlürfte mit erheblicher Verzögerung die vierte Auster aus ihrer Schale. Ich war mit meiner *Pâté* längst fertig und nagte an einem Stück Brot.

„Na bitte", sagte er und sah zu Mr. Diamond hinüber, „da hast du's."

„Da hast du's", pflichtete ihm Mr. Diamond bei.

„Dieser Typ lässt sich jede Nacht flachlegen, und wir sind diejenigen, die es ihm ermöglicht haben."

„Da wird einem doch irgendwie warm ums Herz, oder?"

Mr. Wilder schüttelte den Kopf, als könnte er die kleinen, unerwarteten Schrullen des Lebens kaum fassen. Er lächelte. Die letzten beiden Austern verzehrte er ohne weitere Kommentare.

Ich beschloss, eine Bemerkung zu riskieren. Das große Glas Wein, das ich gerade geleert hatte, hatte mir Mut gemacht, und ich sagte:

„Es muss toll sein, von den Leuten zu hören, dass Ihre Filme ihr Leben verändert haben."

Mr. Wilder zuckte mit den Schultern. „Ja, es ist ein gutes Gefühl. Es zeigt, dass nicht alles, was man gemacht hat, in Vergessenheit geraten ist."

„Er klingt so blasiert", erklärte Audrey, „weil er das ständig zu hören bekommt. Auf der Straße, in irgendwelchen Geschäften. Ich kann dir versichern, dass heute Abend noch fünf oder sechs Leute hier auftauchen werden, die alle dasselbe sagen."

„Und ich kann *euch* versichern", sagte Billy, „dass sie alle dieselben beiden Filme erwähnen werden. Die fünfzehn Jahre alt sind. Mehr als fünfzehn. Oder sie nennen welche, die sogar noch älter sind. Filme von vor zwanzig, dreißig Jahren. Seit dem *Appartement* haben Mr. Diamond und ich sieben Filme geschrieben. Sieben. Mal sehen, ob heute Abend jemand hier aufkreuzt, der sagt, *diese* Filme hätten sein Leben verändert."

Um das ernste Schweigen zu durchbrechen, das auf diese Feststellung folgte, sagte ich: „Ja, aber es ist doch toll –"

Er drehte sich auf seinem Stuhl zu mir hin. „Du hast gesagt, dass du aus Griechenland kommst, richtig?"

„Ja."

„Aber dein Englisch ist perfekt. Du hast sogar einen britischen Akzent."

„Meine Mutter ist Engländerin."

„Du hast also schon als Kind beide Sprachen gesprochen?"

„Ja."

„Sag etwas auf Griechisch."

„Νομίζω ότι ήπια πολύ γρήγορα το κρασί μου", improvisierte ich.

„Was bedeutet das?"

„Es bedeutet: ‚Ich glaube, ich habe meinen Wein zu schnell getrunken.'"

Er lachte. „Du kannst dich glücklich schätzen, zwei Sprachen zu sprechen. Man muss sie als Kind lernen. Ich war fast dreißig, als ich hierherkam, und damals konnte ich kein Englisch. Nur ein paar Brocken. Ich habe es gelernt, indem ich Radio gehört habe, vor allem die Übertragungen von Baseballspielen habe ich mir angehört. Aber meinen Akzent habe ich nie verloren, und manchmal fällt es mir immer noch schwer, die richtigen Worte zu finden. Mein Französisch ist besser. Mein Französisch ist gut. Sprichst du Französisch?"

„Oh ja", sagte ich. „Und Deutsch. Ich habe Französisch und Deutsch an der Uni studiert."

„Mr. Diamond und ich waren dieses Frühjahr in Griechenland", erzählte er mir jetzt. „Wir haben ein paar der Inseln besucht. Mögliche Drehorte besichtigt. Kennst du sie?"

„Die griechischen Inseln? Ja, ein paar kenne ich. Wir waren in den Ferien mal auf Santorin, Ikaria … Warum fragen Sie?"

„Wir sind nicht fündig geworden. Aber falls wir je ein Studio auftreiben, das diesen neuen Film finanziert – und ich sage *falls*, weil in diesem Geschäft nichts mehr sicher ist –, dann brauchen wir eine griechische Insel."

Fasziniert stellte ich eine Frage, die ich für harmlos hielt – „Worum geht es in Ihrem neuen Film?" –, und erschrak, als Audrey und Mr. und Mrs. Diamond daraufhin alarmierte Gesichter machten. Später habe ich natürlich gelernt, dass man kreative Menschen unter gar keinen Umständen nach ihren laufenden Projekten fragen darf, aber damals war ich vollkommen naiv und dachte mir nichts dabei. In meinen Augen war es die natürlichste Frage der Welt.

Immerhin schien Mr. Wilder keinen allzu großen Anstoß daran zu nehmen. Irgendetwas an mir (ich weiß nicht, was es war) musste ihn bereits dazu bewogen haben, offen zu sprechen.

„Er handelt von einem alten Filmstar", sagte er. „Einer Frau. Ihr Name ist Fedora. Seit vielen Jahren hat sie niemand mehr gesehen, und das Einzige, was man von ihr weiß, ist, dass sie irgendwo auf einer griechischen Insel lebt. Eine Einsiedlerin. Eine Garbo-Figur. Dann macht sich ein Produzent auf die Suche nach ihr, aber als er die Insel findet, auf der sie lebt, kommt er nicht an sie heran. Er kommt einfach nicht an den Leuten vorbei, die sich um sie kümmern."

„Sie ist so eine Art Gefangene?"

„Etwas in der Art, ja."

Unter einer „Garbo-Figur" konnte ich mir nichts vorstellen, aber ich war nicht einfach nur höflich, als ich sagte, „Das klingt spannend. Ich werde mir den Film ganz bestimmt anschauen."

„Wirklich?"

„Ja. Ich liebe Kriminalfilme."

Mr. Wilder sah mit triumphierendem Blick zu Mr. Diamond hinüber. „Na bitte. Wir haben endlich den Jugendmarkt erobert."

Mr. Diamond schüttelte traurig den Kopf und meinte: „Du brauchst eine größere Stichprobe, Billy." Er wandte sich an Gill: „Was ist mit dir? Gehst du oft ins Kino?"

„Hin und wieder", sagte Gill.

„Was für Filme siehst du dir an?"

Gill zuckte mit den Schultern. „Alle möglichen."

„Irgendeiner, der dir besonders gefallen hat?"

Gill zog die Nase kraus. „*Der weiße Hai* war gut."

„Oh ja, *Der weiße Hai* war irre", pflichtete ich ihr bei und nickte eifrig mit dem Kopf. Meine Mutter, mein Vater und ich hatten ihn an dem Tag, als er in Griechenland in die Kinos kam – am zweiten Weihnachtsfeiertag 1975 –, zusammen angeschaut, und ich hatte ihn seither noch ein paar Mal gesehen.

Die Erwähnung dieses Films veranlasste Mr. Wilder jedoch dazu, einen tiefen Seufzer auszustoßen. Es war kein verärgertes, sondern ein resigniertes Seufzen.

„Mein Gott, dieser Film mit dem Hai. Wann hören die Leute bloß auf, über diesen Film mit dem Hai zu reden? Dieser verdammte

Hai hat in den Staaten mehr Geld eingespielt als jeder Schauspieler in der Geschichte Hollywoods. Mehr als die Monroe. Nicht mal Scarlett O'Hara hat so viel Geld eingebracht wie dieser Hai. Und jetzt will jeder dämliche Executive Producer in der Stadt noch mehr Filme mit Haien produzieren. So denken diese Leute. Wir haben hundert Millionen Dollar mit diesem Hai gemacht, jetzt brauchen wir noch einen Hai. Wir brauchen noch mehr Haie, wir brauchen noch größere Haie, wir brauchen noch gefährlichere Haie. Ich hatte die Idee zu einem Film namens *Der weiße Hai in Venedig.* Ihr wisst schon, die ganzen Gondeln, die den Canal Grande rauf und runter schaukeln, die ganzen japanischen Touristen, und dann kommen da ungefähr hundert Haie den Kanal raufgeschwommen und greifen sie an. Ich habe das einem Typ von Universal vorgeschlagen, einfach so zum Jux. Er dachte, ich meine das ernst. Er fand die Idee großartig. Jeden Film, den du mit drei Worten beschreiben kannst, finden diese Leute toll, sie lieben diese einfachen Geschichten, und der Produzent fand den Hai in Venedig perfekt. Also sagte ich, okay, schön, ich schenk dir die Idee, aber ich werde bestimmt nicht Regie für dich führen. Ich hab's nicht so mit Fischen, weißt du. Wenn du dir meine Filme anschaust, wirst du feststellen, dass kein einziger von einem großen Fisch handelt. Ich bin eher einer, der Filme über Menschen macht.

Aber dieser Mr. Spielberg, der hat wirklich Talent. Er gehört zu dieser neuen Generation von Filmemachern, genau wie Mr. Coppola und Mr. Scorsese. Mr. Diamond nennt sie ‚die Milchbärte'." Er lachte über den Ausdruck, und man merkte, dass er den Wortwitz seines Freundes aufrichtig bewunderte. (Das würde ich später noch öfter feststellen). „Nein, im Ernst, ich glaube, er ist der Beste von diesen Jungs und damit die talentierteste Person, die Hollywood derzeit zu bieten hat. Ich habe seinen Film *Sugarland Express* gesehen. Kennt ihr den?" (Gill und ich schüttelten den Kopf.) „Dachte ich mir, das ist ja auch ein Film über Menschen, und die will niemand mehr sehen. Klar, da gibt es Verfolgungs-jagden und Rumgeballere und so weiter – gegen Ende gibt es davon vielleicht ein bisschen zu viel –, aber im Grunde ist es eine Ge-schichte über diese Figuren, wisst ihr, diese Leute, für die man sich irgendwie interessiert. Aber jetzt, mit dem Hai, hat er die andere Richtung eingeschlagen, er hat sich für dieses ganze Sorg-dafür-dass-den-Zuschauern-das-Popcorn-aus-der-Hand-fällt-Dingens entschieden, mit großen Momenten und großen Schockeffekten. Das hat mehr mit Schaustellerei und Rummelplatz zu tun als mit Drama, mit einer Story. So kommt es mir jedenfalls vor."

Er wurde von zwei Kellnern unterbrochen, die jetzt den Haupt-gang servierten, und eine Zeit lang waren alle damit beschäftigt, die Teller in Empfang zu nehmen, das *Chateaubriand* zwischen Mr. Wilder und seiner Frau aufzuteilen, das Essen zu kosten und, in meinem Fall, die Augen in schierer Ekstase zu schließen, als ich den ersten zarten Bissen meines Steaks zwischen die Zähne schob und die süße Mischung aus Blut und Saft auf meiner Zun-ge spürte. Ich schaute zu Mr. Diamond hinüber und sah, dass es ihm genauso ging. Es schmeckte so gut. Unsere Blicke trafen sich in einem schönen Moment der Komplizenschaft.

„Wir könnten natürlich eine Szene einbauen, in der Fedora von einem Hai angegriffen wird", sagte er schließlich nachdenklich zu Billy.

Mr. Wilder nickte zustimmend und zerstückelte eine sautierte Kartoffel auf seinem Teller.

„Du meinst, wenn sie mit dem Boot rüber zur Insel fährt? Klar, das könnte funktionieren. *Der weiße Hai in Griechenland.* Nicht übel. Das würde vielleicht unser Problem im zweiten Akt lösen. Gute Idee." Er spießte ein Kartoffelstück auf, und bevor er es aß, sagte er: „Wir reden morgen früh im Büro darüber." Dann lehn-te er sich auf seinem Stuhl zurück und spähte neugierig zur ande-ren Seite des Saals hinüber. In einem völlig anderen Ton – viel vertraulicher als vorher – sagte er zu seinem Freund: „Sieh mal einer an. Weißt du, wer gerade eingetroffen ist?"

Mr. Diamond machte keine Anstalten, sich umzusehen. Ich hatte den Eindruck, dass es ihn nicht sonderlich interessierte, wer an diesem Abend sonst noch im Restaurant speiste, so prominent die Person auch sein mochte. Doch Barbara folgte Mr. Wilders Blick.

„Ist das nicht Al Pacino?"

„Ich glaube, das ist Mr. Pacino, ja. Und ich glaube, dass die ungemein schöne Frau ihm gegenüber – die mit den dunklen Haaren – seine Freundin ist. Sie ist ebenfalls Schauspielerin. Die anderen Leute am Tisch kenne ich nicht."

„Gehst du rüber, um mit ihm zu reden?", fragte Audrey.

„Ich werde nicht rübergehen, um mit ihm zu reden", sagte er. „Nicht, solange wir alle essen."

Mr. Diamond, der sich geradezu trotzig unbeeindruckt gab, wandte sich wieder an Gill und mich.

„Und wie steht es mit Komödien?", fragte er. „Worüber lachen junge Leute heutzutage? Habt ihr in letzter Zeit irgendeinen Film gesehen, den ihr lustig fandet?"

Ich dachte angestrengt nach, aber mir fiel keiner ein. Und was Gill betraf, so hatte ich den Eindruck, dass sie die Frage gar nicht gehört hatte. Ich war sogar ein bisschen besorgt um sie, weil sie immer jämmerlicher dreinschaute. Als würde sie im nächsten Moment in Tränen ausbrechen.

Mr. Diamond versuchte uns auf die Sprünge zu helfen: „Was haltet ihr zum Beispiel von Monty Python?"

„Ich verstehe Monty Python nicht so ganz", antwortete Mr. Wilder, über seinen Teller gebeugt.

„Und was ist mit *Is' was, Sheriff?*", fragte Mr. Diamond. „Also, der war doch lustig."

Wieder war es Mr. Wilder, der reagierte, da Gill und ich nichts zu sagen hatten.

„Ja, der war ziemlich lustig", gab er zu. „Ich mag Mr. Brooks. Er ist ein gescheiter Bursche. Sehr clever, sehr lustig. Aber sogar in diesem Film …" Er wandte sich an Gill und mich, als würde er das Wort an eine Schulklasse richten. „Wisst ihr, da gibt es diese Szene, in der die Cowboys alle ums Lagerfeuer herumsitzen, und dann lassen sie einer nach dem anderen einen fahren. Nicht gerade das, was ich unter subtilem Humor verstehe. Mr. Diamond und ich haben nie Wert auf solche Szenen gelegt. Wir kommen eher aus der Lubitsch-Schule." (Noch ein Name, der mir nichts sagte.) „Du zeigst nicht alles. Du deutest es an. Du gehst mit ein bisschen Finesse vor und lässt die Zuschauer die Arbeit machen. Bevor ich Mr. Diamond traf, habe ich zusammen mit meinem früheren Partner, Mr. Brackett, einen Film für Lubitsch geschrieben, *Ninotschka*. Ein Riesenerfolg, ein sehr großer Erfolg. Es war nämlich das erste Mal, dass die Garbo eine komische Rolle spielte. Und die Publicity-Leute bei MGM haben sich einen wirklich guten Slogan für die Werbekampagne und die Poster ausgedacht: DIE GARBO LACHT. So lautete die Botschaft, und das genügte, um die Zuschauer ins Kino zu locken. Das machte sie neugierig. DIE GARBO LACHT. Wohlgemerkt nicht DIE GARBO FURZT. Denn damals war das Publikum einen Humor gewohnt, der feinsinniger und ein bisschen intelligenter war. Heute ist das anders, und vielleicht sind Mr. Diamond und ich nicht mehr ganz auf der Höhe der Zeit, wie gesagt, wir schreiben einen Film über eine alte Filmdiva, die sehr elegant, sehr schön und sehr mysteriös ist, das heißt, es wird darin keine Szene geben, in der sie sich mitten in einem Dialog auf ihrem Stuhl aufrichtet, ein Bein hebt und einen fahren lässt."

„Oh, Billy!", rief seine Frau vorwurfsvoll, aber lachend.

„Nein, ich meine, das geht nicht. Das können wir nicht machen." Er schenkte sich noch etwas Rotwein aus dem Dekanter nach. „Abgesehen davon ist dieser neue Film gar keine Komödie. Es wird ein sehr ernster Film. Ein Melodrama, fast schon eine

Tragödie. Deswegen bereitet es Mr. Diamond auch so viel Unbehagen, das Drehbuch zu schreiben."

Ich warf einen Blick auf Mr. Diamond, um zu sehen, ob man ihm sein Unbehagen anmerkte, aber das war schwer zu sagen. Bei ihm war das immer schwer zu sagen. Er sah nachdenklich und melancholisch und ziemlich unergründlich aus, abgesehen davon, dass er zweifellos sein Steak genoss.

In dem Moment erhob sich Gill.

„Ich muss mal aufs Klo", sagte sie.

Diese Feststellung kam so abrupt und ungehobelt, dass Audrey einen Moment brauchte, um zu erwidern: „Die Damentoilette? Aber sicher, sie ist dort drüben."

Mr. Wilder erhob sich ebenfalls und tupfte sich den Mund mit einer Serviette ab. Er sagte: „Ich werde wohl mal die Herrentoilette aufsuchen. Komm, ich zeig dir, wo's langgeht."

Sie machten sich zusammen auf den Weg, aber Mr. Wilder ging nicht zur Herrentoilette. Er schien vielmehr darauf aus zu sein, am Tisch von Al Pacino vorbeizuschauen, wo er bald eine angeregte Unterhaltung mit dem Star führte. Er beugte sich zu ihm hinunter, und die beiden plauderten und lachten und schienen sich gut zu verstehen.

Nach ein paar Minuten kam ein Kellner an unseren Tisch. Er hielt ein gefaltetes Papier in der Hand und reichte es mir.

„Das ist von Ihrer Freundin," sagte er.

Offenbar hatte Gill eine Nachricht für mich auf den Zettel geschrieben. Ich faltete ihn auf und las:

Es hat keinen Sinn – ich halte das nicht aus. Ich fahre heute Nacht mit Stephen nach Phoenix. Tut mir echt total leid xx

Audrey und Barbara beobachteten mich gespannt, während ich die Nachricht las. Wie konnte sie mir das antun? Mich mit vier wildfremden Menschen in einem Restaurant zurücklassen! Was sollte ich ihnen bloß sagen?

Die Wahrheit schien die einfachste Option zu sein.

„Sie musste weg", sagte ich.

Die beiden waren zu kultiviert, um sich anmerken zu lassen, wie perplex sie zweifellos waren.

„Ach du meine Güte", sagte Audrey. „Ich hoffe, es ist nichts Ernstes."

„Hat sie dir geschrieben, was passiert ist?", fragte Barbara.

„Vor ein paar Tagen hat sie diesen Typ kennengelernt", sagte ich. „Die beiden sind total verknallt. Er reist heute Abend ab. Jetzt will sie ihm hinterher."

„Wie *ungeheuer* aufregend und romantisch", sagte Audrey.

„Dir gegenüber ist das aber ganz schön hart", meinte Barbara – wofür ich ihr dankbar war.

Mr. Wilder kam an den Tisch zurück und nahm die Nachricht, dass Gill getürmt war, mit völligem Gleichmut auf (schließlich hatte er den ganzen Abend kaum ein Wort mit ihr gewechselt). Viel wichtiger war ihm, von seiner Begegnung mit Al Pacino zu berichten.

„Wie lief's?", fragte Iz, trocken wie immer.

„Wir hatten eine angenehme Unterhaltung", sagte Billy zunächst etwas verhalten.

„Ich hoffe, er war angemessen geschmeichelt darüber, dass du auf einen Plausch bei ihm vorbeigeschaut hast", sagte Audrey.

„Ich bin mir nicht sicher, ob er geschmeichelt war, aber immerhin sind Mr. Diamond und ich ihm ein Begriff. Er ist über unsere Arbeit im Bilde." Dann sagte er zu mir gewandt: „Du weißt natürlich, wer Mr. Pacino ist. Du hast ihn in *Der Pate* gesehen, oder?"

Ich musste zugeben, dass ich den Film nicht kannte.

„Sehr guter Film. Der zweite Teil, meine ich. Der neuere. Ein ausgezeichneter Film, einer der besten, die ich je gesehen habe." Er wandte sich wieder an den Tisch im Allgemeinen, wobei er besonders Mr. Diamond und seine Reaktion im Blick hatte. „Er war nicht so leicht zu verstehen, weil er einen Hamburger aß und mit vollem Mund sprach und nuschelte. Er spricht genau so, wie er spielt. Man könnte ihn Hamlets Monolog ‚Sein oder Nichtsein‘ rezitieren lassen und trotzdem kein Wort davon verstehen. Und nebenbei bemerkt ist das hier kein Hamburger-Imbiss. Monsieur Chaumeil, unser Küchenchef, bereitet normalerweise keine Hamburger zu. Sie stehen nicht auf der Speisekarte. Es war also eine Bestellung auf besonderen Wunsch. Man stelle sich vor, was man hier alles bekommt – *Bouillabaisse, Cassoulet, Pot-au-feu* –, und er nimmt einen Hamburger! Seine Freundin hat sich dafür entschuldigt. Sie sagt, er habe keine Manieren.“

„Wie heißt sie?“

„Ihr Name ist Marthe. Marthe Keller. Eine Schweizerin.“ Er blickte erwartungsvoll in die Runde, als müsste diese Enthüllung alle in Staunen versetzen. „Das ist doch verrückt, findet ihr nicht? Es gibt so gut wie keine Schweizer in Hollywood, geschweige denn schweizerische Schauspielerinnen. Schweizerische Schauspielerinnen sind überhaupt Mangelware. Mir fällt keine andere ein. Die Schweiz produziert sogar mehr Kuckucksuhren, als sie Schauspieler hervorbringt.“ Dann wandte er sich unvermittelt an mich: „Was ist denn mit dem Foley-Mädchen passiert? Hat ihr jemand erzählt, die Desserts seien hier nicht gut?“

„Nein.“

„Da bin ich aber froh. Sie sind nämlich sehr gut. Sehen wir zu, dass wir diese Speisekarten zurückbekommen.“

Er blickte sich um und schnippte mit den Fingern, und ein Kellner kam herbeigeeilt. Ich dachte wieder an meinen Vater, diesen gutmütigen Mann Anfang fünfzig, der sich nie durchsetzen konnte und sich immer vergeblich bemühte, die Aufmerksamkeit eines Kellners zu erregen. Es musste schön sein, diese Art von

Beachtung zu finden, dachte ich. Und, wenn man sie erst einmal gefunden und sich daran gewöhnt hatte, nicht so schön, sie wieder zu verlieren.

„Sie ist einem jungen Mann hinterhergerannt", klärte Audrey ihren Gatten auf. „Aus Liebe."

„Im Ernst?" Diese Neuigkeit schien ihn zu amüsieren. „Ich glaube nicht, dass ihr Vater erfreut darüber wäre. Dazu erschien er mir immer viel zu vernünftig. Sie muss die Tochter ihrer Mutter sein."

Nun, da Gill fort war, fühlte ich mich unbehaglich.

„Es war so freundlich von Ihnen allen", begann ich, „dass ich mit Ihnen zu Abend essen durfte. Aber jetzt, wo Gill gegangen ist, sollte ich wahrscheinlich nicht bleiben. Ich bin ja nur hier, weil sie mich eingeladen hat, mitzukommen –"

Daraufhin setzte ein lauter und einstimmiger Chor des Protests ein.

„Unsinn, Liebes", sagte Audrey.

„Wir wollen nichts davon hören", sagte Barbara.

„Hier", sagte Billy und füllte mein Glas mit dem restlichen Wein. „Trink ihn aus, weil wir gleich eine neue Flasche bestellen."

„Aber Sie –"

Audrey legte ihre Hand auf meine und brachte mich mit einem Blick zum Schweigen.

„Bitte, entspann dich einfach und amüsier dich. Wir sind sehr froh, dass du hier bist. Und bestell dir ein schönes Dessert. Das hast du dir verdient."

„Verdient? Womit denn?"

„Ich glaube, dir ist nicht klar", sagte Audrey, „wie außergewöhnlich dieses Dinner ist. Billy und Iz essen sonst nie gemeinsam zu Abend. Niemals. Warum sollten sie auch? Sie sind ja den ganzen Tag zusammen. Von neun Uhr morgens bis sechs Uhr abends. Sie verbringen mehr Zeit miteinander als mit Barbara und mir. Und sie sind einander mehr zugetan als ihren Ehefrauen." (Billy und Iz schauten vor sich hin, während Audrey sprach, und nickten hin und wieder bestätigend.) „Aber sie wollten euch heute Abend treffen, und weißt du auch, warum?"

Ich hatte nicht die leiseste Ahnung.

„Ganz einfach, Liebes. Weil ihr *jung* seid. Hast du nicht gemerkt, wie sie den ganzen Abend versucht haben, euch über Filme zu löchern? Billy ist verzweifelt bemüht, herauszufinden, was die jungen Leute heutzutage sehen wollen. Und er hat ja nie Gelegenheit, sich mit jemandem von ihnen zu unterhalten. Also, sei unbesorgt – und was das Dessert betrifft, lege ich dir die *Mousse au chocolat* ans Herz, sie ist einfach unwiderstehlich."

„,Verzweifelt' würde ich es nicht nennen", sagte Billy und schenkte mir erneut Wein nach, obwohl mein Glas noch fast voll war. „Aber ich bin immer neugierig darauf, was die Menschen von einem Film erwarten. Ich kann ja keine Filme für sechs Leute in Bel Air machen. Oder um das, das … ,Goldene Eichhörnchen' bei irgendeinem Filmfestival in Liechtenstein zu gewinnen. Es ist ein Business. Du gewinnst oder verlierst an der Kinokasse. Alles andere ist nur … *pfff!*" Er schaute zu Audrey hinüber. „Stört es dich, wenn ich zwischendurch rauche?"

„Nur zu. Könnte sein, dass ich dir später Gesellschaft leiste."

„Wenn ich das so sagen darf", wandte sich Iz jetzt an mich, „hat deine Freundin heute Abend ein bisschen auf die Stimmung gedrückt. Also, Billy und ich hatten einen harten Tag, weil dieser Brief von Marlene heute Morgen gekommen ist, und ich für meinen Teil würde das jetzt gern vergessen."

„Gute Idee", sagte Barbara und schenkte ihm und allen anderen nach. „Darauf trinken wir. Ich könnte jetzt auch ein Stück *Tarte au citron* vertragen. Für dich die *Crème brûlée,* vermute ich mal?"

Iz klappte mit einem zufriedenen, breiten Lächeln die Speisekarte zu.

„Warum nicht?!", sagte er, woraufhin Audrey und Barbara in schallendes Gelächter ausbrachen und Billy sich vertraulich zu mir herüberlehnte, um es zu erklären:

„Nicht, dass du denkst, Mr. Diamond mache sich nichts aus *Crème brûlée.* Die *Crème brûlée* hier ist die beste in Los Angeles – vielleicht sogar in ganz Amerika. Aber wenn man ihn ein bisschen besser kennt, weiß man, dass dies sein absoluter Gipfel an Begeisterung ist. Seit zwanzig Jahren schreiben wir nun zusammen Filme, und das ist das größte Lob, das ich je von ihm gehört habe: ‚Warum nicht?!' Ich kann ihm den besten Spruch vorsetzen, zum Beispiel den letzten Satz im *Appartement,* wenn Baxter und Fran auf der Couch sitzen, und sie mischt die Karten und er macht ihr eine Liebeserklärung, und was sagt sie? Etwa ‚Ich liebe dich auch'? Von wegen – das wäre ja vorhersehbar und obendrein schmalzig. Sie drückt ihm einfach die Spielkarten in die Hand und sagt: ‚Halt den Mund und teil aus!' Tja, du kennst den Film nicht, weil du dir nur Filme mit Haien anschaust, aber ich kann dir versichern, dass es ein ziemlich genialer Schlusssatz ist, und als ich ihn Mr. Diamond vorgeschlagen habe, was hat er da gesagt? Etwa: ‚Billy, du bist ein Genie!' oder ‚Der geht in die Filmgeschichte ein'? Nein. Nichts dergleichen. Er hat mich nur mit seinem Hundeblick angesehen und gesagt: ‚Warum nicht?!' Und da wusste ich, dass er den Satz liebt, obwohl er sich eher die Zunge abbeißen würde, als das zuzugeben. Und dasselbe gilt für die *Crème brûlée,* die liebt er ebenfalls, würde es aber nie zugeben, und das Einzige, was man dazu aus ihm herausbekommst, ist ‚Warum nicht?!'"

Audrey und Barbara hatten den letzten Teil dieser Rede mitbekommen und beobachteten verzückt, wie Iz darauf reagierte.

„Sind diese beiden nicht zum Dahinschmelzen?", sagte Barbara.

„Wäre es nicht fantastisch, wenn sie miteinander verheiratet sein könnten, anstatt mit uns? Ich weiß nicht, wie es dir geht, Audrey, aber manchmal fühle ich mich richtig schuldig, weil ich zwischen ihnen stehe."

Audrey lachte wieder. „Oh ja! Mir geht es genauso. Wenn ich mir Billy nicht rechtzeitig geschnappt hätte, bevor er Iz kennengelernt hat, hätte ich keine Chance bei ihm gehabt."

„Damit das klar ist: Wir sind keine Tunten", sagte Billy und warnte mich: „Komm bloß nicht auf die Idee, dieses Gerücht in die Welt zu setzen."

Ich schüttelte ernst den Kopf und trank noch mehr Wein, und die nächsten Minuten saß ich einfach nur da und ließ mich von der Unterhaltung berieseln. Alle anderen am Tisch zündeten sich Zigaretten an, aber ich habe schon damals nicht geraucht, daher lehnte ich ab. Ich war so glücklich, glücklicher als ich während meiner ganzen Amerikareise gewesen war, sogar glücklicher als noch ein paar Stunden zuvor, als ich mit Gill am Strand von Santa Monica in der Sonne gelegen hatte. Im Grunde war es mir völlig egal, ob ich Gill je wiedersehen würde, nachdem sie mich so behandelt hatte. Sie war verrückt, einfach so davonzulaufen und sich diesen Abend entgehen zu lassen, nur um ein paar zusätzliche Tage mit Stephen in Phoenix zu verbringen. Denn das hier war das Paradies: in einem der mondänsten Restaurants in Beverly Hills zu sitzen, umgeben von schönen, talentierten, reichen, berühmten Menschen, und das wunderbare Essen zu genießen. Mir war, als hätte ich ein anderes Universum betreten, mehr noch, eine andere Daseinsordnung. In zwei Tagen würde ich wieder in einem Greyhound-Bus sitzen und eine schweißtreibende, siebenstündige Fahrt nach San Francisco über mich ergehen lassen, mit nichts als ein paar läppischen Käsesandwiches im Rucksack, aber daran wollte ich jetzt nicht denken. In diesem Moment zählte nur, wie elegant und weltläufig diese Leute waren, und wie freundlich sie mich aufgenommen hatten, und wie elegant und weltläufig ich mir dadurch vorkam.

Audrey lachte über etwas. Etwas, das sie selbst gesagt hatte. Es war ein anzügliches, frivoles Lachen, und Barbara stimmte mit ein. Sie sprachen über das Restaurant. Offenbar hatte man es kürzlich als Kulisse für einen Film genutzt, und in einem der Privaträume im oberen Stock war eine ausgesprochen skandalöse Szene gedreht worden.

„Aber genau das meine ich ja", sagte Mr. Wilder in jenem halb spaßigen, halb ernsten Ton, der mir an ihm schon aufgefallen war. „Das ist das Problem, mit dem Iz und ich uns herumschlagen. Da bemühen wir uns also, subtile Filme, romantische Filme zu schreiben, und das Publikum erwartet das hier: Der Film läuft noch keine zehn Minuten, und schon ist das Mädchen auf den Knien, um dem Typ einen zu blasen. Also nicht gerade das, was die Garbo tun würde, stimmt's? Oder jemand wie Ingrid Bergman oder Audrey Hepburn."

„Du musst mit der Zeit gehen, Billy", sagte seine Frau.

„Glaub mir, ich gebe mein Bestes. Wir hatten jetzt schon zwei Mal nackte Möpse in unseren Filmen."

„Zwei Mal?", fragte Iz skeptisch.

„Ja, in dem Holmes-Film hatten wir Möpse, erinnerst du dich? Die Story mit dem nackten Paar in den Flitterwochen."

„Die Möpse wurden rausgeschnitten."

„Ich weiß, dass sie rausgeschnitten wurden. Die ganze Story wurde rausgeschnitten. Aber zunächst waren sie drin."

„Möpse sind Schnee von gestern", sagte Audrey.

„Gott bewahre, dass ich je auf die Idee kommen sollte, Möpse seien Schnee von gestern", erwiderte Billy.

„Habt ihr Möpse in *Fedora*?", fragte Barbara.

Iz schüttelte den Kopf, aber Billy sagte: „Natürlich haben wir Möpse. In der alten Studio-Szene, in der sie *Leda und der Schwan* drehen, da haben wir Möpse."

„Ach ja, richtig. Hatte ich ganz vergessen."

Ich legte eine Hand vor meine schwere Stirn und versuchte, den Oberkörper abzustützen. Ein Gähnen bahnte sich an, und nicht nur das, der ganze Raum schien mit einem Mal zu schwanken. Mein Kopf begann zu schwimmen.

„Und überhaupt haben wir das Problem in dieser Szene noch nicht gelöst", erinnerte ihn Billy.

„Hilf meinem Gedächtnis auf die Sprünge, was war doch gleich das Problem?"

„Das Problem ist, wie er reagieren soll. Wir haben diesen jungen Burschen, diesen Detweiler, der noch ein Grünschnabel ist, und sie drehen diese Szene, und sein Job ist es, Fedoras Titten zu bedecken. Er muss sie verdecken, damit die Leute von der Zensur keinen Ärger machen. Er sieht sie also zum ersten Mal, und sie ist nackt. Aber wie reagiert er?"

„Wie alle Typen reagieren würden. Er verliert den Verstand."

„Ja, aber das ist langweilig. Das ist die Reaktion, die man von ihm erwartet."

Jetzt setzte das Gähnen ein. Es begann in beiden Mundwinkeln, und ich spürte, wie es sich auf meinen Kiefer ausweitete. Ich versuchte es zu unterdrücken, aber der Drang war einfach zu stark.

Iz überlegte. „Also, ich weiß nicht ... Ich vermute mal, in diesem Fall wäre es interessanter, wenn er völlig anders reagieren würde als die meisten Typen."

„Aber wie?" fragte Billy.

Einen Moment lang herrschte Schweigen, und dann zeigte Audrey auf mich.

„So wie sie", sagte sie.

In diesem Augenblick befand ich mich inmitten eines enormen, nicht enden wollenden Gähnens. Ich hatte die Hand vor den Mund gelegt, damit es niemand bemerkte, doch dann wurde mir bewusst, dass mich alle anstarrten, und aus unerfindlichen Gründen nahm ich meine Hand weg und versuchte, meinen Mund zu schließen, aber es wollte mir nicht gelingen. Das Gähnen ging immer weiter, und alles um mich herum drehte sich, und die Gesichter meiner Tischgenossen erschienen abwechselnd scharf und verschwommen vor meinen Augen.

„Das ist es!", hörte ich Mr. Wilder triumphierend rufen.

„Das ist was?", fragte Mr. Diamond.

„Er gähnt! Er sieht die schönste Frau der Welt nackt vor sich liegen, und was macht er? Er gähnt. Weil er die ganze Nacht kein Auge zugetan hat. Und das fasziniert sie. So etwas ist ihr noch nie passiert. Das weckt in ihr den Wunsch, mit ihm zu schlafen."

Er schaute gespannt zu seinem Partner hinüber und wartete auf seine Reaktion. Mr. Diamond lehnte sich auf seinem Stuhl zurück und brütete eine Weile vor sich hin.

Schließlich nickte er ganz langsam und sagte (ebenfalls sehr langsam): „Ja. Das könnte funktionieren. Das könnte definitiv hinhauen."

Billy holte eine seiner kleinen Zigarren hervor und zündete sie an. Er sagte nichts, aber allen war klar, dass er enttäuscht war. Er hatte erwartet, Mr. Diamond würde „Warum nicht?!" sagen.

*

Um es gleich vorwegzunehmen: Ich kippte nicht um. Ich verlor nicht das Bewusstsein. Aber ich weiß nicht mehr, wie ich in die Wohnung der Wilders gelangte. Sie mussten sich meiner erbarmt haben, nachdem sie festgestellt hatten, dass ich nicht mehr in der Lage war, eigenständig zu meinem Hostel zurückzufinden. Vermutlich sind wir mit einem Taxi zu ihnen nach Hause gefahren und dann mit einem Aufzug hinauf in ihr Apartment, aber ich kann mich an nichts erinnern. Als ich aus meinem Rausch erwachte, war es heller Vormittag. Kalifornischer Sonnenschein fiel in das Wohnzimmer, gedämpft und gefiltert von einer halb heruntergelassenen Jalousie, und ich lag zusammengekrümmt auf einer

Couch, die für einen horizontal ausgerichteten menschlichen Körper eigentlich nicht lang genug war, und mein Rücken schmerzte und mein Schädel brummte und meine Augen waren überhaupt nicht in der Stimmung, sich zu öffnen.

Aus einem anderen Zimmer drangen Geräusche herüber, und ich dachte erst, es wäre Audrey, daher erhob ich mich mit einer gewaltigen Anstrengung, um sie zu begrüßen. Es war aber nicht Audrey, sondern eine Frau mittleren Alters, die wie ein Dienstmädchen gekleidet war und sich in der Küche zu schaffen machte.

„Guten Morgen", sagte sie. „Sie müssen die griechische Lady sein."

Ich nickte und fragte: „Ist Audrey hier? Oder Billy?"

„Mr. Wilder ist in sein Büro gegangen, um mit Mr. Diamond zu arbeiten. Mrs. Wilder hat einen Termin bei ihrem Augenarzt. Sie hat mich gebeten, Ihnen das Frühstück zu servieren, wenn Sie also nach nebenan gehen möchten, bringe ich es Ihnen gleich."

Ich murmelte meinen Dank und ging zurück ins Wohnzimmer, wo ein Esstisch aus dunklem Eichenholz in der Ecke stand. Das Apartment wirkte ziemlich klein, was aber daran lag, dass es so vollgestopft war. Die Wände waren über und über mit Gemälden behängt: hauptsächlich moderne Malerei, viel abstrakte Kunst und noch mehr Akte. Erst viele Jahre später erfuhr ich, dass Mr. Wilder ein großer Kunstsammler war – einer der angesehensten in den Vereinigten Staaten – und dass einige der Werke an den Wänden echte Schieles, Klimts und Picassos waren. Außerdem gab es Unmengen von Büchern (in verschiedenen Sprachen) und Schellackplatten (klassische Musik und Jazz), und in einem Regal standen mehrere Oscar-Statuetten.

Die Hausangestellte kam mit einem Silbertablett herein, auf dem Kaffee, Croissants, Marmelade und Orangensaft angerichtet waren. Sie schenkte mir etwas von dem starken, schwarzen Kaffee ein, und ich dankte ihr, bevor ich ihn gierig trank. Während ich frühstückte, reichte sie mir ein Buch. Es hieß *Crowned Heads* und stammte von einem Autor namens Thomas Tryon, von dem ich noch nie gehört hatte.

„Mr. Wilder hat eine Nachricht für Sie hineingelegt“, sagte sie und überließ mich der Lektüre.

Die Nachricht war auf dickes, cremefarbenes Briefpapier geschrieben, auf dem in dezenten Großbuchstaben der Name BILLY WILDER stand. Unten war eine Adresse aufgedruckt, aber keine Telefonnummer. Ich nahm an, dass es die Adresse des Apartments war, in dem ich mich befand, aber, wie ich später herausfinden sollte, traf das nicht zu.

Die Nachricht lautete:

Du erinnerst dich wahrscheinlich nicht mehr daran, aber gestern Abend hast du ein Story-Problem für uns gelöst. Das hier ist der Stoff, den Mr. Diamond und ich verfilmen möchten. Ich borge dir mein Exemplar, falls du Zeit hast, es zu lesen und weitere Geniestreiche beizusteuern.
Beste Grüße, Billy.
P.S.: Trink viel starken Kaffee und nimm ein paar Aspirin.

Das Buch enthielt offenbar vier Erzählungen, und im Inhaltsverzeichnis hatte Mr. Wilder den Titel der ersten eingekreist: „Fedora“. Ich blätterte weiter und stellte fest, dass die folgenden Seiten mit unzähligen handschriftlichen Notizen versehen waren. Ich trank noch mehr Kaffee, schob mir ein Stück Croissant in den Mund und begann zu lesen.

Ungefähr eine halbe Stunde lang vertiefte ich mich in die Lektüre, dann bemerkte ich, wie die Hausangestellte mich ansah, und mir wurde klar, dass ich gehen sollte. Das Buch nahm ich mit.

*

Ich dachte, ich würde Gill nie vergeben, dass sie mich einfach so hatte sitzen lassen, aber dann tat ich es irgendwie doch. Ein paar Monate später schrieb sie mir nach Athen und teilte mir mit, dass Stephen und sie verlobt waren, und ein paar Jahre darauf schrieb sie, dass sie geheiratet hatten, daher vermute ich, dass es wohl doch die wahre Liebe gewesen sein muss. Danach schickten wir uns regelmäßig Weihnachtskarten, doch obwohl ich in den 1980er-Jahren nach London zog und wir uns schworen, bald einmal zusammen auszugehen, kam das Treffen nie zustande, und allmählich versickerten die Weihnachtskarten und wir verloren den Kontakt. Eigentlich schade. Während ich das alles aufschreibe, hätte ich direkt Lust, sie ausfindig zu machen, was heutzutage kein Problem wäre. Ich frage mich, ob Stephen und sie noch zusammen sind. Ich glaube, sie hatten zwei Töchter.

Ich verbrachte noch zwei Tage allein in Los Angeles. Pflichtbewusst klapperte ich die Sehenswürdigkeiten ab, erkundete den Grand Central Market und besuchte ein paar Museen, aber ich konnte es nicht genießen. Am besten gefiel mir noch ein Ausflug mit dem Bus nach Malibu, wo ich am Strand saß und das Buch las, das Mr. Wilder mir geliehen hatte. Zumindest hatte ich es als Leihgabe verstanden.

Ich fand allerdings nicht, dass „Fedora" so eine umwerfende Geschichte war. Für meinen Geschmack war sie ein bisschen zu blumig geschrieben, und die Hauptfigur – die mysteriöse alte Filmdiva – überzeugte mich nicht richtig. Ich habe immer ein Problem damit, wenn Schriftsteller eine Figur erfinden, die unheimlich berühmt sein soll. Es funktioniert einfach nicht, denn eine berühmte Person zeichnet sich ja gerade dadurch aus, dass man schon mal von ihr gehört hat, und wenn man von dieser angeblich so berühmten Person noch nie etwas gehört hat, kann sie auch nicht berühmt sein, und das Ganze fällt in sich zusammen, bevor es überhaupt angefangen hat. Aber es wäre wohl nicht sonderlich hilfreich gewe-

sen, das Mr. Wilder mitzuteilen. Nachdem ich die ganze Geschichte gelesen hatte, fiel mir überhaupt nichts Hilfreiches ein, das ich
ihm hätte sagen können. Ohnehin war es mir ein Rätsel, wie man
es anstellte, aus einem Buch einen Film zu machen.

Dennoch wollte ich ihm das Buch zurückgeben, daher nahm
ich an jenem Nachmittag gegen 15 Uhr, wenige Stunden bevor
mein nächster Greyhound abfahren würde, den Stadtbus nach
Beverly Hills. (Gill und ich hatten vorgehabt, als Nächstes nach
San Francisco zu fahren, und dann weiter nach Norden, und ich
hatte beschlossen, an diesem Plan festzuhalten.) Ich fragte mich
zu der Adresse durch, die auf Mr. Wilders Briefbogen stand, und
so stellte ich fest, dass es nicht die Adresse seines Apartments war.
Vielmehr handelte es sich um ein schlichtes, modern anmutendes
Bürogebäude an der Kreuzung von Santa Monica Boulevard und
Rodeo Drive, das von außen alles andere als bemerkenswert aussah. Damals wusste ich nicht, dass es das legendäre Writers and
Artists Building war. An der Türsprechanlage befanden sich zwei
lange Reihen mit Klingelknöpfen, aber ich konnte weder den Namen von Mr. Wilder noch den von Mr. Diamond entdecken und
wusste nicht, was ich tun sollte. Nach ein paar Minuten kamen
zwei Männer heraus. Sie waren beide Mitte fünfzig und trugen
karierte Jacketts und Freizeithosen.

„Können wir dir helfen?", fragte einer der Männer, dem aufgefallen war, dass ich vor der Tür herumlungerte. Ich sagte, ich sei
auf der Suche nach Mr. Wilder und Mr. Diamond. „Sie sind vor
ungefähr einer halben Stunde gegangen", meinte der Mann. „Ich
weiß allerdings nicht, wohin."

„Iz hat mir gesagt, sie hätten ein Meeting", sagte der andere
Mann (zu seinem Freund, nicht zu mir).

„Wissen Sie zufällig, wann sie zurückkommen?", fragte ich.

Die beiden schüttelten den Kopf und gingen weiter. Ich entdeckte einen Coffeeshop auf der anderen Straßenseite und setzte

mich an einen Tisch am Fenster, von wo aus ich einen guten Blick auf den Eingang des Gebäudes gegenüber hatte. Ich wartete, so lange ich konnte – fast eine Stunde –, doch irgendwann war der Zeitpunkt gekommen, an dem ich aufbrechen musste, wenn ich meinen Bus nach San Francisco nicht verpassen wollte. Es war entsetzlich traurig und frustrierend. Ich riss eine Seite aus dem Notizbuch in meinem Rucksack und schrieb:

Lieber Mr. Wilder,
vielen Dank, dass Sie mir dieses Buch geliehen haben und bei dem Dinner neulich so freundlich zu mir waren. Es war einer der schönsten Abende, die ich je erlebt habe. Es tut mir leid, dass ich zu viel getrunken habe und auf Ihrer Couch übernachten musste. Das Buch hat mir sehr gefallen und ich bin mir sicher, dass Mr. Diamond und Sie einen sehr erfolgreichen Film daraus machen werden. Leider habe ich keine weiteren Story-Ideen für Sie. Die im Restaurant war sowieso nur Dusel.

Ich setzte meinen Vornamen darunter und dann, obwohl es mir im selben Moment idiotisch vorkam und peinlich war, schrieb ich meinen Nachnamen und die Adresse und Telefonnummer meiner Eltern in Athen dazu. Dann ging ich ein paar Häuser weiter in einen Schreibwarenladen, kaufte einen Umschlag, steckte das Buch samt meiner Nachricht hinein und warf ihn in den Briefkasten des Writers and Artists Building, alles ganz schnell, damit ich es mir nicht noch anders überlegen konnte. Und das war's dann. Unter der sengenden Sonne von Beverly Hills hievte ich meinen Rucksack auf die Schultern und machte mich auf den langen Weg zur Greyhound-Station.

Meine restliche Zeit in Amerika verging sehr langsam. Ich besuchte noch ein paar interessante Orte, lernte aber unterwegs niemanden mehr kennen, mit dem ich hätte Freundschaft schließen können. Ich war allein und unglücklich, aber nicht, weil ich Gill vermisste, sondern weil ich mich – während ich bei McDonald's in Seattle den üblichen Viertelpfünder mit Pommes verdrückte – danach sehnte, wieder in Beverly Hills zu sein, im „Bistro" zu speisen, Mr. Wilders Späßen zu lauschen und unerhört teuren Rotwein zu trinken, während Al Pacino und seine schöne schweizerische Freundin auf der anderen Seite des Saals saßen. Die Reise machte mir keinen Spaß mehr. Ich wäre früher nach Athen zurückgeflogen, wenn ich es mir hätte leisten können, meinen Flug umzubuchen.

Griechenland

Eigentlich war es kein Wunder, dass ich meine Töchter weiterhin wie Kinder behandelte, obwohl sie längst erwachsen waren. Denn wenn ich die Geschichte von meiner Begegnung mit Mr. Wilder in Los Angeles Revue passieren lasse, wird mir klar, dass ich damals, mit einundzwanzig, selbst noch ein Kind war. Rückblickend würde ich sagen, dass meine Eltern ebenfalls überbehütend waren. Ich war ein Einzelkind, und wir wohnten in einer großen Wohnung in der Acharnon-Straße. Es war eine vielbefahrene, laute, dreckige Durchgangsstraße, und wir schienen nie besonders viel Geld zu haben, aber wir waren glücklich dort – mehr als zwanzig Jahre lang vollkommen, ununterbrochen glücklich. Wer Griechenland nur aus dem Urlaub kennt und weiß, dass wir damals unter einer Militärjunta lebten, wird vielleicht fragen: „Wie konntet ihr unter diesen Umständen glücklich sein?" Worauf ich nur antworten kann: Das Leben geht weiter. Die Umstände müssen schon sehr, sehr schlimm sein, damit das Leben nicht weitergeht. Es gab die äußere Welt, die Welt der Politik und der Geschichte, und es gab meine kleine, private Welt, die Welt der Familie und der Musik, und die beiden Welten trafen sich nie. In der äußeren Welt herrschten wirtschaftlicher Stillstand, Diktatur und politische Zensur, und die Menschen wurden gefoltert und in Konzentrationslager gesteckt. In meiner privaten Welt herrschten Freude und Lachen, Geborgenheit und gutes Essen und die bedingungslose Liebe, die meine Eltern füreinander und für mich empfanden. Ich lebte in einer kleinen Blase des Glücks und nahm kaum wahr, was um mich herum geschah. Als die Studenten des Athener Polytechnikums 1973 auf die Barrikaden gingen und das Regime den Aufstand blutig niederschlug, bekam ich das nur am Rande mit. Als mein Vater im selben Jahr seine Arbeit verlor, war ich einfach nur erfreut darüber, dass er nun mehr Zeit zu Hause verbrachte. Ich hatte keine Ahnung, dass ein Kollege ihn verpfiffen hatte, weil er Dimitrios Ioannidis einen Narren genannt hatte und er deswegen am nächsten Tag gefeuert worden war.

Mein Vater war ein sanftmütiger, großzügiger, leicht übergewichtiger Mann, der zwei Leidenschaften hatte: klassische Literatur (die er unterrichtete) und griechisches Gebäck (an dem er sich ungehemmt gütlich tat). Meine Mutter gab griechischen Schülern Englischunterricht, und irgendwie gingen alle davon aus, dass ich in ihre Fußstapfen treten würde. Die Musik war zunächst nur ein Hobby – ich nahm keine Musikstunden –, allerdings eins, das ich sehr intensiv betrieb. Unsere Wohnung lag im Erdgeschoss, und im Wohnzimmer stand ein altmodisches Pianino, das mein Vater von seinen Eltern geerbt hatte. Er selbst spielte nicht, aber meine Mutter konnte sich durch ein paar einfache klassische Stücke hindurchholpern. Ich lernte nie richtig Noten lesen oder Musiktheorie, konnte aber schon als Kind gut improvisieren und nach dem Gehör spielen. Im griechischen Radio lief damals kaum gute Musik. Die Obristen hatten eine Vorliebe für Militärkapellen, Marschmusik und patriotisches Liedgut, und zum allgemeinen Leidwesen war das so ziemlich das Einzige, was durch den Äther drang. Glücklicherweise reiste meine Mutter zwei Mal im Jahr nach London und kehrte mit Klassikplatten im Gepäck zurück, die sie in einem großen Schallplattenladen auf der Oxford Street gekauft hatte, und so entwickelte ich eine Vorliebe für bestimmte Komponisten: Komponisten wie Ravel und Debussy, deren Musik ich stundenlang hören konnte, und die ich nach und nach in vereinfachter Form auf dem Klavier spielen lernte, indem ich mit der rechten

Hand die Melodie griff und mit der linken mehr oder weniger passende Akkorde hinzufügte. Was mir an diesen Komponisten besonders gefiel, war, dass sie keine großen, triumphalen Töne spuckten; ihre Musik war von Zurückhaltung und Ironie geprägt und suggerierte eine Welt, in der *joie de vivre* stets mit einer unterschwelligen, unerbittlichen Melancholie einherging.

Irgendwann fing ich an, eigene Stücke zu schreiben, in denen ich versuchte, diese Merkmale umzusetzen. Zuerst schrieb ich nur für Klavier, dann für Klavier und Violine. Ich hatte eine Freundin namens Chrysoula, die Geige spielte, und wenn ich ein neues Stück für sie geschrieben hatte, kam sie vorbei und spielte es mir vor, und manchmal nahmen wir mit dem Kassettendeck der Stereoanlage meiner Eltern auch kleine Duette auf. Nach meiner Rückkehr aus Amerika schrieb ich so ein Stück und nannte es „Malibu". Es war ungefähr vier Minuten lang, und ich hatte es komponiert, um die Stimmung einzufangen, die mich am Strand von Malibu befallen hatte, während ich dort saß und „Fedora" las, erfüllt von einem berauschenden Hochgefühl und zugleich von einem Gefühl des Verlusts, in dem Wissen, dass ich für ein paar Stunden die Tore zum Paradies durchschritten hatte, aber wahrscheinlich nie wieder dorthin zurückkehren konnte. Das Stück beruhte auf einer simplen Melodie, die über einem Gerüst von leitereigenen Septakkorden im Wechsel von Dur und Moll gespielt wurde. Es war nichts Besonderes, aber die Leute, die es hörten, meinten, es sei bezaubernd und einprägsam, und ich war sehr stolz. Allerdings wusste ich nicht, was ich mit der Musik, die ich geschrieben hatte, eigentlich anfangen sollte. Sie öffentlich aufzuführen oder professionell aufzunehmen kam mir nie in den Sinn. Die Kassette mit der Aufnahme von Chrysoula und mir diente nur dem Privatgebrauch, und ich muss zugeben, dass ich sie sehr oft anhörte.

Nach Griechenland zurückzukommen war schwer gewesen. Mein Studium an der Universität war abgeschlossen, und ich hatte keine konkreten Pläne, kein bestimmtes Ziel vor Augen. Hin und wieder gab ich Englischunterricht, aber ich war zu schüchtern und aufgeregt, um mich vor eine Schulklasse zu stellen, daher beschränkte sich diese Tätigkeit auf Nachhilfestunden, die im Wohnzimmer meiner Eltern stattfanden. Das und meine Musik waren das Einzige, womit ich mich beschäftigte, und schon bald erschien mir mein Leben grau und eintönig.

Um mich abzulenken, versuchte ich so viel wie möglich über Billy Wilder in Erfahrung zu bringen, aber das war kein leichtes Unterfangen. Wenn ich meine Töchter, als sie noch klein waren, so *richtig* in Angst und Schrecken versetzen wollte, erzählte ich ihnen einfach, wie das Leben in den 1970er-Jahren ausgesehen hatte: die sehr überschaubare Zahl an Fernseh- und Radiosendern, die oft nur wenige Stunden am Tag auf Sendung waren; kein Internet, keine sozialen Medien; keine Handys, keine Tablets, keine Möglichkeit, einen Film anzuschauen, wenn er nicht gerade im Fernsehen oder im Kino gezeigt wurde; keine tragbaren Audiogeräte, keine Downloads, kein Streaming. Dann wurden ihre Kinderaugen ganz groß, und ihr Respekt für Geoffrey und mich wuchs ins Unermessliche, weil wir jene Jahre der Entbehrung durchgestanden und den Mangel an allem, was sie für ein grundlegendes Menschenrecht hielten, überlebt hatten. Wenn ich an jene Zeit zurückdenke, staune ich vor allem darüber, wie mühsam es war, an Informationen zu gelangen. Ich glaube, damals waren gerade einmal drei Bücher über Billy Wilder erschienen, und die waren in Athen schlichtweg nicht aufzutreiben, das weiß ich genau, weil ich sämtliche Buchhandlungen und Bibliotheken der Stadt durchforstete. Ich fand ein paar Bücher über Film im Allgemeinen, in denen er auch erwähnt wurde, aber die Informationen waren spärlich. Immerhin genügten sie, um mir klarzumachen, dass ich an jenem Abend zufällig, durch einen absurden Glücksfall, mit einem Regisseur zu Abend gegessen hatte, der nicht nur berühmt war, sondern *extrem* berühmt. Genau genommen legendär. Und ich hatte nicht einmal seinen Namen gekannt! Ich hätte ihn glatt für einen College-Professor oder einen Schönheitschirurgen gehalten. Der Gedanke an die albernen Dinge, die ich gesagt hatte, und an die dämlichen Fragen, die ich gestellt hatte, trieb mir die Schamesröte ins Gesicht.

Gleichwohl wurden seine Filme nicht im griechischen Fernsehen gezeigt, denn Hollywood-Produktionen standen auf dem Index, und das Verbot wurde erst Mitte der 1980er-Jahre aufgehoben. An Weihnachten – Weihnachten 1976 – reisten wir alle zusammen nach London, um die Familie meiner Mutter zu besuchen (die im wenig angesagten Stadtteil Balham wohnte), und ich ging zu Foyles auf der Charing Cross Road, um nach Filmbüchern zu stöbern. Am Ende kaufte ich zwei, den *Halliwell's Film Guide* und den *Halliwell's Filmgoer's Companion,* und zurück in Griechenland, studierte ich sie Tag und Nacht und prägte mir nicht nur die Fakten ein, die sie enthielten, sondern auch die Meinungen. Wie sich herausstellte, waren diese Meinungen sehr altmodisch, um nicht zu sagen, reaktionär. Der Autor dieser beiden kolossalen Wälzer schien sich nicht viel aus Filmen zu machen, die nach 1950 gedreht worden waren, aber in dieser Hinsicht unterschied er sich gar nicht so sehr von Mr. Wilder, wie ich fand. Jedenfalls eignete ich mir in den folgenden Monaten ein geradezu enzyklopädisches Wissen über Filme an. Ich kannte jetzt nicht nur die Titel von Hunderten und Aberhunderten Hollywoodfilmen, sondern auch das jeweilige Produktionsjahr. Der einzige Haken war, dass ich keinen dieser Filme gesehen hatte.

Und so ging das Leben weiter. Es ging weiter in einem Trott aus gerade noch erträglicher Langeweile, bis zu einem Tag in der letzten Maiwoche 1977, als erneut alles anders wurde. Das war der Tag, als mein Vater den Anruf einer Frau entgegennahm, die sagte, sie sei vom griechischen Produktionsbüro des Films *Fedora,* und

Mr. Wilder habe sie beauftragt, mich zu kontaktieren. Drei Tage später saß ich in einem Flugzeug nach Korfu.

*

Wir waren zu viert am Flughafen von Athen verabredet, um gemeinsam dieses Flugzeug zu nehmen: der Regieassistent – ein bärtiger, langhaariger Typ namens Stavros –, eine blonde Französin, deren Funktion bei den Dreharbeiten ich nie ganz verstanden habe, und schließlich die Produktionsleiterin, eine hochgewachsene, imposante, resolute Frau Mitte fünfzig, vor der ich richtig Angst hatte.

Vier Leute erschienen mir ein bisschen wenig.

„Die anderen stoßen direkt aus München zu uns", meinte die Produktionsleiterin.

„Was machen sie denn in München?", fragte ich.

„Sie sind dort seit einem Monat in der Vorproduktion."

Natürlich wusste ich nicht, was eine Vorproduktion war.

Mein eigener Job trug die Bezeichnung „Dolmetscher-Dienste".

Offenbar hatte mich Mr. Wilder höchstpersönlich für diese Aufgabe angefordert. Ich war völlig von den Socken. Wie lange meine Dienste benötigt wurden, stand noch nicht fest, aber man teilte mir mit, dass die Crew höchstens zwei oder drei Wochen in Griechenland bleiben würde. Sicherheitshalber hatte ich für die nächsten vier Wochen sämtliche Nachhilfestunden abgesagt.

Als wir an jenem Nachmittag mit dem Taxi vom Flughafen Korfu Richtung Stadtzentrum fuhren, hatte ich keine Vorstellung davon, was mich erwartete. Es war Frühsommer, die Sonne schien grell, und die Straßen waren voller Urlauber. Wollte Mr. Wilder wirklich einen Teil seines Films hier drehen? Wir waren ein schweigsames Quartett. Die Produktionsleiterin hatte einen Ordner mit Papieren auf den Knien und las darin und versuchte sich Notizen zu machen, während das Taxi um die Kurven preschte und ruckartig an Kreuzungen hielt. Die anderen beiden starrten mit unergründlichen Gesichtern aus dem Fenster. Es gab tausend Dinge, die ich sie hätte fragen wollen, aber die Worte kamen mir nicht über die Lippen.

Das Taxi hielt vor einem Hotel namens Cavalieri, das gegenüber dem Leonida-Vlachou-Platz am Rande der Altstadt gelegen war, nur wenige Schritte vom Meer entfernt. Es war ein schmuckes altes Eckgebäude mit fünf Stockwerken, geziert von stilvollen Balkonen mit schmiedeeisernem Geländer. Unwillkürlich stellte ich mir vor, wie ich die nächsten Tage im obersten Stock des Hotels, vielleicht in einer kleinen Mansarde, hausen würde, wie ich morgens als Erstes auf den Balkon hinaustreten und über die Dächer der Altstadt schauen würde, während die Kirchenglocken läuteten und das Leben in den Gassen erwachte. Zur Not würde es auch ohne Balkon gehen. Es würde schon reichen, am Morgen die Fensterläden zu öffnen und von der tiefen, unberührten Bläue des Himmels, der salzigen Frische der Meeresbrise begrüßt zu werden. Es war zwar nicht das „Bistro" in Beverly Hills, aber verglichen mit dem grauen Smog von Athen, dem flirrenden Schmutz, der wie eine Glocke über der Acharnon-Straße hing, kam es mir vor, als wäre ich in einer anderen Art von Paradies gelandet.

Als wir aus dem Taxi stiegen und vor dem Hotel auf der Straße standen, drückte mir die Produktionsleiterin einen Zettel mit einer Adresse in die Hand.

„Was ist das?", fragte ich.

„Das ist der Ort, wo du wohnen wirst", erklärte sie mir.

„Ah", sagte ich. „Nicht hier?"

„Nein. Hier ist nicht genügend Platz für alle."

Für meine Mitreisenden war offenbar genügend Platz, denn sie verschwanden mitsamt ihrem Gepäck im Innern des Hotels. Derweil hatte ich keine Ahnung, wo sich die Straße befand, die auf dem Zettel stand, und ich musste mich durchfragen. Nach einem fünfzehnminütigen Fußmarsch gelangte ich zu einem modernen Apartmenthaus in einem ruhigen Wohnviertel am Stadtrand von Kerkyra. Wie sich herausstellte, sollte ich bei Herrn und Frau Ploumidi wohnen, einem Rentnerehepaar, das seiner Wohnung ein kleines Gästezimmer mit Blick auf den Innenhof abgetrotzt hatte. Die beiden waren sehr nett und sehr aufgeregt über meine Anwesenheit und wollten alles über den Film wissen. Leider konnte ich ihnen zu diesem Zeitpunkt nicht viel darüber erzählen.

Bevor ich auspackte, setzte ich mich auf den Rand meines Einzelbetts und las das Merkblatt, das ich bekommen hatte. In dem Zimmer war es sehr still und sehr dunkel. Ich musste die Nachttischlampe anknipsen. Meine Arbeit sollte offenbar am nächsten Morgen um elf Uhr beginnen. Mr. Wilder würde der Lokalpresse zwei kurze Interviews geben, und ich sollte für ihn dolmetschen. Zunächst einmal war aber ein Dinner für die Schauspieler und Crewmitglieder anberaumt, das an diesem Abend um 20 Uhr 30 im Hotel Cavalieri stattfinden sollte. Ich hatte die Produktionsleiterin gefragt, ob ich eingeladen war, und sie hatte geantwortet: „Deine Verpflegung ist nicht im Filmbudget enthalten, aber du kannst dich natürlich zu uns gesellen." Das war nicht gerade die Antwort, die ich mir erhofft hatte, aber immerhin besser als nichts.

Eingedenk meines schmachvollen Auftritts in T-Shirt und Shorts im „Bistro", hatte ich darauf geachtet, ein paar elegante Kleidungsstücke einzupacken. Ich würde mit berühmten Filmemachern und Filmstars dinieren und mich nicht noch einmal blamieren. Um Punkt acht Uhr – nachdem ich mit der Dusche der Ploumidis gekämpft hatte, die lauwarmes Wasser in alle Richtungen spritzte und dabei ratterte und rumste wie das Schlagwerk des Athener Staatsorchesters bei der Generalprobe – schlüpfte ich in mein schwarzes Cocktailkleid und gab mir mit einer dezenten Halskette aus falschen Perlen den letzten Schliff. „Wunderschön, wunderschön!", rief Frau Ploumidi verzückt und bestand darauf, ein Polaroidfoto von mir und ihrem Mann zu machen, bevor sie mich noch ein Stück die Straße hinunterbegleitete und mir dabei einschärfte, nicht ohne die Autogramme von mindestens zwei oder drei männlichen Oscar-Gewinnern zurückzukommen.

Für die Gassen von Kerkyra war ich overdressed, und auf dem Weg zum Hotel erntete ich viele erstaunte Blicke. Als ich die drei Stufen zum Haupteingang hinaufging, klopfte mein Herz in einer Mischung aus Selbstbewusstsein und Aufgeregtheit. Dem Mann an der Rezeption teilte ich mit, dass ich zur *Fedora*-Crew gehörte, und er musterte mich ebenfalls von Kopf bis Fuß, bevor er Richtung Aufzug zeigte und sagte, das Dinner finde im Restaurant auf der Dachterrasse statt. Während ich hinauffuhr, betrachtete ich mich im Spiegel des Aufzugs – mein Outfit konnte sich sehen lassen, fand ich; um das Gesamtbild abzurunden, fehlte nur noch ein Glas Martini in der Hand –, doch als sich die Tür öffnete und ich die Szene sah, die sich mir im blendenden Licht der Abendsonne bot, war ich kurz davor, auf dem Absatz kehrtzumachen und die Flucht zu ergreifen. Etwa dreißig Leute hatten sich um schlichte Biertische versammelt, und jeder Einzelne von ihnen war schäbiger gekleidet als der schäbigste Tourist: Alle trugen Jeans, T-Shirts, kurze Hosen und Turnschuhe. Kellner schwirrten zwischen den Tischen umher, kredenzten heimischen Wein aus Karaffen und balancierten riesige, dampfende Platten mit *Moussaka, Souvlaki* und *Kleftiko* über die Köpfe der Gäste hinweg. Jeder schien jeden zu kennen. Alle schienen sich wie zu Hause zu fühlen und wirkten fast ein wenig gelangweilt. Und da stand ich nun in meinem schwarzen Cocktailkleid mit passender Clutch, starr vor Entsetzen und unfähig, einen weiteren Schritt zu tun, in dem Bewusstsein, dass ich die Dinge erneut auf schreckliche Weise falsch eingeschätzt hatte.

Einer der Kellner rettete mich aus meiner verzweifelten Lage, indem er mich kurzerhand zu einem Platz an einem der Tische schob, wo ich mich zwischen zwei fremde Menschen quetschen musste. Glücklicherweise waren sie so mit dem Essen beschäftigt, dass sie weder von mir noch von meinem lächerlichen Aufzug Notiz zu nehmen schienen. Um mich herum roch es verführerisch. Ich hatte großen Hunger, aber wenn ich die Produktionsleiterin richtig verstanden hatte, durfte ich mir nichts bestellen. In meiner Not (und weil offenbar niemand darauf achtete) nahm ich etwas Brot aus dem Korb, der auf dem Tisch stand, und als der Kellner mir ein Glas Weißwein einschenkte, protestierte ich nicht. Ich ließ den Blick über die Terrasse schweifen, um zu schauen, ob Mr. Wilder anwesend war. Schließlich entdeckte ich ihn zwischen mehreren Männern an einem Tisch in der Ecke. Einer der Männer war Mr. Diamond.

Ich überlegte gerade, ob ich es wagen sollte, zu ihnen hinüberzugehen und Hallo zu sagen, als der Mann, der mir schräg gegenübersaß, mich ansprach:

„Darfst du auch nichts essen? Mir geht's genauso."

Die Bezeichnung „Mann" ist nicht ganz zutreffend, denn eigentlich war er noch ein Junge. Er wirkte jünger als ich, mit seinen halblangen blonden Haaren und der flaumigen Andeutung eines Bartes, der ihn noch jugendlicher erscheinen ließ. Aber er hatte ein nettes Lächeln und seine Augen funkelten mich an, während er einen Schluck Wein aus seinem Glas nahm.

„Matthew", sagte er und streckte mir die Hand entgegen.

„Calista", sagte ich und schüttelte sie.

„Heißt das, du bist auch so ein Nassauer wie ich?", fragte er.

„Nassauer?"

Ich hatte gedacht, die meisten englischen Begriffe zu kennen, aber dieser sagte mir nichts.

„Na ja, ein Schmarotzer. Ein ungebetener Gast."

„Nein, ich bin hier, weil ich … ein bisschen dolmetschen soll", sagte ich und ärgerte mich im selben Moment darüber, dass ich immer so bescheiden und entschuldigend klang, wenn ich über mich sprach.

„Wenn das so ist, solltest du hier aber ordentlich zulangen", meinte er. „Abgesehen davon kontrolliert das sowieso keiner."

So, wie er das sagte, hörte es sich an, als hätte er viel mehr Erfahrung mit solchen Situationen als ich.

„Du hast das schon öfter gemacht?"

„Bei einem Dreh dabei sein? Ein oder zwei Mal. Meine Mutter" – er nickte in Richtung einer Frau, die am Ende des Tisches saß – „ist Make-up Artist. Maskenbildnerin. Manchmal begleite ich sie zu Dreharbeiten."

Er hatte einen britischen Akzent, den ich nicht einordnen konnte, daher fragte ich ihn, wo er herkam, und er sagte, seine Familie komme aus Cornwall. Danach plauderten wir ein bisschen. Er war nett: lustig und selbstsicher und neugierig darauf, mehr über mich zu erfahren, aber ohne mich mit seinen Fragen irgendwie nervös zu machen. Sein offenes, unverhohlenes Interesse an mir war etwas, das ich nicht kannte. Die letzten Jahre in Griechenland waren nicht gerade eine Zeit der sexuellen oder emotionalen Befreiung gewesen. Die kulturellen Gepflogenheiten hatten zusammen mit den familiären Sitten dafür gesorgt, dass ich so gut wie keine Erfahrung mit dem anderen Geschlecht hatte, daher wusste ich nicht, was normales Verhalten war und was nicht. War es zum Beispiel normal, dass dieser freundliche junge Mann mir zwischen den Fragen, ja sogar zwischen den Worten, verstohlene Blicke zuwarf und dabei eindeutig Details wie meine nackten Arme, meine Haare, die Konturen meines Gesichts, meine Brust in Augenschein nahm? Ich war mir nicht sicher, nahm es aber sehr bewusst wahr, und dieses Bewusstsein rief bei mir eine angenehme Mischung aus freudiger Erregung und Verlegenheit hervor. Ich wusste, dass der

Fachbegriff für das, was Matthew tat, „flirten" war, aber ich hatte keine Ahnung, wie ich es erwidern sollte. Alles, was ich hinbekam, war, draufloszuplappern und die Geschichte zum Besten zu geben, wie ich Mr. Wilder und Mr. Diamond in Beverly Hills kennengelernt hatte, und als er das hörte und außerdem erfuhr, dass ich noch nicht zu ihnen hinübergegangen war, um Hallo zu sagen, obwohl sie nur ein paar Tische weiter saßen, war er erstaunt.

„Mach schon", sagte er. „Geh zu ihnen. Nur nicht so schüchtern."

„Meinst du wirklich?"

Nachdem er mich praktisch in ihre Richtung geschubst hatte, ging ich zu dem Tisch in der Ecke. Mr. Wilder saß dort zusammen mit Mr. Diamond und vier anderen Männern, die ich nicht kannte, und unterhielt sich. Ich räusperte mich und sagte:

„Mr. Wilder?"

Er wandte sich mitten im Satz um und sah zu mir hoch. Er war genauso gekleidet wie an jenem Abend im „Bistro", nur dass er jetzt noch ein Strohhütchen aufhatte, das sinnigerweise wie die Miniaturausgabe eines klassischen Fedora-Hutes aussah. Wie ich später erfuhr, ging er ohne einen dieser Hüte praktisch nirgendwohin.

„Hallo", sagte er. Ganz offensichtlich erkannte er mich nicht. „Wer sind Sie und warum, wenn ich fragen darf, sind Sie angezogen wie Audrey Hepburn?"

„Ich bin es", sagte ich. „Calista. Erinnern Sie sich an mich? Die merkwürdige Griechin, die in Ihrer Wohnung übernachtet hat?"

„Ahh …" Ein erfreutes Lächeln erschien auf seinem Gesicht. „Die griechische Dolmetscherin! Genau wie bei Sherlock Holmes!" An Mr. Diamond gewandt sagte er: „Iz, erinnerst du dich an diese Dame?"

„Natürlich erinnere ich mich an sie." Er lehnte seine Zigarette an den Rand des Aschenbechers, stand auf und gab mir die Hand. „Freut mich sehr, dass du es einrichten konntest. Schön, dich an Bord zu haben. Setz dich doch zu uns."

Alle rückten zusammen, und ein Stuhl wurde zwischen Mr. Diamond und einen anderen Mann geschoben, den man mir als „Mr. Holden, der Star des Films" vorstellte.

„Oh", sagte ich, schüttelte seine Hand und versuchte verzweifelt, natürlich zu wirken. Ich glaube, aus irgendeinem Grund fing ich an, mit einem gestelzten britischen Akzent zu sprechen, sodass ich nicht nur aussah wie Audrey Hepburn, sondern mich wahrscheinlich auch so anhörte. „Sehr erfreut, Ihre Bekanntschaft zu machen."

„Ist mir ein Vergnügen", sagte er. „Darf ich Ihnen etwas Wein einschenken? Gewissermaßen als Ersatzbefriedigung, wenn ich das Zeug schon nicht anrühren darf."

„Sie dürfen keinen Wein trinken?", fragte ich, während er ein frisches Glas für mich füllte.

„Ärztliche Anweisung." Er erhob ein Glas mit Perrier und stieß es gegen mein Weinglas. „Cheers. Willkommen im Tollhaus."

„Das ist das vierte Mal, dass Sie und Mr. Wilder gemeinsam einen Film drehen", sagte ich.

Da das weder eine Feststellung noch eine Frage zu sein schien, wusste er nicht genau, was er darauf erwidern sollte.

„Stimmt."

„Das erste Mal", sagte ich, „war *Boulevard der Dämmerung.* 1950." Wozu hatte ich *Halliwell's Film Guide* auswendig gelernt, dachte ich, wenn ich mein Wissen nicht irgendwann zum Einsatz brachte. Und wann, wenn nicht jetzt? „Ein packendes Melodrama", fuhr ich fort, „mit großartigen Momenten, das jedoch zu gewissen Längen neigt."

Mr. Holden sah mich erstaunt an.

„Ach ja?"

Ich nahm noch einen Schluck Wein. „Und dann war da natürlich *Stalag 17.*"

„Ganz recht."

„Aus dem Jahr 1953.“

„Wenn Sie es sagen.“

„Remmidemmi, Gewalt und Krimi-Elemente in einer ausge-klügelten Mischung“, ließ ich ihn wissen. „Eine ganz andere Atmosphäre als in den zurückhaltenden britischen Filmen über Kriegsgefangenschaft.“

„Beeindruckend“, sagte Mr. Holden. „Haben Sie zu allen meinen Filmen eine Meinung? Hey, Billy“, rief er über den Tisch, „wir haben hier ein wandelndes Filmlexikon bei uns.“

Anstatt zu antworten, sagte Mr. Wilder zu mir: „Wie war doch gleich dein Nachname?“

„Frangopoulou.“

„Richtig. Miss Frangopoulou, bitte übertreib es nicht mit dem Retsina. Nicht, dass du mir wieder umkippst, wie beim letzten Mal. Wir beide müssen morgen früh arbeiten. Und was *dich* betrifft“ – er deutete mit warnendem Zeigefinger auf Mr. Holden – „früh ins Bett heute Abend, wenn ich bitten darf. Du machst auf mich keinen besonders fitten Eindruck, und morgen lasse ich dich *rennen.*“

*

Der Pressebetreuer hatte veranlasst, dass Mr. Wilder den Lokalzeitungen am späten Vormittag zwei Interviews geben sollte. Es war Viertel nach elf, als ich in der Hotellobby eintraf. Zu diesem Zeitpunkt hatte Billy bereits über zwei Stunden am Set verbracht und wirkte sehr zufrieden mit sich.

„Wir haben die erste Szene im Kasten“, teilte er mir mit. „Jetzt haben wir also wirklich begonnen, und es gibt kein Zurück mehr. Mr. Holden war ganz Profi und hat seinen Part perfekt gespielt. Er hat das Hotel verlassen, er hat die Straße überquert, er hat sich an einen der Cafétische dort drüben auf dem Platz gesetzt, und er hat ‚Ober!‘ gerufen. Und das alles beim ersten Take. Und im Gegensatz zu manchen Schauspielern, mit denen ich gearbeitet habe, hatte er nicht seinen Schauspiellehrer am Set dabei, der ihm die Hand hielt und ihm erklärte, dass er ganz tief nach der Bedeutung der Szene graben muss. Es ging also alles sehr flott, und jetzt, während sie die nächste Einstellung vorbereiten, widmen wir uns einen Augenblick den Journalisten. Ich hoffe nur, es dauert nicht so lange."

Ich war überrascht, ihn so quirlig und vergnügt zu sehen. Er wirkte um zehn Jahre jünger als an dem Abend in Beverly Hills. Seine Augen funkelten und er bewegte sich leichtfüßiger.

„Mr. Wilder", sagte der Pressebetreuer, „der erste Journalist ist jetzt da."

Es war ein besorgt dreinblickender, bärtiger, dunkelhaariger Mann von vielleicht fünfundzwanzig Jahren. Er setzte sich auf die Kante eines Sessels, während Mr. Wilder es sich auf einem Sofa bequem machte und ganz entspannt eine seiner kleinen Zigarren paffte. Man wies mir den Platz neben ihm auf dem Sofa zu. Ich saß kerzengerade da, mein Körper angespannt und aufmerksam. Es war das erste Mal, dass ich mich als Dolmetscherin versuchte, und ich war fest entschlossen, diese Feuerprobe erfolgreich zu bestehen.

„Erste Frage", sagte der Journalist. „In Ihrem Film *Lindbergh – Mein Flug über den Ozean* spielt James Stewart den legendären Flugpionier Charles Lindbergh, der ja bekanntermaßen mit den Nationalsozialisten sympathisierte. Wollten Sie damit ein Zeichen setzen und die faschistischen Tendenzen in Amerika einer radikalen Analyse unterziehen?"

Ich übersetzte so wortgetreu wie möglich. Mr. Wilder warf mir einen kurzen, fragenden Blick zu, als wollte er sich vergewissern, dass die Frage tatsächlich so lautete, und sagte dann:

„Eigentlich nicht. Wissen Sie, ich betrachte *Lindbergh* nicht so sehr als einen politischen Film. Mir ging es vor allem darum, seine Reise, den Flug über den Atlantik darzustellen."

Nachdem ich die Antwort ins Griechische übersetzt hatte, nickte der Journalist und schrieb ein paar Wörter auf seinen Notizblock.

„Lindbergh ist ja ein Archetyp des amerikanischen Mannes, dessen Zurschaustellung von Heldentum in Wirklichkeit nur dazu dient, seine tiefen psychosexuellen Unsicherheiten zu übertünchen. Würden Sie dem zustimmen?"

Wieder übersetzte ich so gut ich konnte. Dieses Mal war der Blick, mit dem Mr. Wilder mich bedachte, nicht so kurz und noch fragender.

„Nun", antwortete er und zog jetzt energischer an seiner Zigarre, „ich würde sagen, Mr. Stewart muss eine erstaunliche schauspielerische Leistung hingelegt haben, wenn Sie das aus seiner Rolle herauslesen. Jedenfalls war das keine Regieanweisung."

Ich übersetzte die Antwort, und der Journalist machte sich ausführlich Notizen. Dann sagte er:

„Die phallische Symbolik des Flugzeugs, das den Namen ‚Spirit of St. Louis' trägt, ist offensichtlich. Tatsächlich ist Lindbergh in einem enormen Penis gefangen, in dem er unaufhaltsam auf ein Ziel zusteuert, das er nicht ändern kann. Geht es Ihnen als Regisseur auch so, dass Sie sich in Ihrer Männlichkeit gefangen fühlen?"

Ich übersetzte die Frage.

Mr. Wilder lehnte sich zu mir herüber. „Meint dieser Typ das ernst?", fragte er.

„Ich übersetze nur das, was er sagt", antwortete ich und zog entschuldigend die Schultern hoch.

Er nahm ein paar Züge von seiner Zigarre, stieß eine gewaltige Rauchwolke aus und sagte dann:

„Hören Sie. Sie haben mir jetzt drei Fragen gestellt. Nicht nur, dass ich sie – trotz der hervorragenden Übersetzung dieser jungen Dame hier – nicht verstehe, sie beziehen sich auch alle auf einen Film, den ich vor zwanzig Jahren gemacht habe, der kein Erfolg war, den ich nie hätte machen sollen, an den ich nie einen Gedanken verschwende, über den ich überhaupt nicht reden möchte und zu dem mir ehrlich gesagt nur einfällt, dass ich am liebsten die Negative verbrennen würde, wenn ich Gelegenheit dazu hätte. Darf ich fragen, warum Sie von diesem einen Film so besessen sind?"

Nachdem diese Frage für ihn übersetzt worden war, antwortete der junge Journalist:

„Es ist der einzige Ihrer Filme, den ich gesehen habe."

„Gut", sagte Mr. Wilder und reichte dem Journalisten die Hand. „Wenn das so ist, ist das Interview hiermit beendet, und keiner von uns muss noch mehr Zeit damit verschwenden. Der Nächste bitte!"

Die Nächste war eine deutlich selbstbewusstere – um nicht zu sagen, etwas einschüchternde – Frau mittleren Alters in einem lohfarbenen Business-Kostüm. Sie schlug energisch ihr Notizbuch auf und sagte:

„Mr. Wilder, Sie sind der Regisseur von dreiundzwanzig Spielfilmen. Sie sind hier in Griechenland, um Ihren vierundzwanzigsten zu drehen. Das ist eine große Ehre für uns. Von *Manche mögen's heiß* bis *Extrablatt*, von *Frau ohne Gewissen* bis *Boulevard der Dämmerung*: Sie haben das gesamte Spektrum von der Komödie bis zur Tragödie, von der Satire bis zum Melodrama abgedeckt und sich dabei als Meister jeder Stilrichtung erwiesen. Wer könnte je vergessen, wie ein Charles Laughton in *Zeugin der Anklage*, ein Jack Lemmon in *Das Appartement*, eine Audrey Hepburn in *Ariane – Liebe am Nachmittag* unter Ihrer Regie zur Höchstform auflief? Heute Morgen habe ich zugesehen, wie Sie eine Szene für Ihren neuen Film gedreht haben. Es war ein Privileg und ein Vergnügen, einem wahren Kinogenie bei der Arbeit zuzuschauen.

Allerdings mussten Sie die Dreharbeiten mehrmals unterbrechen, weil der Verkehrslärm zu groß war. Tatsächlich ist die Verkehrsbelastung in Korfu-Stadt ein ernstes Problem. Meine Frage lautet daher: Was könnte man Ihrer Meinung nach dagegen unternehmen? Stimmen Sie dem Vorschlag von Bürgermeister Nikos

Kandunias zu, die Akadimias-Straße für Autos zu sperren und den Verkehr durch ein neues Einbahnstraßensystem über die Napoleontos Zampeli und die Moustoxidi umzuleiten?" Ich übersetzte die Frage. Mr. Wilder nickte nachdenklich und klopfte die Asche vom Brandende seiner Zigarre in den Aschenbecher, der vor ihm stand. Ich erinnere mich nicht an seine Antwort. Ich weiß nur noch, dass er mir in dem Moment zum ersten Mal ein bisschen leidtat.

*

Die Szene, die Mr. Wilder am Nachmittag drehen wollte, war etwas komplizierter. Entlang der gesamten Nikiforou-Theotoki-Straße – einer belebten Einkaufsmeile, sehr beliebt bei Touristen – waren Kameraschienen verlegt worden, und eine große Menschenmenge hatte sich versammelt, um das Geschehen mitzuverfolgen. Einer der Schauspieler, Gottfried John, war als Chauffeur zurechtgemacht und musste einen alten Rolls-Royce in die Straße hineinsteuern. Allein der Oldtimer war beeindruckend genug, um viel Aufmerksamkeit zu erregen. Während Mr. Wilder mit dem Kameramann diskutierte, in welchem Winkel das Auto in die Straße einbiegen und wo es anhalten sollte, stand Mr. Holden, der den Wagen gleich zu Fuß verfolgen würde, an eine Wand gelehnt da und wartete, umringt von neugierigen Fans und Schaulustigen. Man hatte mir aufgetragen, in seiner Nähe zu bleiben und die Leute in Schach zu halten. „Tut mir leid, keine Autogramme", wiederholte ich immer wieder. „Mr. Holden bereitet sich auf seine Szene vor." Hin und wieder rief ihm ein Fan etwas zu, und er fragte mich, was die Zurufe bedeuteten, und ich antwortete ihm zum Beispiel: „Er hat Sie in *The Wild Bunch* gesehen."

„Sagen Sie ihnen, keine Autogramme", wies er mich an, und ich versicherte ihm: „Das habe ich ihnen bereits gesagt", aber die Leute waren sehr hartnäckig.

Schließlich winkte ihn Mr. Wilder, der neben dem Rolls-Royce stand, zu sich heran, und sie sprachen darüber, wie die Szene gespielt werden sollte. Ich konnte nicht hören, was sie sagten, aber offenbar scherzten sie miteinander und lachten auf vertraute Weise.

„Schau dir die beiden an", sagte eine Stimme neben mir. „Wie zwei Seiten derselben Medaille."

Ich wandte den Kopf, um zu sehen, wer das gesagt hatte. Es war Mr. Diamond.

„Es ist, als hätten sie nie aufgehört, zusammenzuarbeiten", fuhr er fort. „Dabei liegt das letzte Mal bestimmt ... zwanzig Jahre zurück."

„Dreiundzwanzig", korrigierte ich ihn. „*Sabrina*, 1954. Mit Audrey Hepburn und Humphrey Bogart in weiteren Hauptrollen. Eine überragende Komödie in unbequemer Besetzung."

„Das kannst du laut sagen", stimmte Mr. Diamond mir zu. „Sind das eigentlich deine eigenen Meinungen, die du hier dauernd zum Besten gibst, oder hast du sie irgendwo abgestaubt?"

„Ich habe versucht, so viel wie möglich über Sie und Mr. Wilder herauszufinden", sagte ich verlegen.

„Hätte ich mir denken können", meinte er, sichtlich amüsiert. „Gib es ruhig zu, bei unserer ersten Begegnung im ‚Bistro', zusammen mit deiner Freundin, hattest du keinen blassen Schimmer, wer er war, stimmt's?"

Ich schüttelte den Kopf. „Hat man mir das so sehr angemerkt?"

„Keine Sorge. Er fand das lustig. Billy ist eine eigenartige Mischung, was das betrifft. Manchmal ist sein Ego höllisch zerbrechlich und manchmal sind ihm diese Dinge schnurzegal."

„Er scheint richtig glücklich darüber zu sein, wieder einen Film machen zu können", sagte ich, während ich zusah, wie Billy mit einigen Zuschauern sprach, die sich zu weit nach vorn gedrängt hatten, und sie mit Hilfe des Regieassistenten dazu überredete, ein Stück zurückzutreten.

„Er ist in seinem Element. Er liebt das alles. Das Chaos, das Adrenalin."

„Und Sie?"

„Ich? Ich ziehe das ruhige Leben vor. Aber ich kann es mir nicht aussuchen. Er will mich nun mal dabeihaben."

Wie ich noch herausfinden sollte, verbringt man die Zeit an einem Filmset zu fünfundneunzig Prozent damit, herumzustehen und darauf zu warten, dass sich etwas tut. Weitere fünfzehn Minuten vergingen, ohne dass sich etwas tat, und Mr. Diamond wurde sichtlich ungeduldig. Er rauchte drei Zigaretten hintereinander. „Wo zum Teufel steckt Marthe?", sagte er schließlich. Ich wusste nicht, wen er meinte, und wollte ihn gerade danach fragen, als er einen erleichterten Seufzer ausstieß und sagte: „Ah, da ist sie ja."

Eine Frau war am Set eingetroffen. Sie trug einen strahlend weißen Hosenanzug und einen breiten Strohhut, der ihr Gesicht weitgehend verdeckte, und dazu noch eine große Sonnenbrille, mit der sie kaum zu erkennen war. Ich erkannte sie trotzdem. Sie hatte eine kleine Entourage im Schlepptau: Zwei Frauen gingen hinter ihr her (Maske und Kostüm, vermutete ich, und tatsächlich war eine der beiden Begleiterinnen Matthews Mutter), und ein Crewmitglied niederen Ranges lief vorneweg, um ihr einen Weg durch die Menge zu bahnen und die Schaulustigen, falls notwendig, mit der Hand zur Seite zu drängen.

„Oh!", rief ich. „Die Schweizerin!"

„Ganz recht", sagte Mr. Diamond. „Die Schweizerin. Bist du ihr schon mal begegnet?"

„Sie war an dem Abend im Restaurant", erinnerte ich ihn. „Zusammen mit ihrem Freund, Al Pacino."

„Stimmt." Er nickte nachdenklich. Offenbar hatte er dieses Detail vergessen. „Ja, da hat Billy sie zum ersten Mal getroffen."

„Und jetzt spielt sie in seinem Film mit."

„Yep." Er klang nicht gerade begeistert. „Was Billy will, bekommt er auch", fügte er hinzu.

Nun, da Miss Keller eingetroffen war, konnte es losgehen. Ich blieb an Mr. Diamonds Seite, weil ich dachte, die Leute würden ihn bestimmt ansprechen und um Autogramme bitten, aber niemand erkannte ihn. Er war ein sehr hochgewachsener Mann, und der Einzige, der ihn belästigte, war ein ungehobelter Ladenbesitzer, der ihn anherrschte, er solle zur Seite gehen, damit er die Schauspieler besser sehen konnte. Ich sagte: „Seien Sie still. Dieser Mann ist einer der Autoren des Films. Ein bisschen mehr Respekt, wenn ich bitten darf", woraufhin er nur grunzte und mir einen abfälligen Blick zuwarf.

Während ich so dastand, wurde ich nachdenklich. Es musste merkwürdig sein, überlegte ich, vielleicht sogar unangenehm, das Drehen einer Szene mitzuverfolgen, die man selbst geschrieben hatte. Wenn ich ein Musikstück komponierte, hatte ich immer eine ideale Version davon im Kopf, und wenn ich es dann aufnahm, entweder allein oder zusammen mit Chrysoula, schien immer etwas verloren zu gehen: Da war stets eine Diskrepanz zwischen der perfekten Version in meiner Vorstellung und der Version, die letztlich auf dem Band zu hören war. Ich nahm an, dass es Mr. Diamond mit seinen Drehbüchern genauso ging, wahrscheinlich war der Unterschied zwischen den beiden Versionen sogar noch viel krasser. Jedenfalls schien es ihm keinen Spaß zu machen, dabei zuzusehen, wie die Szene Gestalt annahm. Die Läden in dieser Straße befanden sich teilweise in einem erhöhten Arkadengang, zu dem man über ein paar Treppenstufen gelangte. Miss Keller sollte diese Stufen hinaufeilen und dann so rasch sie konnte die überfüllte Galerie in Richtung eines Ladens entlanglaufen. Mr. Holden sollte ihr auf Straßenebene folgen, verzweifelt bemüht, sie nicht aus den Augen zu verlieren, während sie sich durch die Menge schob. Derweil tummelten sich zahlreiche Statisten – Einheimische, die für einen Drehtag engagiert worden waren – auf der Straße und vor den Geschäften und trugen zu dem atemlosen Durcheinander der Szene bei. Ständig lief etwas schief: Mal stolperte Miss Keller auf den Treppenstufen, mal rutschte Mr. Holden die Sonnenbrille von der Nase, mal rief ein unbeteiligter Zuschauer von hinten etwas dazwischen. Mr. Diamond seufzte und sagte zu mir: „Das ist eine dieser Szenen, die auf dem Papier so einfach aussehen. Aber wenn man sie dann dreht, wird einem klar, was man alles nicht bedacht hat. Es kann so viel schiefgehen." Beim vierten oder fünften Versuch schien alles wie am Schnürchen zu laufen, doch dann, als Mr. Holden gerade losgerannt war, kam ihm ein Statist in die Quere, und die beiden stießen mit voller Wucht zusammen. Ich hörte ein gequältes Stöhnen neben mir. Offenbar bereiteten diese Pannen Mr. Diamond körperliche Schmerzen.

„Geht es Ihnen gut?", fragte ich.

„Nein", sagte er.

„Ist es so schlimm für Sie, zuzusehen, wie die Dinge schieflaufen?"

„Damit hat das nichts zu tun", sagte er, stemmte die Hände in die Hüften und streckte sich mit einer schmerzvollen Grimasse. „Es ist mein Rücken. Mein Rücken bringt mich um."

Ich wusste nicht, was ich sagen sollte. „Vielleicht suchen wir uns einen Platz, wo Sie sich hinsetzen können", schlug ich etwas unsicher vor, und zu meiner Überraschung wirkte er erleichtert.

„Sollen wir? Macht es dir etwas aus? Ich werde hier sowieso nicht gebraucht. In dieser Szene gibt es keinen Text."

Wir drängten uns durch die Menge und gelangten in eine ruhigere Seitengasse, wo wir ein Café mit ein paar Tischen im Freien entdeckten. Wir setzten uns, und ich bestellte einen Kaffee für mich und ein Perrier für Mr. Diamond.

„Es hat vor ein paar Wochen in München begonnen", erzählte er. „Ich bin mitten in der Nacht mit diesen furchtbaren Schmerzen im Rücken aufgewacht. Der Arzt, den ich aufgesucht habe, meinte, es sei eine Gürtelrose. Ich solle Vitamin B nehmen, keinen Alkohol trinken und nicht in die Sonne gehen – gar nicht so leicht, wenn man mitten im Sommer nach Griechenland fährt –, aber er hat mir nichts verschrieben. Daraufhin hat Barbara unseren Arzt in Beverly Hills konsultiert, und der hat gesagt, ich solle Demerol und Seconal nehmen."

„Haben Sie die Mittel hier bekommen?"

„Ich hab's in der Drogerie versucht, aber die haben mich nicht verstanden."

„Überlassen Sie das mir", sagte ich forsch. Ich ließ ihn die Namen der Medikamente aufschreiben, die er brauchte, und versicherte ihm, dass ich versuchen würde, sie aufzutreiben. Zwei Stunden später, nachdem ich eine Apotheke gefunden hatte, die die Mittel führte, gab ich sie an der Hotelrezeption ab, mit der Bitte, sie an Mr. Diamond weiterzuleiten.

Am nächsten Vormittag, um dieselbe Zeit wie tags zuvor, musste Mr. Wilder wieder Interviews geben, und ich musste wieder dolmetschen. Bevor wir anfingen, überreichte er mir eine Nachricht von Mr. Diamond: *Dank dieser Pillen hatte ich eine viel bessere Nacht. Vielen Dank! Dich zu engagieren war zweifellos eine von Billys besseren Ideen.* Ich war so stolz und dankbar, dass mir die Tränen in die Augen traten.

*

Drei Tage später stand ich auf dem Balkon meines Zimmers in einem anderen Apartmenthaus, diesmal mit Meerblick, in einem Dorf namens Nydri auf der Insel Lefkada.

Allmählich sickerte diese neue Wirklichkeit in mein Bewusstsein: Binnen weniger Tage war ich von einer Teilzeit-Dolmetscherin (mit Betonung auf Teilzeit) zum geschätzten Mitglied einer Filmcrew avanciert, die an einem Film arbeitete, der von einem der größten Regisseure Hollywoods in Szene gesetzt wurde. Ich hatte eine Welt betreten, die noch vor Kurzem jenseits meiner Vorstellungskraft gelegen hatte. Es war eine Welt, in der die üblichen Regeln der Machbarkeit nicht zu gelten schienen. So war es zum Beispiel alles andere als einfach, von Korfu nach Lefkada zu gelangen – jedenfalls für normale Menschen. Aber das Produktionsteam von *Fedora* hatte eigens ein Flugzeug gechartert und die Behörden dazu gebracht, den Militärflugplatz von Actium freizugeben, und als wir dort landeten, stand schon ein Autokonvoi bereit, der uns zum Hafen und dann mit der Fähre hinüber zur Insel brachte. Meine bisherigen Flüge von Athen nach London – genau wie die nach New York und zurück – waren immer rappelvoll gewesen, daher war es eine merkwürdige und wundersame Erfahrung, mit nur etwa dreißig Personen in ein Flugzeug zu steigen, in dem jeder eine Sitzreihe oder sogar zwei Sitzreihen für sich allein hatte. Und doch, selbst in einem leeren Flugzeug wie diesem, ergab es sich irgendwie, dass Matthew in der Reihe neben mir saß, und kurz vor dem Start setzte er sich sogar noch näher zu mir, damit wir uns unterhalten konnten.

Vielleicht interpretierte ich zu viel in die Tatsache hinein, dass er nur eine Armeslänge von mir entfernt saß. Aber es bestärkte mich in meiner Überzeugung – oder vielmehr in meinem bebenden, bislang eher zaghaften Verdacht –, dass wir im Begriff waren, jenen Reigen zu eröffnen, jenen behutsamen, instinktiven Tanz, den zwei Menschen manchmal über Tage hinweg umeinander herum vollführen, wenn sie unter einem Bann gegenseitiger Anziehung stehen und es beide noch nicht wagen, ihrer Zuneigung Ausdruck zu verleihen. Dennoch, wenn unsere aufkeimende Freundschaft ein Ziel hatte, waren wir noch weit davon entfernt, es zu erreichen. Im Flugzeug plauderten wir fünf oder zehn Minuten lang über dies und jenes, und dann widmete sich Matthew der Lektüre. Um genau zu sein, las er das Drehbuch zu *Fedora*.

Wahrscheinlich das Exemplar seiner Mutter. Er las die letzten Seiten, und als er fertig war, klappte er es mit einem Seufzer zu.

„Hat es dir nicht gefallen?", fragte ich, als er es auf den Sitz zwischen uns warf.

Anstatt zu antworten, fragte er mich: „Was hältst du davon?"

„Ich habe es noch nicht gelesen", gestand ich. „Niemand hat mir ein Exemplar gegeben."

„Hm", sagte er in einem Ton, den ich nicht deuten konnte. Dann, ohne zu erläutern, was ihm an dem Skript missfiel, verkündete er: „Also, es ist nicht die Art von Film, die *ich* machen würde."

Das fand ich aufregend.

„Du willst Filme machen?"

„Klar. Wer will das nicht?"

Ich schämte mich fast, es zuzugeben, aber ich musste es tun: „Ich zum Beispiel."

„Echt nicht?"

„Nein."

„Aber wenn du das Bedürfnis hast, der Welt etwas mitzuteilen", sagte er, „wie willst du das heutzutage sonst tun? Gedichte? Die will niemand hören. Bücher? Die will niemand lesen. Wozu einen Roman für zweihundert Leute schreiben, wenn du Millionen von Zuschauern erreichen kannst?"

„Aber das ist es ja", sagte ich. „Ich habe der Welt gar nichts mitzuteilen. Den meisten Menschen geht es so."

„In jedem Menschen steckt Kreativität", meinte Matthew. „Davon bin ich fest überzeugt."

„Also …" Es fühlte sich an, als würde ich ihm ein großes Geheimnis anvertrauen. „Ich schreibe Musik."

„Siehst du!", rief er triumphierend. „Du bist eine heimliche Musikerin. Wusste ich's doch. Du spielst ein Instrument, stimmt's?"

„Klavier", räumte ich ein.

„Was für Musik?"

„Na ja, ich spiele ein bisschen Klassik, ein bisschen Jazz ... aber vor allem meine eigene Musik. Kleine Melodien, die ich selbst komponiere."

„Was meine These bestätigt."

„Ja, aber ... das bedeutet noch nicht, dass ich der Welt etwas *mitzuteilen* habe."

„Also gut", sagte er. „Vielleicht habe ich es falsch ausgedrückt. Stell dir Kunst – egal welche – einfach so vor, als ... als würde man den Dingen einen Spiegel vorhalten und schauen, was für ein Bild er zurückwirft. Ein Film ist also wie ein Spiegel, okay? Ein Spiegel der Welt. Und der Punkt ist, dass der Spiegel einfach und schlicht und kristallklar sein sollte. *Ihr* Spiegel" – er zeigte auf das Drehbuch – „ist so altmodisch und so überladen ... als ob sie so einen wuchtigen, verschnörkelten, goldenen Rahmen drum herum gemacht hätten, und der lenkt dermaßen vom Wesentlichen ab, dass du das Spiegelbild gar nicht mehr wahrnimmst."

Ich wusste nicht, ob das Mr. Wilder und Mr. Diamond gegenüber fair war, aber ich fand, dass es unheimlich klug klang. Ich sah Matthew bewundernd an, und zu meiner Überraschung wusste ich mit einem Mal genau, was er war.

„Du bist einer von den Milchbärten", sagte ich.

„Was?"

„Mr. Diamond nennt sie so. Die neue, jüngere Generation von Filmemachern. Die haben alle Bärte, sind aber eigentlich noch Kinder."

Er bedachte mich mit einem ironischen, fragenden Lächeln, das mein Herz zum Flattern brachte. „Machst du dich über meinen Bart lustig?", fragte er.

Besorgt, dass ich ihn gekränkt haben könnte, beeilte ich mich zu sagen: „Nein, nein, nein. Damit hat das nichts zu tun."

„Ich meine, ich weiß, dass er ziemlich mickrig ist. Dabei lasse ich ihn mir seit drei Wochen wachsen."

„Es geht nicht um deinen Bart", beharrte ich. „Abgesehen davon", sagte ich jetzt neckischer (ich fing an zu begreifen, wie man flirtet), „gefällt er mir wirklich. Er steht dir."

Er lächelte wieder – diesmal war es ein dankbares Lächeln – und strich sich leicht über den Bart. „Findest du?"

Ich sagte nichts, sondern nickte nur, und dann drückte er mir das Drehbuch in die Hand.

„Du solltest es lesen", sagte er. „Ich würde gern mit dir darüber sprechen. Wie mir scheint …"

Es war, als würde er gleich etwas Wichtiges sagen, womöglich sogar etwas Schicksalhaftes.

„… hast du interessante Ideen."

Das war nicht gerade das Kompliment, das ich mir erhofft hatte. Aber fürs Erste genügte es.

Vielleicht habe ich unsere Unterhaltung nicht ganz wortgetreu wiedergegeben, aber ungefähr so lief sie ab. Das waren die ersten vorsichtigen Schritte in unserem Reigen. Ich war mir ziemlich sicher, dass uns dieser Tanz früher oder später irgendwohin führen würde, aber gleichzeitig war ich nicht versucht, die Dinge zu überstürzen, und Matthew schien es genauso zu gehen. Für den Moment begnügten wir uns damit, die ersten forschenden Bewegungen zu proben und darauf zu warten, dass dieses seltsame Abenteuer, in das wir beide zufällig hineingeraten waren, seinen besonderen, unwiderstehlichen Zauber entfaltete. Und vielleicht würde ja die Insel Lefkada selbst ihren Teil dazu beitragen.

Der Wohnblock, in dem wir alle untergebracht waren, hatte eine augenfällige Besonderheit: Das Gebäude war noch nicht fertig. Im Jahr 1977 steckte der Massentourismus in Griechenland noch in den Kinderschuhen, und nach Nydri verirrten sich nur wenige Urlauber, weil der Ort weder mit dem Auto noch mit dem Zug, noch mit dem Flugzeug, noch auf andere Art bequem zu erreichen war. Doch das begann sich allmählich zu ändern, und da die Touristen abenteuerlustiger wurden und Geschichten über diese schöne, unberührte Ecke Griechenlands die Runde machten, reagierten die Investoren und Bauunternehmer darauf, indem sie so rasch wie möglich neue Gebäude hochzogen. In diesem Fall hatten sie den Filmproduzenten (bestimmt mit der Hand auf dem Herzen und einem feierlichen Zittern in der Stimme) versprochen, dass die Apartments fertiggestellt sein würden, wenn die Filmcrew Anfang Juni in Nydri eintreffen würde. Aber natürlich hatten sie nicht Wort gehalten, und so stellte sich bei unserer Ankunft heraus, dass wir in Apartments wohnen würden, die alle keine Scheiben in den Fenstern hatten. Mir persönlich machte das nicht so viel aus – ich betrachtete es einfach als eine natürliche Klimaanlage –, aber einige Crewmitglieder beschwerten sich bitterlich über dieses Manko, zumal es bedeutete, dass die Stechmücken mit Einbruch der Dämmerung ungehindert in die Zimmer schwirren konnten. Ich glaube, für Mr. Diamond war das besonders schlimm, denn nun brachten ihn nicht nur die Schmerzen der Gürtelrose um den Schlaf, sondern auch die Mücken. Er hatte das Apartment neben mir, und manchmal hörte ich ihn mitten in der Nacht laut fluchen und seinen Schuh gegen die Wände und Möbel knallen, in dem verzweifelten Versuch, den surrenden Plagegeistern, die ihn offenbar besonders schmackhaft fanden, den Garaus zu machen.

Die Produzenten des Films hatten unter den Dorfbewohnern mindestens ein Dutzend Fahrer rekrutiert, von denen die wenigsten Englisch sprachen, daher verbrachte ich viel Zeit damit, zwischen ihnen und ihren jeweiligen Fahrgästen zu dolmetschen. Mr. Wilder hatte seinen eigenen Fahrer und Mr. Diamond hatte seinen eigenen Fahrer, ebenso wie Mr. Holden und Miss Keller und der andere weibliche Star des Films, eine deutsche Schauspielerin namens Hildegard Knef. (Tatsächlich war mir nie so ganz klar, welche der beiden Frauen denn der eigentliche Star sein sollte, und im Laufe der Dreharbeiten begriff ich, dass diese Frage stets für heftig gärenden Zwist zwischen den beiden sorgte.) Das Arrangement mit den Fahrern erschien mir ziemlich extravagant, denn der einzige Weg, den alle zurücklegen mussten, war der hinunter zur Anlegestelle, und die war gerade einmal dreihundert Meter von unserer Unterkunft entfernt. Von dort aus wurde die gesamte Crew zum eigentlichen Drehort befördert, einer verwunschenen Villa aus dem neunzehnten Jahrhundert, die auf der winzigen, vorgelagerten Insel Madouri lag. Die Überfahrt mit dem Boot dauerte ungefähr zehn Minuten.

Der Mann, der alle hinüberschipperte, hieß Filippos, ein liebenswerter Kauz, der ein kleines Boot namens „Soula" besaß und sich rasch mit der ganzen Crew anfreundete. An unserem zweiten Vormittag in Nydri beschloss Mr. Wilder, ihm eine Rolle in dem Film zu geben. In der betreffenden Szene sollte Mr. Holden alias Barry Detweiler Fedoras Villa einen ersten, heimlichen Besuch abstatten, und er hatte einen Bootsführer angeheuert, der ihn auf die Insel bringen sollte. Filippos war natürlich überglücklich und schien sich überhaupt nicht daran zu stören, dass mit einem Mal lauter Kameras auf ihn gerichtet waren und das Ton-Equipment jeden seiner Schritte aufnahm; nicht einmal die versammelten Schaulustigen aus dem Dorf brachten ihn aus dem Konzept, obwohl ihn seine Freunde lautstark anfeuerten und ihm allerlei gut gemeinte Ratschläge zuriefen. Er ließ sogar zu, dass eins der Make-up-Mädchen, nachdem es mit Mr. Holden fertig war, ein bisschen Puder auf seine Stirn tupfte, was die Dorfbewohner am Kai mit lautem Johlen und Gelächter quittierten.

Da Lefkada eine ziemlich gebirgige Insel ist, veränderten sich die Lichtverhältnisse von Stunde zu Stunde, und das Zeitfenster für den Dreh einer Szene war recht knapp bemessen. Daher beschränkte Mr. Wilder seine Regieanweisungen auf das Nötigste und wies den Schauspielern ihre Positionen zu. Es war ohnehin keine komplizierte Szene. Mr. Holden würde am Anleger eintreffen, Filippos würde die Hand ausstrecken, ihm beim Einsteigen ins Boot behilflich sein, den Motor anlassen, und dann würden die beiden davonfahren.

Doch gerade als Mr. Wilder „Action" rufen wollte, winkte ihm Filippos vom Boot aus aufgeregt zu, als wollte er ihn noch etwas fragen, bevor es losging. Der Regieassistent ging zu ihm hinüber, sprach kurz mit ihm und erstattete Mr. Wilder dann Bericht: „Er will irgendwas wissen."

„Kannst du das nicht übernehmen?"

„Er sagt, er muss mit dem Boss sprechen."

Billy wechselte einen Blick mit Iz, der mit dem Skript in der Hand neben ihm stand und die Szene – ungerührt wie immer – mitverfolgte. Er zuckte mit den Schultern. In Wirklichkeit kannte Iz Filippos' Frage bereits, denn zehn Minuten zuvor hatte er ihm eingeschärft, sie zu stellen. Und ich kannte sie ebenfalls, weil ich sie für ihn ins Griechische übersetzt hatte.

Billy seufzte und sah sich nach mir um: „Du kommst besser mit und hilfst mir." Ich ging mit ihm zum Boot, während er den Rohrstock schwang, den er bei Dreharbeiten immer dabeihatte. In den folgenden Minuten führten er und Filippos eine lebhafte Unterhaltung, bei der ich abwechselnd beide Seiten übersetzte. Als das Gespräch beendet war, stapfte Billy zurück zu seinem Platz neben der Kamera, schüttelte den Kopf, seufzte noch lauter als üblich und war sichtlich entrüstet.

„Worum ging's denn?", fragte Iz.

„Du wirst nicht glauben, was dieser Bursche mich gerade gefragt hat: ‚Mr. Wilder, was ist meine Motivation in dieser Szene?'"

„Nein!" Iz, todernst.

„Er will wissen, was seine Motivation ist, Herrgott noch mal. Ich engagiere ihn für eine halbe Stunde, damit er ein Boot übers Wasser steuert, und plötzlich macht er einen auf Actors Studio und kräht nach Lee Strasberg, damit er ihm erklärt, wie er diese Szene spielen soll."

„Du verarschst mich doch."

„Ich sage zu ihm: ‚Du bist kein Schauspieler, du bist Bootsführer. Deine Motivation ist es, diesen Mann auf die Insel zu bringen. Deine Motivation sind die fünfzig Drachmen, die er dir dafür gibt.' Mein Gott, solche Mätzchen erwarte ich vielleicht bei einem großen Filmstar, aber …" Er hielt inne, denn auf Iz' Gesicht machte sich jetzt das seltenste aller Phänomene breit: ein unwillkürliches Lächeln. Langsam dämmerte es ihm. „Aha – du warst das, hab ich recht? Du hast dir das ausgedacht. Du und die kleine griechische Dolmetscherin, ihr steckt unter einer Decke!"

Iz lachte jetzt beinahe: ein unglaublicher Anblick.

„Sehr lustig, wirklich." Er drehte sich zu mir um. „Findest du nicht auch? Ich verbiete Mr. Diamond also, lustige Szenen in dieses Skript zu schreiben, weil wir einen ernsten Film drehen, und was macht er? Er denkt sich stattdessen eine lustige Szene für mich aus. Ganz schön gewitzt von ihm, oder?"

Ich sagte nichts. Einige Zeit später gestand mir Mr. Diamond, es habe ihm hinterher leidgetan, dass er Billy diesen Streich gespielt hatte – schließlich hatte er damit auf sehr unprofessionelle Weise die Dreharbeiten ins Stocken gebracht. Aber ich erinnerte mich daran, dass es in Billys Augen wieder gesprüht hatte, als er seinen Platz neben der Kamera einnahm, und ich versicherte ihm, dass er das Richtige getan hatte.

*

Im Jahr 1951 drehte Billy Wilder einen Film namens *Reporter des Satans*, in dem es um einen Journalisten geht, der auf zynische Weise die Rettung eines Mannes behindert, um mehr aus der Story herauszuholen, die er über ihn schreibt. „Ein scharfsinniges, fesselndes Drama und eine bittere Bestandsaufnahme der amerikanischen Verfasstheit", laut *Halliwell's Film Guide*. Der Film nahm nicht nur die Boulevardpresse aufs Korn, sondern – was nicht weniger wichtig war – auch die Öffentlichkeit, die diese Blätter gerne konsumiert, was den sonst so griesgrämigen Kritiker Leslie Halliwell zu der Bemerkung veranlasste, es handle sich um „eines der Meisterwerke des Regisseurs". Zugleich war es Billys erster echter kommerzieller Misserfolg: Offenbar wollten die Leute kein Geld für einen Film hinlegen, der ihnen ihre eigene Hässlichkeit vor Augen hielt.

Der Reporter wurde von Kirk Douglas gespielt, und auf Lefkada begegnete ich seinem griechischen Gegenstück. Dieser Journalist war um einiges jünger, hatte sich aber seit unserer Ankunft in Nydri an die Fersen der Crew geheftet, und ähnlich wie Chuck Tatum in *Reporter des Satans* witterte er in der Anwesenheit so vieler Filmstars eine mögliche Einnahmequelle, die Chance auf eine Sensationsgeschichte, mit der er groß rauskommen könnte. Sein Ziel war es, die Story an eine Zeitung in Athen zu verkaufen, und weiter reichte sein Ehrgeiz nicht, denn er sprach nur Griechisch, weswegen er auch ständig um mich herumschlich, in der Hoffnung, ich würde ihm ein paar pikante Details über die Dreharbeiten verraten.

An einem Nachmittag, ein paar Tage nach der Episode mit Filippos, standen wir alle auf der Terrasse der Villa auf Madouri herum. Wenn ich sage „alle", heißt das: ziemlich viele Menschen. Mr. Wilder gefiel es, so zu arbeiten. Ihm gefiel ein lebhaftes, chaotisches Set, an dem sich Heerscharen von Zaungästen tummelten: Reporter, Fotografen, Schaulustige, Autogrammjäger. Für ihn war das eine beständige Energiequelle, für die Schauspieler dagegen eine große Belastung, wie mir schien.

Noch etwas machte den Schauspielern das Leben schwer: Mr. Wilders Überzeugung, dass das Drehbuch, das er zusammen mit Mr. Diamond geschrieben hatte, eine Art Bibel war und entsprechend ehrfürchtig behandelt werden musste. Nachdem er viele Monate daran gearbeitet hatte – und vermutlich mit jedem

Taktschlag im Dialogrhythmus, mit jedem einzelnen Wort gerungen hatte –, gestattete er den Schauspielern nicht die geringste Abweichung vom vorgegebenen Text. Aus diesem Grund war Mr. Diamond auch bei jeder Szene anwesend: Immerzu saß er auf einem Regiestuhl neben Mr. Wilder, ein fest zusammengerolltes Exemplar des Drehbuchs in den Händen, in das er gar nicht hineinschauen musste, weil er es ohnehin auswendig konnte. Während Mr. Wilder darauf achtete, dass sich die Schauspieler richtig bewegten, dass ihre Positionen stimmten, dass der Bildaufbau gut war, lauschte Mr. Diamond dem Dialog, und sobald einer der Schauspieler nicht genau das sagte, was im Skript stand, warf er dem Regisseur einen Blick zu, schüttelte den Kopf, und alle mussten noch mal von vorn anfangen.

An diesem Nachmittag wurde auf der Terrasse eine Szene mit sämtlichen Mitgliedern des Fedora'schen Haushalts gedreht: Miss Keller (in der Rolle der Fedora), Frau Knef (als Gräfin Sobryansky), Frances Sternhagen (ihre Gesellschafterin) und José Ferrer (der mysteriöse Dr. Vando). Die Vorbereitungen nahmen viel Zeit in Anspruch. Der Kameramann war nicht glücklich. Die Schatten fielen in die falsche Richtung, und alle mussten warten, bis sie in die richtige Richtung fielen. Man saß herum, langweilte sich und führte zwischendurch ein bisschen Smalltalk.

Tasos, der Provinzjournalist, nutzte die Gelegenheit und sprach mich auf Griechisch an: „Sie sind die Dolmetscherin, richtig?"

„Ja."

„Können Sie mitkommen und für mich übersetzen, während ich ein paar Worte mit Mr. Ferrer wechsle?"

Mr. Ferrer saß mit dem Rücken zum Meer an die Balustrade der Terrasse gelehnt auf einem Klappstuhl und fächelte sich Luft zu. Sein Gesicht verschwand fast vollständig unter einem Strohhut.

„Hat er denn zugestimmt, Ihnen ein Interview zu geben?", fragte ich.

„Es soll kein richtiges Interview werden. Ich möchte ihm nur ein paar Fragen stellen."

„Auf keinen Fall. Sie müssen erst die Erlaubnis des Pressebetreuers einholen", erwiderte ich scharf.

Meine Abfuhr schien ihn nicht zu entmutigen, denn kurz darauf fragte er: „Die Dreharbeiten laufen also nicht so gut?"

„Wie kommen Sie darauf?"

„Das habe ich gehört. Die beiden Frauen können sich nicht ausstehen. Zwischen ihnen herrscht eine erbitterte Rivalität."

„Davon weiß ich nichts."

„Und alle beide können Mr. Wilder nicht leiden."

Ich versuchte ihn mit einer ungeduldigen Handbewegung zu verscheuchen, doch in dem Moment rief der Regieassistent endlich „Ruhe bitte!" und das Drehen konnte beginnen.

Es lief nicht gut. Miss Keller sollte einen aufreizenden kleinen Tanz vor Dr. Vando vollführen und dabei ein paar Textzeilen aus einem von Fedoras alten Filmen rezitieren, darunter diesen Satz: „Nun zier dich nicht, genier dich nicht. Jenseits von Suez gibt es keine Zehn Gebote." Aber sie bekam es einfach nicht richtig hin.

Bei den ersten Takes sagte sie: „Genier dich nicht, komm zier dich nicht." Nachdem sie sich mehrmals versprochen hatte, lachte jemand von den Zuschauern.

Dann, nach ein paar weiteren Takes, in denen der Text zwar gesessen hatte, Mr. Wilder aber noch immer nicht mit ihrem Tanz zufrieden gewesen war, schien endlich alles gut zu gehen. Erleichterung machte sich breit, und die Spannung, die in der Luft gelegen hatte, löste sich auf. Doch dann erhob sich Mr. Diamond von seinem Stuhl, ging hinüber zu Mr. Wilder und flüsterte ihm etwas ins Ohr.

Mr. Wilder nickte und sagte zu Miss Keller: „Tut mir leid, Marthe, wir müssen es noch mal machen."

„Wieso? Was habe ich falsch gemacht?"

Er erklärte ihr, dass sie den Text nicht so wiedergegeben hatte, wie er im Drehbuch stand. Anstatt zu sagen, „Jenseits von Suez gibt es keine Zehn Gebote", hatte sie gesagt: „Jenseits von Suez gibt es die Zehn Gebote nicht."

Sie schaute ihn an, als wollte sie sich vergewissern, dass er das ernst meinte. Was er offenbar tat. Marthe nickte ergeben, „Okay", und alle gingen erneut in Stellung, und sie drehten die Szene noch mal, und der Tanz lief gut – vielleicht nicht ganz so gut wie beim allerersten Mal –, aber als sie bei der bewussten Zeile angelangt war, sagte sie, „Jenseits von Suez gibt's keine Zehn Gebote", und wieder erhob sich Mr. Diamond aus seinem Stuhl, ging hinüber zu Mr. Wilder, flüsterte in sein Ohr, und wieder musste Mr. Wilder die Schauspielerin beiseite nehmen, die zusehends verzweifelter wirkte.

Tasos, der immer noch neben mir stand, stieß mich mit dem Ellenbogen an und sagte leise: „Genau das meine ich. Wieso tut er das? Warum ist er so gemein zu ihr?"

„Er ist nicht gemein", sagte ich mit gewichtiger Miene. „Es kommt oft vor, dass man mehrere Takes von einer Szene machen muss." In den letzten Tagen war ich zu einer Expertin in Sachen Filmemachen geworden.

„Schauen Sie mal, was die Deutsche für ein Gesicht macht", sagte er. (Er meinte Frau Knef, die das Geschehen von dem Rollstuhl aus beobachtete, an den ihre Figur gefesselt war.) „Sie platzt gleich vor Wut. Wenn ich zu ihr rübergehe und mit ihr rede, übersetzen Sie dann für mich?"

„Vergessen Sie's", zischte ich.

Allmählich tat es weh, die Dreharbeiten mitzuverfolgen. Die Zuschauer spürten die Spannung und warteten darauf, dass es knallte; sie warteten fast händereibend darauf. Eine unschöne Atmosphäre begann sich am Set breitzumachen. Ich hatte Mitleid mit Miss Keller, die diese schwierigen Bewegungsabläufe und Textzeilen vor so vielen Menschen ein ums andere Mal wiederholen musste. Aber wahrscheinlich gehörte das zu ihrem Beruf.

Jedenfalls wollte ich mir das nicht länger mit ansehen. Kurz entschlossen drehte ich mich um, schlüpfte durch die Menge hindurch und schlug den Pfad ein, der von der Villa zu einer bewaldeten Anhöhe hinaufführte. Hier war es schattig und angenehm, und das einzige Geräusch weit und breit war das Knacken der trockenen Zweige unter meinen Füßen. Bald erreichte ich den höchsten Punkt der kleinen Insel und stand eine Weile im tiefen Schatten der Pinien und genoss die Stille und die erfrischende Kühle der Spätnachmittagsluft an diesem einsamen Ort, umgeben von Wasser und so weit weg von der schwülen, stickigen Betriebsamkeit auf der Acharnon-Straße. Doch schon nach kurzer Zeit empfand ich mein Alleinsein als bedrückend. Matthew war unter den Zuschauern unten auf der Terrasse gewesen. Unsere Blicke hatten sich kurz gekreuzt, als ich von der Villa wegging, und es wäre ein Leichtes gewesen, ihn zu fragen, ob er mich auf dem kleinen Spaziergang begleiten wollte. Warum hatte ich mich das nicht getraut? Warum war ich ihm gegenüber so schüchtern, so gehemmt? Diese Fragen gingen mir durch den Kopf, während ich auf der anderen, steileren Seite des Hügels Richtung Meer hinunterkletterte und eine Bucht zwischen den Felsen entdeckte, von wo aus man eine gute Sicht auf Skorpios hatte, noch eine Privatinsel – und der Wohnsitz von Aristoteles Onassis –, nur eine Seemeile von Madouri entfernt. Hier ließ ich mich nieder, hielt das Gesicht in die Sonne und lauschte dem sanften Geräusch des blauen Wassers, das gegen die Felsen schwappte. Vielleicht war es letztendlich mein Schicksal, allein zu sein: Das war der tragische, selbstdramatisierende Gedanke, der mir in den Sinn kam, und paradoxerweise spendete er mir sogar Trost, denn er versöhnte mich mit dem, was in jenem Moment mein eigentliches Wesen zu sein schien: introvertiert, melancholisch und einzelgängerisch.

*

In dieser Hinsicht unterschied ich mich gar nicht so sehr von Mr. Diamond. Gut, er hatte jemanden zum Heiraten gefunden, und seine Ehe schien sehr glücklich zu sein. Außerdem hatte er einen Sohn und eine Tochter, von denen er häufig sprach und an denen er sehr hing. Aber hier in Griechenland war er Tausende von Meilen von seiner Familie entfernt, und während sein alter Freund Mr. Wilder voll und ganz in den Dreharbeiten aufging, schien sich Mr. Diamond immer mehr in sich selbst zurückzuziehen und über Dingen zu brüten, die ihn bedrückten und die er niemandem anvertraute.

Und so kam es, dass ich ihn am selben Abend allein auf der Terrasse der Bar Alexandros sitzen sah, einer Terrasse, von der aus man direkt nach Madouri hinübersah und die so nahtlos in den Strand überging, dass man nicht genau sagen konnte, wo der Sand endete und die Terrakottafliesen begannen. Er war der einzige Gast. Er saß an einem der äußeren Tische, nahe am Wasser, und rauchte eine Zigarette, wobei er den Rauch in regelmäßigen Abständen in einer geraden, fast vertikalen Linie in die Luft blies. Ich war ohne einen bestimmten Grund zum Strand gegangen – außer vielleicht, um zu schauen, ob Matthew zufällig dort war – und war überrascht, als Mr. Diamond „Hallo“ zu mir sagte. Ich sagte ebenfalls „Hallo“ und fügte dann in meinem üblichen entschuldigenden Ton hinzu:

„Bitte – ich möchte Sie nicht stören.“

„Na ja“, sagte er, „ich bin hergekommen, um meine Ruhe vor diesen ganzen Leuten zu haben. Aber du gehörst nicht dazu.“ Ich senkte den Blick, wurde vielleicht sogar ein bisschen rot. „Alle mögen die kleine griechische Dolmetscherin, ist dir das noch nicht aufgefallen? Du bist der Hit der Crew.“

Ich erfinde das nicht, um mich in ein besseres Licht zu rücken. Er sagte das wirklich. Natürlich setzte ich mich zu ihm an den Tisch.

„Leistest du mir bei einem Cocktail Gesellschaft?“, fragte er.

Ich sagte „Ja, gerne" und er bestellte zwei Wodka Martini und meinte dann: „Schau mich nicht so kritisch an."

„Das ist keine Absicht", sagte ich. „Die Leute sagen, das sei mein üblicher Gesichtsausdruck. Aber Ihr deutscher Arzt hat Ihnen doch verboten, Alkohol zu trinken."

„Mein deutscher Arzt war noch nie an einem Filmset. Und schon gar nicht an einem wie diesem."

Der Kellner brachte unsere Drinks und ich nahm einen Schluck. Ich hatte noch nie Martini getrunken und mochte seine herbe Schärfe: wie ein kleiner Klaps auf die Wange, der einen aus einer Ohnmacht zurückholt.

„Warst du heute Nachmittag beim Dreh auf der Terrasse?", fragte er und zündete sich noch eine Zigarette an.

„Nicht die ganze Zeit", sagte ich. „Ich bin nach der Hälfte gegangen und habe einen Spaziergang gemacht."

„War kein Vergnügen, stimmt's?"

„Am Ende hat es sich bestimmt gelohnt."

Mr. Diamond schüttelte den Kopf. „Wir haben keinen brauchbaren Take bekommen. Irgendwann hat uns das Licht einen Strich durch die Rechnung gemacht, und wir mussten einpacken. Marthe war ohnehin mit den Nerven fertig."

„Oh." Das hörte sich nicht gut an. „Was wollt ihr jetzt tun? Es morgen noch mal versuchen?"

„Billy will die Szene umschreiben und sie im Studio drehen. Wir könnten das nächsten Monat in Deutschland machen."

„Sehen Sie das auch so?"

Mr. Diamond zuckte mit den Schultern und sagte: „Könnte funktionieren, aber ich bin mir nicht sicher." Ich fragte mich, ob es bei diesem Film überhaupt einen Vorschlag gab, der ihm ein „Warum nicht?!" entlocken könnte. Es sah nicht danach aus.

„Das heißt, wenn ihr hier fertig seid", sagte ich, „geht ihr zurück nach Deutschland?"

Er nickte. „Zurück ins schöne München. Die Stadt, die einem den Rücken ruiniert. Die Stadt der Gürtelrose – damit sollten sie Werbung machen."

„Gefällt es Ihnen dort nicht?"

„Nicht besonders."

Die praktischen Einzelheiten des Filmemachens waren mir noch immer nicht klar, und als Nächstes sagte ich etwas sehr Einfältiges:

„Ich nehme an, Mr. Wilder macht den Film in Deutschland, weil es nicht so weit von Griechenland weg ist, oder? Damit es nicht so schwierig ist, noch mal mit der Crew zurückzukommen, falls nötig?"

„So läuft das nicht", sagte Mr. Diamond und lächelte beinahe über meine Naivität, während er sich nach vorn lehnte, um die Asche seiner Zigarette in den Aschenbecher auf unserem Tisch zu klopfen. „Viel einfacher wäre es, den restlichen Film in Hollywood zu drehen. Würde mir verdammt gut in den Kram passen. Ich hätte einen Achtstundentag und könnte jeden Abend zu meiner Frau nach Hause gehen."

„Aber warum –"

„Wir können den Film in keinem Hollywood-Studio drehen", erklärte er, „weil kein Studio den Film gewollt hat. Glaub mir, wir haben es versucht."

Das ergab keinen Sinn.

„Aber es ist doch ein Billy-Wilder-Film. Er ist ein Genie … Er ist einer der Größten … Warum sollte jemand keinen Billy-Wilder-Film machen wollen?"

Er schüttelte den Kopf. „Die Zeiten haben sich geändert. Ich meine, ich weiß nicht, ob sie sich schon geändert haben. Jedenfalls ändern sie sich gerade."

„Wieso haben die Studios den Film nicht gewollt?", fragte ich.

„Weil sie glauben, dass er ein Flop wird."

Diese Antwort überraschte mich, und offenbar sah man mir das an, denn Mr. Diamond sagte: „Da ist er wieder, dieser kritische Gesichtsausdruck. Schau, in Amerika ist Filmemachen ein Business. Nicht mehr und nicht weniger. Eine sehr gesunde Einstellung, wenn du mich fragst. Ist mir sogar ganz recht, um ehrlich zu sein. Alles andere, das ganze Brimborium ... Das ist nur heiße Luft. Finde ich jedenfalls."

„Aber bestimmt –"

„Billy und ich haben zurzeit keinen guten Lauf", kam er mir zuvor. „Unser letzter großer Hit ist vierzehn Jahre her. Und in den vergangenen Jahren haben ein paar unserer Filme viel Geld in den Sand gesetzt. Eine *Menge* Geld. In Hollywood werden solche Dinge registriert. Da liest man morgens nach dem Aufstehen nicht als Erstes die *Cahiers du Cinéma*. Man liest die Börsenseiten. Letzten Sommer, als wir dich im ‚Bistro‘ getroffen haben, waren wir mit diesem Drehbuch an einem kritischen Punkt angelangt. Wenn ich mich recht erinnere, warst du ein paar Tage später noch bei uns im Büro, um Billys Exemplar zurückzugeben, stimmt’s?"

„Stimmt. Aber ihr wart in einem Meeting."

„Genau. Das war *das* Meeting."

Ich fragte ihn, was er meinte.

„An dem Nachmittag haben wir die Leute von Universal getroffen, nachdem sie uns am Morgen mitgeteilt hatten, dass das Drehbuch durchgefallen war."

„Durchgefallen?"

„Sie haben es abgelehnt. Sie wollten kein Geld dafür lockermachen."

„Oh. Es hat ihnen also nicht gefallen?"

„Du hast es immer noch nicht kapiert", sagte er geduldig. „Es geht nicht darum, ob es ihnen gefallen hat oder nicht. Selbst wenn sie die weltbesten Literaturkritiker gewesen wären und wir ihnen *Madame Bovary* oder *Moby-Dick* vorgelegt hätten, wäre es ihnen schnurz gewesen. Es ist keine Frage des Gefallens. Sie haben einen Blick auf ‚Fedora' geworfen und beschlossen, dass sie aus diesem Stoff niemals Profit schlagen würden."

Ich dachte darüber nach, während ich einen weiteren Schluck von meinem Cocktail nahm. „Aber sie irren sich", sagte ich.

Es war weder eine Frage noch eine Feststellung. Mr. Diamond erwiderte sowieso nichts darauf. Er sah nur aufs Meer hinaus und zog an seiner Zigarette.

„Jedenfalls", sagte er schließlich, „deswegen Deutschland."

„Eine *deutsche* Filmgesellschaft gibt also das Geld für den Film?", fragte ich, wie immer ein bisschen schwer von Begriff.

„Eigentlich ist es keine Filmgesellschaft. Es sind Investoren aus dem Abschreibungsgeschäft, die den Film finanzieren. Das will schon was heißen, dass Billy sich mit solchen Leuten einlässt. Es ist ein ziemlicher Schritt für ihn." Er sagte nicht „ein Schritt nach unten", aber so war es vermutlich gemeint. „Übrigens hat er mir eine lustige Geschichte darüber erzählt. Als er diese Typen zum ersten Mal in München getroffen hat, haben sie ihn gefragt: ‚Mr. Wilder, warum wollen Sie diesen Film in Deutschland drehen?', und er hat gesagt: ‚Genauso gut könnten Sie einen Bankräuber fragen, warum er Banken ausraubt. Die Antwort liegt doch auf der Hand – weil dort das Geld liegt.'" Für den Bruchteil einer Sekunde huschte ein Lächeln über sein Gesicht, als er den Witz seines Freundes wiedergab. „Natürlich haben die's nicht verstanden. Die haben ganz ernste Mienen gemacht und gesagt: ‚Sie wollen uns also berauben?' Die Deutschen. Kein Sinn für Humor, weißt du." Allmählich gewann ich den Eindruck – und der sollte sich in den nächsten Wochen noch verstärken –, dass Mr. Diamond nicht allzu viel von Deutschland und deutscher Kultur hielt. Indessen schien er über etwas nachzudenken. Er drückte seine Zigarette aus und sagte schließlich leise und in sich gekehrt: „Billy muss *wirklich* viel daran liegen, diesen Film zu machen."

Er hatte es mehr zu sich selbst als zu mir gesagt, aber ich beschloss, trotzdem darauf einzugehen: „Klar", meinte ich, „er ist doch Filmemacher. Es genügt ihm nicht, Filme zu schreiben. Er muss sie auch drehen."

„So ist es", sagte Mr. Diamond. „Was mir Höllenqualen bereitet, ist für ihn ein Vergnügen. Im Übrigen liebt er es einfach, hier zu sein, vergiss das nicht."

„Hier?"

„Hier." Er machte eine ausladende Geste. „Europa. Die Wiege der Zivilisation. Billy ist Europäer."

„Das sind Sie doch auch", sagte ich. „Ich meine, Sie kommen doch aus Rumänien, oder?"

„Das ist etwas anderes. Als ich in die Staaten kam, war ich gerade mal acht oder neun Jahre alt. Ich habe überhaupt keine Erinnerungen an den Ort, wo ich geboren wurde."

Er hielt inne, als wollte er überprüfen, ob das stimmte, indem er kurz angestrengt in die Vergangenheit blickte und versuchte, ein paar Bilder heraufzubeschwören.

„Wirklich gar keine?", hakte ich nach.

„Ach, du weißt schon. Man erinnert sich an irgendwelche kleinen, beliebigen Dinge." Er nahm noch eine Zigarette aus der Packung und zündete sie mit seinem edlen, vergoldeten Feuerzeug an. Ich hatte ihn noch nie so viel rauchen sehen. „Da war dieser kleine Holzstuhl – eigentlich kein richtiger Stuhl, eher eine Art Schemel mit Lehne –, ein winziges Ding, gerade mal groß genug, dass ein kleines Kind darauf sitzen konnte, und da saß ich immer drauf, nahe beim Feuer. Ich erinnere mich an eine Melodie, die mein Dad immer gepfiffen hat. Ich erinnere mich an einen Jungen in der ersten Klasse, Darius, der mir auf dem Schulhof den Arm ausgerenkt hat, weil er mir Geld abknöpfen wollte. Solche Dinge. Aber der Rest ist verschwunden. Wenn es nach meinen Erinnerungen geht, fängt mein Leben in New York an, und ich habe mich immer durch und durch als Amerikaner gefühlt. Aber Billy war fast dreißig, als er nach Hollywood kam. Er ist in Wien aufgewachsen, dann hat er in Berlin gelebt, dann in Paris. Eine lange Zeit. So etwas vergisst man nicht einfach."

„Sie meinen, er hat sich in Amerika nie richtig zu Hause gefühlt?"

„Er liebt Amerika. Ich meine, er hasst es, aber er liebt es auch. Und mit Europa ist es das Gleiche. Er liebt es, aber er hasst es auch. Er besteht eigentlich nur aus Widersprüchen. Vielleicht muss er deswegen Geschichten erzählen. Und vielleicht sind seine Geschichten deswegen so gut. Weißt du, wenn er in Europa ist ... kommt eine Seite von ihm zum Vorschein, die man in Hollywood kaum bemerkt. Das ist mir vor ein paar Jahren zum ersten Mal so richtig aufgefallen, als wir einen Film mit Lemmon in Italien gemacht haben. Billy hat ihn dauernd in Restaurants und Museen geschleppt und versucht, ihm das Essen, die Kunst und das alles näherzubringen ..."

„Und davor?", fragte ich. (Schließlich kannte ich die Titel und Themen sämtlicher Billy-Wilder-Filme inzwischen auswendig und wusste auch genau, in welcher Reihenfolge sie entstanden waren.) „Als ihr den Sherlock-Holmes-Film in England gedreht habt?"

„Das war etwas anderes", sagte Mr. Diamond. „Ich meine, wir hatten dort eine gute Zeit, aber England ist nicht Europa. Klar, *theoretisch* gehört es dazu, aber ... England fällt irgendwie aus dem Rahmen, weißt du."

„Ja, ich weiß", sagte ich. Und es stimmte. Wenn ich mit meiner Mutter nach England reiste, hatte ich immer das Gefühl, nicht nur ein anderes Land zu betreten, sondern einen anderen Kontinent. Wie die meisten meiner griechischen Landsleute fand ich die Insel faszinierend, aber die Sitten und Gebräuche ihrer Bewohner erschienen uns geheimnisvoll, verschroben und vollkommen rätselhaft.

„Jedenfalls war das ein schwieriger Film", fuhr Mr. Diamond fort. „Da lief einiges schief." Wieder tauchte er in die Vergangenheit ein und starrte gedankenverloren aufs Meer hinaus. Wie mir schien, war das, was er gerade durchmachte und was er in den letzten Jahren zusammen mit Billy durchgemacht hatte, der Grund, weshalb er über vieles nachdachte und seinen Freund vielleicht besser verstand als zuvor. „Weißt du, eigentlich ist er sehr unsicher", sagte er. „Er ist unheimlich scharfsinnig und hundertmal gescheiter als die meisten Leute, denen man im Leben begegnet, und er hat diesen unglaublichen Witz, aber das alles … ich meine, das kratzt doch nur an der Oberfläche. Die Sache mit dem Holmes-Film hat mich wirklich schockiert. Wir hatten diesen Streifen jahrelang geplant. Er hat ihm so viel bedeutet, wahrscheinlich mehr als alle anderen Filme. Doch nachdem die Produzenten ihn gesehen hatten und Billy in den Ohren lagen, er sei zu lang, hat er das Vertrauen in diesen Film verloren. Komplett. Er hat ihnen alles geglaubt, was sie sagten, und als er erst mal mit dem Schneiden angefangen hatte, war er nicht mehr zu bremsen. Er hat geschnitten und geschnitten und geschnitten. Am Ende war *ich* derjenige, der ihn davon abhalten musste, all die Szenen herauszuschneiden, die er herausschneiden wollte. Hätte ich nicht eingegriffen, wäre der Film am Ende noch zehn Minuten lang gewesen. Dabei hätte er sein Meisterwerk sein sollen. Er hat praktisch sein eigenes Baby zusammengeschnitten, sein eigenes … Lieblingskind. Bloß weil diese Arschlöcher es wollten. *Leckt mich,* hätte er sagen sollen. *Leckt mich.* Natürlich" – ein kurzer Schluck Martini, ein Zug an der Zigarette und ein langes Ausatmen von Rauch – „ist es nicht so einfach, zu den Typen, die am Geldhahn sitzen, *Leckt mich* zu sagen."

„Was waren das denn für Probleme bei dem Film?", fragte ich.

„Alle möglichen", sagte Mr. Diamond. „Aber das schlimmste war wohl, dass wir die Dreharbeiten vorübergehend einstellen mussten."

„Warum denn?"

„Weil der Hauptdarsteller versucht hat, sich umzubringen."

„Oh nein." Ich war fassungslos. Solche Dinge passierten doch nur in Filmen!

„Es war alles ... ein einziger Schlamassel", sagte Mr. Diamond. „Hauptsächlich war es wohl seine Ehe. Die hat ihm zu schaffen gemacht. Aber auch der Druck, die Hauptrolle in einem großen Film zu spielen. Das war Neuland für ihn. Und Billy kann ganz schön hart sein. Hart zu den Schauspielern. Er setzt sie enorm unter Druck. Wobei er natürlich selbst am meisten unter Druck steht ..."

Ich dachte daran, was er über den Dreh an diesem Nachmittag gesagt hatte: dass Miss Keller „mit den Nerven fertig" gewesen war. Sie war noch sehr jung, überlegte ich, und stand wahrscheinlich ebenfalls unter großem Druck. Ich fragte Mr. Diamond, ob er wusste, wo sie war und wie es ihr nach diesem Drehtag ging.

„Soviel ich weiß, ist sie in ihr Apartment zurückgegangen", meinte er. „Und ja, sie war sehr aufgebracht. Im Moment hasst sie Billy, aber das geht vorbei. Er kann sehr charmant sein. Und sehr liebenswürdig. Der springende Punkt ist sein Humor – an den muss man sich gewöhnen. Man muss herausfinden, wie er ihn benutzt und wozu er dient. Heute Nachmittag hat er mit Marthe herumgescherzt, hat versucht, eine gewisse Leichtigkeit zu bewahren, aber sie hat das nicht verstanden.

Der Schauspieler, der in unserem Holmes-Film den Dr. Watson gespielt hat, musste in einer Szene tanzen. Er war also in dieser großen Tanznummer mit den ganzen Revue-Mädchen und musste versuchen, mit ihnen mitzuhalten, aber gleichzeitig durfte er natürlich nicht aufhören, seine Rolle zu spielen. Und als wir diese Szene gedreht haben, ist etwas Wichtiges passiert, auf der zwischenmenschlichen Ebene, meine ich. Billy sagt also zu ihm: ‚Colin, ich möchte, dass du in dieser Szene spielst wie Laughton und tanzt wie Nijinsky.' Wir drehen also, und nach dem Take kommt Colin angesprungen und fragt: ‚Und? Wie war ich?‘, und Billy sagt: ‚Na ja, du warst ziemlich nah dran – du hast gespielt wie Nijinsky und getanzt wie Laughton.‘ Und das hat funktioniert, weißt du, weil er es als Witz verpackt hat, und Colin hat das akzeptiert und alles war gut.“

Ich nickte ernst. Um ehrlich zu sein, verstand ich den Witz nicht so ganz. Ich fühlte mich so humorlos wie die Deutschen, die Mr. Diamond nicht leiden konnte.

„Charles Laughton war ein berühmter britischer Schauspieler“, erklärte er.

„Ja, ich weiß“, gab ich zurück.

„Und Nijinsky war ein berühmter Balletttänzer.“

Das hatte ich nicht gewusst.

„Du kennst die Geschichte von Nijinsky nicht? Er war ein großartiger Tänzer, aber er ist verrückt geworden. Er ist in einer Irrenanstalt gelandet, weil er schreckliche Wahnvorstellungen hatte. Dazu gibt's auch eine lustige Geschichte.“

Das konnte ich mir zwar nicht vorstellen, aber Mr. Diamond wollte die Geschichte unbedingt erzählen.

„Billy hatte mal ein Meeting mit einem Produzenten. Und er sprach darüber, dass er einen Film über Nijinsky machen wollte. Er erzählt dem Produzenten also die Lebensgeschichte von Nijinsky, und der Typ sieht ihn entsetzt an und sagt: ‚Ist das Ihr Ernst? Sie wollen einen Film über einen schwulen russischen Balletttänzer machen, der verrückt wird und dreißig Jahre seines Lebens durch Irrenhäuser galoppiert, weil er glaubt, er sei ein Pferd?‘ Und Billy sagt: ‚Ja, aber bei uns geht die Geschichte gut aus: Am Ende gewinnt er das Kentucky-Derby.‘“

Und dieses Mal lachte ich, zum einen, weil ich die Geschichte lustig fand, zum anderen, weil mir gefiel, wie Mr. Diamond sie erzählte, wie seine Augen leuchteten, als er die Pointe zum Besten gab, wie ungewöhnlich freudvoll und klar ihm die Welt in diesem

Augenblick erscheinen musste. Und ich erkannte, dass Humor für jemanden wie ihn – einen melancholischen Menschen, der dem Lauf der Dinge nichts als Bedauern und Enttäuschung abgewinnen konnte – nicht nur etwas Schönes war, sondern eine Notwendigkeit, dass ein guter Witz einen flüchtigen, aber kostbaren Moment hervorzubringen vermochte, in dem das Leben irgendwie Sinn ergab und nicht länger willkürlich und chaotisch und unbegreiflich war. Der Gedanke machte mich froh, dass er inmitten der ganzen Widrigkeiten der Welt wenigstens auf diese Quelle des Trosts zurückgreifen konnte.

Und als könnte er meine Gedanken lesen, sagte er jetzt: „Weißt du, es würde mir hundertmal besser gehen, wenn dieser Film nur ein kleines bisschen lustiger wäre. Als Billy und ich an dem Drehbuch arbeiteten, habe ich ständig versucht, etwas einzubauen, irgendwas Schräges, einen kleinen Jux. Aber Billy wollte das nicht. ‚Es ist ein ernster Film‘, hat er immer wieder gesagt. Tja, und ich schreibe nun mal Komödien. Deswegen hat er mich ja vor vielen Jahren ins Boot geholt: Er hat ein paar meiner Sketche gesehen und die haben ihn zum Lachen gebracht. Und es gibt nicht viel, was Billy zum Lachen bringt. Und seither haben wir bei allem, was wir gemeinsam geschrieben haben, auch wenn es eher was Ernstes war, immer versucht, eine Menge Lacher einzustreuen. Aber dieses Mal interessierte ihn das nicht. Und ich dachte eigentlich, dass wir einen satirischen Film machen würden. Das hatten wir immer vor. Einen Film über New Hollywood. Die Milchbärte, über die Detweiler sagt: ‚Sie drehen ohne Drehbuch, ihnen genügt eine Handkamera mit einem Zoom, und fertig.‘ Stattdessen halst er sich dieses lausige Buch mit der verrückten Geschichte über eine Filmdiva auf, die scheinbar nicht altert und das Geheimnis ewiger Jugend entdeckt hat, und ich frage mich, ‚Wieso tust du das, Billy? Warum willst du unbedingt einen Film aus dieser Geschichte machen? Was hast du denn davon?‘“

Er führte sein Cocktailglas an die Lippen, aber es war nichts mehr drin. Einen Moment lang sah er das leere Glas fragend an, schien aber nicht in der Stimmung zu sein, noch einen Drink zu bestellen.

„Tja, irgendwas muss es sein", meinte er. „*Irgendwas* muss an dieser Geschichte dran sein, das ihm eine Menge bedeutet. Etwas, das er unbedingt loswerden muss. Aber ich hab keinen blassen Dunst, was es ist." Er starrte hinüber zu der alten Villa auf der Insel, die jetzt im Schein der untergehenden Sonne erglühte, als ob des Rätsels Lösung dort verborgen läge. „Und wenn *ich* nicht dahinterkomme", sagte er schließlich, „wer zum Teufel dann?"

*

Der letzte Tag der Dreharbeiten war im Nu da. Dummerweise (aber ganz typisch für mich) hatte ich diesen Moment so sehr gefürchtet, dass ich die letzten Drehtage überhaupt nicht genießen konnte. Der Gedanke daran, nach Athen zurückzukehren, in die Acharnon-Straße, zu den Nachhilfestunden, zur eintönigen Genügsamkeit des Lebens mit meinen Eltern, war unerträglich. Der Rest der Crew würde nach München weiterreisen, um dort die Innenszenen des Films zu drehen. Mit anderen Worten, die Götter würden weiterziehen und ich, eine schnöde Sterbliche, würde zurückbleiben, von allen vergessen.

Die griechischen Außenszenen von *Fedora* waren abgedreht, doch obwohl sie nur einen kleinen Teil des Films ausmachten und die Hauptarbeit noch bevorstand, wäre es für eine Filmcrew aus Hollywood undenkbar gewesen, einen Drehort zu verlassen, ohne vorher eine Party geschmissen zu haben. Und so hatten sie für den letzten Abend ab neun Uhr die gesamte Alexandros-Bar gemietet. Die Tische bogen sich unter den Speisen, und der Vorrat an Retsina und Demestica schien unerschöpflich.

Die Leute waren in Feierlaune. Tags zuvor hatten Mr. Wilder und sein Team nämlich eine wunderbare Szene gedreht. Es war die Szene, in der der Präsident der Academy of Motion Picture Arts and Sciences eigens nach Griechenland kommt, um Fedora einen Oscar für ihr Lebenswerk zu überreichen. Der Präsident wurde von Henry Fonda gespielt, der einen umwerfenden Cameo-Auftritt hinlegte. Er war mit einem Autokonvoi aus Athen eingetroffen, angeführt von dem wichtigsten deutschen Produzenten des Films. Er hatte seinen Part perfekt gespielt, ohne dass die Szene vorher groß geprobt werden musste. Mr. Diamond hatte kein einziges Mal zu Mr. Wilder hinübergeschaut und den Kopf geschüttelt, weil eine Zeile aus dem Skript falsch wiedergegeben oder ein Wort verrutscht war. In den Drehpausen hatte Mr. Fonda still im Schatten einer Pinie gesessen, einen Zeichenblock auf den Knien, und wunderschöne Zeichnungen von der Landschaft um ihn herum angefertigt. Am Abend hatte er zusammen mit Mr. Wilder, Mr. Diamond und Mr. Holden auf der Terrasse der Alexandros-Bar gegessen, und ich, die ich an einem der Nebentische saß, hatte die drei Männer noch nie so gelöst, so zufrieden mit ihrem Tagewerk gesehen. Die Anwesenheit dieses ruhigen, freundlichen, außergewöhnlichen Mannes in Nydri hatte alles in ein sanft glimmerndes Licht getaucht, und obwohl er am Morgen schon wieder nach Athen abgereist war, hing noch ein Hauch dieses Glimmerns über dem Ort und wärmte unsere Gemüter.

Es war eine lange Party. Für die Musik sorgte zunächst ein Musiker aus dem Dorf. Von irgendwoher war ein Fender Rhodes E-Piano herbeigeschafft worden, das jetzt auf der Terrasse stand. Der wackere alte Mann haute nur so in die Tasten, und was dabei herauskam, hörte sich nach sehr eigenwilligen Interpretationen von bekannten Musicalmelodien und Schnulzen an. Er war nicht gerade eine Stimmungskanone. Die meisten dieser Stücke hätte ich – nach dem Gehör oder aus dem Gedächtnis – viel besser gespielt als er, und es juckte mich, aufzustehen und seinen Platz am Piano einzunehmen. Ein paar Leute tanzten tapfer drauflos, und Matthew kam an den Tisch und fragte, ob ich mit ihm tanzen wollte, und wir schoben uns ein paar Minuten lang unbeholfen über die Tanzfläche, während unser Pianist ein brutales Massaker an „My Funny Valentine" anrichtete, aber sein Spiel war so holprig und bar jeden Rhythmus, dass wir aufgaben, und mir blieb nur die flüchtige Erinnerung an Matthews Hand auf meinem Rücken, den Druck seiner Finger durch den dünnen Stoff meines Kleides. Danach wurden wir irgendwie getrennt und fanden uns in der Menge ziemlich lange nicht wieder.

Unterdessen wurden drastische Maßnahmen ergriffen, was die musikalische Unterhaltung betraf. Der Klavierspieler wurde höflich nach Hause geschickt (nachdem er für seine akustischen Grausamkeiten fürstlich entlohnt worden war, nehme ich an), und dann fuhr einer der Produzenten zum allgemeinen Erstaunen sein Auto, einen VW Käfer, direkt auf den Strand und parkte ihn gleich neben der Bar. Er riss die Türen auf, legte eine Kassette ein, und plötzlich schallten die Rolling Stones in die Nacht hinaus.

Die Stimmung stieg augenblicklich. Die Leute standen auf und tanzten, die Tische wurden zur Seite geschoben, um Platz zu schaffen, und zwischendurch wurde nach griechischem Brauch Geschirr zertrümmert. Es ging ziemlich wild zu. Ich fühlte mich fehl am Platz und zog mich an den Rand der Terrasse zurück, wo ich mit einem Drink in der Hand an der Balustrade lehnte und aufs Meer hinausschaute. Außer mir gab es noch etliche andere, die sich nicht an dem ausgelassenen Treiben beteiligten, insbesondere die älteren Crew-Mitglieder und Schauspieler. Ich war hin- und hergerissen zwischen widersprüchlichen Gefühlen: unendlich glücklich darüber, dass ich an diesem unglaublichen Abenteuer teilhaben durfte, und tieftraurig darüber, dass es fast vorbei war. Diese Emotionen kämpften miteinander, und noch war nicht klar, welche von beiden die Oberhand gewinnen würde, als Mr. Diamond sich zu mir gesellte.

„Ich wollte mich noch bei dir bedanken." Er musste die Stimme heben, um die Musik zu übertönen. „Es war wirklich schön, dich dabeizuhaben. Eine kleine Oase des gesunden Menschenverstandes inmitten dieses ganzen Wahnsinns."

In der ohnehin schon überdrehten, emotional aufgeladenen Atmosphäre des Abends überwältigte mich sein Kompliment und meine Augen füllten sich mit Tränen. Ich drehte den Kopf zur Seite und hoffte, dass Iz es nicht sah.

„Hey, was ist los mit dir?", fragte er, womit er meine Hoffnung zunichtemachte.

„Nichts. Es ist nur … Es war ein großartiges Erlebnis für mich. Und es ist so schnell vorbeigegangen."

„Freust du dich denn nicht darauf, nach Athen zurückzukehren und deine Mum und deinen Dad zu sehen?"

„Schon, aber …"

Abrupt entfloh ich dem Gespräch und lief auf den Strand hinaus, beschämt und wütend darüber, dass ich vor ihm die Kontrolle verloren hatte. Ich stapfte den Strand rauf und runter und beruhigte mich allmählich. Eine Viertelstunde später mischte ich mich wieder unter die Feiernden, einigermaßen gefasst oder zumindest entschlossen, mich nicht noch einmal zum Narren zu machen.

„Miss Frangopoulou?", sagte eine vertraute Stimme mit österreichischem Akzent.

Ich drehte mich um, und da stand Mr. Wilder und lächelte mir unter seinem Strohhütchen zu. Ich fragte mich, ob er es auch zum Schlafen aufhatte.

„Wir sind dir für deine Unterstützung in den letzten Wochen sehr dankbar", sagte er und schüttelte mir die Hand.

„Es war mir ein Vergnügen", sagte ich. „Und eine Ehre. Wirklich."

„Und du wurdest dafür bezahlt, vergiss das nicht", sagte er.

„Das ist kein unwichtiger Faktor."

Ich nickte lachend.

„Mein Freund Mr. Diamond meint, dass es dir gerade nicht so gut geht", sagte er. „Ist alles in Ordnung? Können wir etwas für dich tun?"

„Alles in Ordnung", sagte ich. „Ich habe nur ein bisschen zu viel getrunken. Wie damals, im ‚Bistro' – wissen Sie noch?"

„Allerdings", sagte er. „Nimm dich vor dem Demestica in Acht. Ich glaube, diese kleine Party wird noch eine ganze Weile dauern."

„Das glaube ich auch."

„Tja, die Zeiten sind vorbei, in denen ich bis zum Morgengrauen getanzt habe, so traurig es ist. Ich denke, ich gehe schlafen."

„Sehr weise", sagte ich, und wir gaben uns erneut die Hand und er küsste mich höflich auf die Wange, und dann war er weg.

*

Ich befolgte Mr. Wilders Rat nicht. Das heißt, ich achtete nicht darauf, wie viel Demestica ich trank. Ich tanzte ein bisschen mit den Leuten und redete ein bisschen mit den Leuten, und als mir die Leute zum Tanzen und die Leute zum Reden ausgingen, und als den Leuten die Stones-Kassetten für die Musikanlage des Käfers ausgingen, setzte ich mich an das E-Piano und begann zu spielen. Eigentlich spielte ich für mich selbst: Ich klimperte ein paar meiner Lieblingslieder, manche davon berühmt, andere nicht, probierte ein paar neue Akkorde aus, improvisierte hier, verfremdete dort, aber wann immer ich mein Spiel unterbrach, spendete mir eine erfreuliche Anzahl von Gästen einen kurzen Applaus. Allmählich begann sich die Party aufzulösen. Am Ende waren höchstens noch fünf oder sechs Leute da und hörten mir zu, und nachdem ich die letzten Takte von „All the Things You Are" gespielt und meine Version mit einem ungewöhnlichen a-Moll-Sextakkord beendet hatte, blickte ich auf und sah, dass einer von ihnen Matthew war.

„Wow“, sagte er. „Du hast mir zwar erzählt, dass du spielst, aber nicht, dass du *so* spielst.“

Ich lächelte und spürte Wärme und Zärtlichkeit und prickelnde Erregung in mir aufsteigen.

Er schnappte sich einen Stuhl und setzte sich neben mich.

„Spiel mir eins von deinen Stücken vor“, sagte er.

„Was?“

„Du hast gesagt, dass du Musik schreibst. Spiel was davon.“

Einen Moment lang sah ich ihm in die Augen und ein wunderbarer, nervöser Schauer lief mir über den Rücken. „Okay“, sagte ich, richtete den Blick auf die Tasten, brachte die Hände in Stellung, holte tief Luft und spielte das kleine Stück für ihn, das ich „Malibu“ nannte.

Ich weiß nicht genau, welche Reaktion ich mir von ihm erhofft hatte. Der letzte Akkord hing noch in der Luft, und es dauerte ein paar Sekunden, bis er überhaupt etwas sagte. Dann meinte er: „Das ist wirklich schön. Klingt irgendwie nach Filmmusik.“

Diesen Kommentar sollte ich später noch häufig hören. Bei einem modernen Musikstück, das tonal ist und auf direkte, unkomplizierte Weise eine Emotion rüberbringen möchte, denken die Leute automatisch an Filmmusik. Ich weiß nie, ob ich das als Kompliment oder als Abwertung auffassen soll. Diese Unsicherheit verspürte ich auch, als Matthew sein Urteil fällte.

„Das wäre eine tolle Titelmelodie für diesen Film“, fügte er hinzu.

„*Fedora*? Ja, klar“, sagte ich. „Ich spiele sie einfach Mr. Wilder vor, und er engagiert mich vom Fleck weg.“

„Gute Idee. Wer nicht wagt … Du weißt schon.“

Ich lächelte. „Wenn du mich fragst, hat er schon einen Komponisten für diesen Film gefunden.“

Eine Weile saßen wir schweigend da und standen dann gleichzeitig auf. Der kurze Wortwechsel und meine Enttäuschung über seine Reaktion hatten eine leichte Verstimmung ausgelöst, die aber rasch wieder verflog. Wir traten auf den Strand hinaus und gingen weiter zum Wasser. Unsere Hände fanden sich und umfassten einander leicht.

„Es ist so schön hier", sagte er.

Allmählich ging die Sonne auf, und das schwarze Meer färbte sich magentarot, und bald würden die Umrisse der Villa auf Madouri zu erkennen sein. Aber ich schaute nicht zu der Insel hinüber.

„Was?", fragte Matthew, als er merkte, dass ich ihn ansah.

„Wie – ‚was'?", sagte ich.

„Warum siehst du mich so an?"

„Ich habe deinen Bart angeschaut. Er ist in den letzten Tagen ganz schön gewachsen."

Ich streckte meine Hand nach seinem Bart aus, was natürlich nur ein Vorwand war, um sein Gesicht zu berühren. Ich strich mit dem Finger über seine Wange, und da nahm er meine Hand, lehnte sich vor und küsste mich: ein kurzer, sanfter Kuss auf die Lippen. Das erste Mal, dass ich so geküsst worden war. Mir war gleich nach einem zweiten Kuss zumute, daher legte ich meine Hand in seinen Nacken, zog ihn zu mir her, und dieses Mal war der Kuss länger und auch ein bisschen intensiver, aber irgendwie immer noch verhalten.

Eine Zeit lang standen wir nur da, die Arme umeinandergeschlungen, und schauten übers Wasser zu der Insel hinüber. Es gefiel mir, wie sich die Konturen seines Körpers perfekt in die meinen fügten. Ich legte den Kopf an seine Schulter, und er strich mit der Hand über mein Haar. Ich fühlte mich sehr, sehr glücklich, aber da war eine Wolke am Horizont. Ich sagte:

„Ich vermute mal … du fährst morgen mit den anderen nach München?"

Matthew schüttelte den Kopf. „Zurück nach London. Aber dazu muss ich erst mal irgendwie nach Athen kommen."

Ich blickte zu ihm hoch. „Ich auch."

„Wie kommst du dorthin?"

„Keine Ahnung." Tatsächlich hatte ich mir noch keine Gedanken darüber gemacht.

„Ich habe mir überlegt zu trampen. Das wäre lustig." Er küsste mich wieder. „Komm doch einfach mit."

„Meinst du wirklich?"

„Wir könnten uns ein paar Tage Zeit lassen. Unterwegs ein Hotelzimmer nehmen."

Ich wusste, was er meinte. Der Gedanke daran erregte mich, sehr sogar, erschreckte mich aber zugleich. Überhaupt glitten seine Hände jetzt freizügiger über meinen Körper, als ich erwartet hatte. Ein plötzliches Unbehagen überkam mich und ich verkrampfte mich.

„Ich überleg's mir", sagte ich und löste mich aus seiner Umarmung.

Er zog seine Hand zurück und sah mich an: ein forschender Blick mit einem ironischen, fragenden Lächeln. Es war, als hielten sich Belustigung und Anziehung bei ihm die Waage.

„In Ordnung", sagte er. „Wie du willst. Denk drüber nach."

Kurz darauf, als ich in meinem schwülwarmen Apartment allein im Bett lag, wusste ich, dass ich mit ihm nach Athen fahren wollte. Meine Zweifel waren vollständig verflogen. Ich ärgerte mich sogar darüber, dass ich ihn nicht gebeten hatte, mit zu mir zu kommen. Auf der anderen Seite war das nicht so tragisch, denn ich wusste, dass das, was noch nicht zwischen uns passiert war, ganz bestimmt in den nächsten Tagen passieren würde. Vielleicht würde es durch das Hinauszögern und das Entgegenfiebern sogar noch süßer, noch intensiver werden. Mit diesen verworrenen und schläfrigen Gedanken rollte ich mich auf die Seite und legte meine Hand zwischen die Beine, und bald schon träumte ich von ihm, heiße, rauschhafte, aufwühlende Träume, an die ich mich bis heute erinnere.

*

Wenige Stunden später riss mich ein lautes Klopfen an meiner Tür aus dem Tiefschlaf. Ich schaute auf die Uhr auf meinem Nachttisch, und es war später, als ich gedacht hatte. Grelles Sonnenlicht fiel durch die scheibenlose Fensteröffnung und durchflutete mein Schlafzimmer.

Ich stand auf und öffnete die Tür. Zu meiner Überraschung stand die Produktionsleiterin davor.

„Ja?", sagte ich.

„Die hier sind für dich", sagte sie.

Sie reichte mir einen Ordner mit Papieren und ein Umhängeband mit einer Kennkarte.

„Was ist das?", fragte ich dümmlich.

„Wie es aussieht, hast du einen neuen Job", antwortete sie.

Ich schaute mir die Kennkarte an, auf der mein Name stand, und darunter, in Großbuchstaben: ASSISTENTIN VON MR. DIAMOND.

Ich starrte die Produktionsleiterin an.

„Was bedeutet das?", fragte ich sie.

„Das bedeutet, dass Mr. Wilder und Mr. Diamond wollen, dass du mit nach München kommst und weiterhin an dem Film mitwirkst."

Ich war sprachlos. Sie zum Glück nicht.

„Du ziehst dich jetzt besser an", sagte sie streng. „Die Wagen stehen schon bereit, und in zehn Minuten fahren sie los."

„Wo fahren wir hin?"

„Zum Flughafen von Actium und von dort direkt nach München."

München. War das irgendein Versehen oder irgendein Scherz? Sollte ich mit einem Mal zu den Göttern gehören?

„Und?", sagte sie ungeduldig. „Was ist nun? Kommst du mit oder soll ich ihnen ausrichten, dass du den Job nicht willst?"

„Nein", beeilte ich mich zu sagen, „natürlich. Natürlich will ich ihn. Ich bin nur so …"

Ich unterbrach mich, und sie sagte: „Gut. Wie gesagt, zehn Minuten. Komm nicht zu spät, sonst fahren wir ohne dich los."

Ich zog mich in Windeseile an und packte meine Sachen zusammen. Auf dem Weg die Treppe hinunter hielt ich kurz vor der Tür des Apartments von Matthews Mutter und klopfte, aber niemand öffnete. Ich klopfte noch mal, aber nichts rührte sich, und ich konnte nicht riskieren, zu spät zu kommen. Matthew musste sehr tief schlafen. Draußen sah ich seine Mutter, die im Begriff war, in eins der Autos zu steigen, und als ich sie fragte, wo ihr Sohn sei, meinte sie nur, „Natürlich noch im Bett". Ich schob mich neben sie auf die Rückbank des Wagens, und als sich der Konvoi kurz darauf in Bewegung setzte, war das Einzige, was mein jähes, ungläubiges, beinahe vollkommenes Glücksgefühl dämpfte, der Gedanke, dass ich nicht wusste, wann ich ihn wiedersehen würde.

München

Am Morgen nach Arianes Abflug nach Sydney machte ich mir einen Toast und einen Kaffee und wollte gerade in den Toast hineinbeißen, als ich schwach wurde und den Supermarkt-Brie aus dem Kühlschrank holte. Für meinen Geschmack sind Brie und Toast keine besonders glückliche Kombination, aber ich war nicht in der Stimmung für solche Spitzfindigkeiten. Ich nahm das herzhafte Frühstück allein in unserer Küche ein und ging dann niedergeschlagen die Treppe hinauf ins Gästezimmer: mein Arbeitszimmer, wie wir es nannten. Geoffrey unterrichtete wieder in Beaconsfield und Fran war irgendwo im Haus (ich wusste nicht, wo), ging mir aber aus dem Weg und wahrte Distanz. Es war sehr still. Ich ließ mich auf den Stuhl vor meinem Schreibtisch am Fenster fallen, fuhr mechanisch den Computer hoch und schaltete den MIDI-Keyboard-Controller ein, obwohl ich mir bereits sicher war, dass ich an diesem Tag nichts komponieren würde.

Ich öffnete den „Musik"-Ordner, der zwei Unterordner enthielt: „Filmmusik" und „Andere". Unter „Filmmusik" gab es einen Unterordner, der „Laufende Arbeiten" hieß, aber der war gerade leer. „Andere" enthielt einen Unterordner namens „Billy", und den öffnete ich. Ich klickte auf die Datei „Pressekonferenz", und sie öffnete sich in Pro Tools.

Auf dem Bildschirm erwachte ein altes Stück Filmmaterial flackernd zum Leben. Ich hatte es ein paar Wochen zuvor im Internet gefunden. Es war der Farbfilmmitschnitt von einer Pressekonferenz, die kurz vor Beginn der Vorproduktion von *Fedora* in den

Bavaria Studios stattgefunden hatte, ungefähr einen Monat bevor die Filmcrew nach Griechenland kam. Der Stil und die Mode der späten Siebzigerjahre – etwa das triste Orange der Plastikstühle, auf denen die Reporter saßen, oder die geschmacklosen Blumenmuster der Kleider einiger Journalistinnen – erinnerten mich stark an meine frühen Zwanziger. Billy war wie immer salopp und dennoch elegant gekleidet: ein dunkelblauer Pullover mit V-Ausschnitt, darunter ein weißes Poloshirt, das bis oben hin zugeknöpft war. Sein Silberhaar war tadellos zurückgekämmt, und mit seiner schwarzgeränderten Brille sah er aus wie ein distinguierter Intellektueller, der mit seinem Werk eine breite Öffentlichkeit erreicht.

Ich hatte Geoffrey gebeten, den Clip ein wenig für mich zu bearbeiten. Er begann mit einer Einstellung, in der Billy den Raum betritt und zum Podium schreitet. Diese Einstellung war eigentlich nur zwanzig Sekunden lang, aber Geoffrey hatte sie so verlangsamt, dass sie jetzt fast dreieinhalb Minuten dauerte. Die Zeitlupe gab dem Zuschauer die Möglichkeit, sich in Billy und die Situation, in der er sich befand, hineinzuversetzen, zu beobachten, wie er sich bewegte und verhielt, und Mutmaßungen darüber anzustellen, was ihm wohl durch den Kopf gehen mochte, während er gemessenen Schrittes und ohne Eile auf das Podium zuging und dabei eine belustigte, etwas arrogante Vorfreude an den Tag legte, die zweifellos dem Umstand geschuldet war, dass er bereits einige gute Antworten auf die Fragen der Journalisten in petto hatte. Das hier war ein deutsches Publikum, und er würde sich auf Deutsch an die versammelte Presse wenden, und er würde unter anderem darüber sprechen, wie es für ihn war, wieder in Deutschland zu sein. Er wusste, dass er manch einem auf die Füße treten würde, und er freute sich darauf.

Die Slow Motion ließ Billys Bewegungen außerdem tänzerisch, fast schwerelos erscheinen. Er wirkte wie ein Mondastronaut oder ein Tiefseetaucher, der unendlich langsam über den Meeresboden schreitet. Im Takt dieser gemessenen, stetigen Schritte hatte ich begonnen, eine melancholische Begleitmusik zu komponieren, ein kleines Stück in Moll für Kammerorchester, bei dem Celli und Kontrabässe ruhig und stetig die Grundtöne absteigender Akkorde spielten, während die dezenten Klangfarben der Streicher und Holzbläser in jedem zweiten Takt von einer Sopranstimme interpunktiert wurden, die immer den gleichen vibratolosen Ton sang. Die Bearbeitung verwandelte das bloße Archivmaterial in einen bedeutsamen, ja historischen Moment. Sie verlieh diesem banalen Gang zum Podium das Gewicht einer feierlichen Prozession, in der Billy zugleich Hofnarr und Märtyrer war: Schließlich markierte dieser Auftritt seine Rückkehr in ein Land, das dreißig Jahre zuvor seine Familie ausgelöscht hatte, und hier war er nun und beehrte dieses Land mit seiner Gegenwart und lieferte sich ihm gleichzeitig aus – Triumph und Erniedrigung in einem.

Ich hatte vor, vier weitere Sätze für die „Billy"-Suite zu komponieren, wobei der erste noch gar nicht fertig war. Abgesehen davon hatte ich nie darüber nachgedacht, was ich mit dieser Musik eigentlich anfangen wollte, wenn sie erst einmal vollendet war: Niemand würde sie je aufführen oder einspielen, so viel stand fest. Wie alles in meinem Leben erschien mir das Schreiben von Musik in jenem Moment donquichottisch und sinnlos, und selbst dieser „Pressekonferenz"-Abschnitt, auf den ich bis vor Kurzem noch recht stolz gewesen war, bereitete mir mit einem Mal Verdruss. Daher klickte ich kurzerhand auf „Stumm", und in der Stille, die folgte, hörte ich eine Stimme, die aus dem Garten kam.

Es war Frans Stimme, und sie telefonierte mit jemandem. Die Dringlichkeit ihres Tons legte nahe, dass es kein gewöhnliches Telefonat war. Ich nahm an, dass sie mit einer guten Freundin sprach, aber die Worte drangen nur undeutlich zu mir herauf. Nun, dem ließ sich abhelfen. Ich öffnete das Fenster einen Spaltbreit, um zu hören, was los war.

Natürlich bekam ich nur Frans Beitrag zu der Unterhaltung mit.

„Nein. Nichts. Will nichts davon wissen."

…

„Weiß der Geier."

…

„Wie soll ich das machen?"

…

„Ich weiß. Das weiß ich. Ganz allein meine Entscheidung."

…

„Nein! Nein, ich *kann* das echt nicht. Es macht mich total verrückt."

…

„Niemand. Kein Mensch. Und überhaupt, das ist nichts, was man eben mal so entscheidet."

…

„Aber das ist es ja. Ich kann das nicht. Ich *weiß nicht*, Julie. Ich weiß es wirklich nicht."

Bei diesen Worten brach sie in Tränen aus. Sofort sprang mein Mutterinstinkt an und ich eilte die Treppe hinunter. Wir wären beinahe zusammengestoßen, als wir in die Küche kamen – ich von der Treppe, Fran aus dem Garten. Ihr Telefongespräch war beendet und ihr Gesicht war rot.

„Was ist denn los, Süße?", sagte ich.

Sie antwortete nicht, sondern starrte mich nur hasserfüllt an.

„Was *los* ist?", sagte sie schließlich. „Was meinst du wohl, was los ist? Alles ist verflucht noch mal los."

Sie schmetterte ihr Handy mit solcher Wucht auf den Küchentisch, dass ich befürchtete, das Display könnte gesprungen sein.

„Was immer es ist", begann ich, „wir finden bestimmt –"

„Hör auf", sagte sie. „Und bleib ja weg." (Ich hatte den Arm nach ihr ausgestreckt.) „Ich will nichts hören und ich will keine Umarmungen. Lass mich einfach ein für alle Mal in Ruhe!"

Sekunden später war sie aus dem Haus und auf dem Weg zur Straße. Das vergessene Handy lag auf dem Küchentisch.

Einen Augenblick lang stand ich in der leeren Küche meines leeren Hauses und lauschte dem, was eigentlich Stille gewesen wäre, hätte nicht im selben Moment der Lärm einer Bohrmaschine eingesetzt, der von den seit Monaten andauernden Renovierungsarbeiten zwei Häuser weiter herüberdrang. Ich stand unter Schock: der Schock, Fran weinen zu sehen, und dann der Schock, sie so mit mir reden zu hören. Ich setzte mich zitternd an den Tisch. Ich hätte ihr mit dem Handy hinterherrennen können, aber stattdessen tat ich nichts. Ich saß nur da, den Kopf in den Händen, und wartete darauf, dass die Benommenheit nachließ und meine Fassung zurückkehrte. Intervalle absoluter Stille wurden durch Phasen markerschütternden Bohrens aus dem Nachbarhaus unterbrochen. Auf einer der Arbeitsflächen klapperte eine einsame Gabel.

Die Minuten vergingen. Ich glaube, ich saß fast eine halbe Stunde dort am Tisch und kaute Frans Worte durch und versuchte mit dem klarzukommen, was sie bedeuteten, nämlich: dass sie meine Hilfe nicht wollte.

Danach führten meine Gedanken nirgendwohin. Es schien nichts zu geben, was ich hätte tun können.

Ich seufzte, erhob mich schließlich mit einer gewaltigen Anstrengung und schleppte mich langsam die Treppe hinauf, zurück in mein Arbeitszimmer.

Ich setzte mich wieder an meinen Schreibtisch. Auf dem Computerbildschirm wartete ein Bild auf mich. Ein Bild von Billys Gesicht. Der Clip, der seinen Gang zum Podium bei der Pressekonferenz zeigte, war bis zum Ende weitergelaufen, und das letzte Bild war eingefroren: eingefroren in einem Moment, in dem er seinen Gesichtsausdruck nicht kontrollierte. Er blickte geradeaus, aber nicht in die Kamera, nicht zu den Journalisten, eigentlich nirgendwohin. Er war in Gedanken versunken, wobei ich nicht glaube, dass er sich gerade seine Antworten zurechtlegte. Bestimmt hatte er darüber nachgedacht: Immerhin war das die Pressekonferenz, in der er *die* Antwort auf die Frage einer Reporterin gab. Die Antwort, die einen ganzen Saal zum Schweigen brachte. Doch das Standbild, das ich betrachtete, zeigte nicht das Gesicht eines Mannes, der gerade an einem vernichtenden Einzeiler feilte. Es zeigte das Gesicht eines Mannes, der zwar vorübergehend den Saal beherrschte, insgeheim jedoch eine tiefe, persönliche, nicht linderbare Enttäuschung hegte. Und merkwürdigerweise war es die gleiche Enttäuschung, die ich hegte. Vermutlich hatte Billy zu jenem Zeitpunkt längst verstanden, was ich gerade erst zu begreifen begann, aber wir waren beide zu derselben Erkenntnis gelangt: die Erkenntnis, dass das, was wir zu geben hatten, eigentlich niemand mehr wollte.

*

Ein paar Monate nach dieser Pressekonferenz saßen wir zu zwölft um eine Festtafel. Das Ambiente war sehr nobel und sehr förmlich. Wir befanden uns in einem Nebenzimmer des Hotels Bayerischer Hof im Zentrum von München. Die Wandvertäfelung war aus dunklem Eichenholz, der wuchtige Tisch war aus dunklem Eichenholz und die Kellner bedienten in voller, schweißtreibender Frackmontur, obwohl es Juli war und München einen schwülheißen Sommer durchlebte oder vielmehr durchlitt.

Ich kann mich nicht mehr an die Namen aller Anwesenden erinnern, aber an die meisten erinnere ich mich noch.

Billy war dort, versteht sich, und zu seiner Rechten saß Dr. Rózsa, der Ehrengast. Ich saß zwischen Dr. Rózsa und Iz, und auf der anderen Seite, links von Billy, saß Mr. Holden. Miss Keller war dort, sie hatte schräg gegenüber Billy Platz genommen, und neben ihr saß ihr Freund, Al Pacino, der aus Amerika zu Besuch gekommen war. Ich weiß nicht mehr, wer genau die anderen sechs

Personen waren, aber einige von ihnen waren Deutsche und sie vertraten Geria, die Abschreibungsgesellschaft, die den Film mitfinanzierte. Sie trugen dunkle Anzüge und beteiligten sich nur selten an der Unterhaltung bei Tisch, was wohl vor allem daran lag, dass einige von ihnen nicht besonders gut Englisch sprachen.

Dr. Rózsa – der Ungar war und mit Vornamen Miklós hieß – sollte die Filmmusik zu *Fedora* komponieren. Er lebte hauptsächlich in Los Angeles, besaß aber eine Villa irgendwo in Italien, wo er den Großteil des Sommers verbrachte, und er war eigens nach München gereist, um ein paar Arbeitskopien zu sichten und erste Ideen für die Partitur zu sammeln. Seine Ankunft galt als großes Ereignis, und dieses Dinner war anberaumt worden, um sie zu feiern.

Er war ein alter Freund von Billy und hatte schon mehrfach mit ihm zusammengearbeitet, zum ersten Mal bei *Frau ohne Gewissen*. Außerdem war er für seine Musik zu monumentalen Bibelfilmen wie *Ben Hur* oder *Quo Vadis* bekannt. Er hatte Regale voller Oscars und war einer der berühmtesten Filmkomponisten Hollywoods. Selbstredend hatte ich noch nie von ihm gehört.

Wie kam es dann, dass ich überhaupt zu diesem Dinner eingeladen war und noch dazu neben dem Ehrengast saß?

*

Zwischen Iz und mir hatte sich in den letzten Wochen eine gewisse Vertrautheit eingestellt. Natürlich kamen wir nicht umhin, miteinander vertraut zu werden: Schließlich war ich seine persönliche Assistentin, wobei das de facto nur ein Ehrentitel war, denn Iz benötigte nicht viel persönliche Betreuung, und am allerwenigsten von mir. Auf meine Dolmetscherdienste war er nicht angewiesen, denn er sprach selbst etwas Deutsch, nicht perfekt, aber gut genug, um in den Geschäften und Lokalen der Stadt zurande zu kommen. Ich würde sagen, meine Rolle war eher die einer Beraterin und Therapeutin als die einer persönlichen Assistentin.

Ein Großteil der *Fedora*-Crew war im Hotel Residence am Artur-Kutscher-Platz in Schwabing untergebracht, einem schicken Stadtteil im Norden Münchens. Von dort war es nur ein Katzensprung zum wunderschönen Englischen Garten, aber eine ziemlich lange Fahrt zu den Filmstudios, die außerhalb der Stadt, in Geiselgasteig, lagen. Billy wohnte nicht im Hotel, sondern hatte eine möblierte Penthouse-Wohnung unweit der Leopoldstraße angemietet. Audrey war aus Amerika gekommen, und jeden Tag bereitete sie hingebungsvoll ein aufwendiges Abendessen zu, das auf Billy wartete, wenn er nach einem langen Drehtag nach Hause kam. Im Anschluss daran schaute oft noch Iz bei ihm vorbei, um an den Szenen zu arbeiten, die am nächsten Tag gedreht werden sollten, denn das Skript, so wurde mir klar, schien nie ganz fertig zu sein.

Meistens fuhr ich zusammen mit Iz ins Studio und blieb nur in der Stadt, wenn ich etwas für ihn in Schwabing erledigen sollte. Hin und wieder bat er mich zum Beispiel, ein paar Lebensmittel einzukaufen. Das Hotel Residence war ein brutalistisches Betongebäude mit Apartments für Selbstversorger, und da Iz nicht auf die Kochkünste seiner Ehefrau zurückgreifen konnte, bereitete er sich abends, bevor er zu Billy ging, um weiter an dem Drehbuch zu feilen, selbst eine Kleinigkeit zu – oder ließ mich das übernehmen. Ich war keine besonders versierte Köchin, aber das schien ihm nichts auszumachen, denn obwohl er vermutlich daran gewöhnt war, in Luxusrestaurants zu speisen, war er alles andere als ein Feinschmecker. Ich glaube, einer der fröhlichsten Abende, die wir zusammen verbrachten, war, als wir einfach ein paar Büchsensardinen und Büchsentomaten und Reis zusammenwarfen: Ich sehe Iz noch vor mir, wie er am Herd stand und das Ganze in einem großen Topf vermengte – nicht gerade mit einem Lächeln im Gesicht (das wäre zu viel des Guten gewesen), aber mit einer andächtigen, zufriedenen Miene. Und als ich dann noch ein Glas schwarze Oliven in seinem Küchenschrank entdeckte und sagte,

„Wieso geben wir die hier nicht auch noch dazu?", wurde ich mit einer jener ganz besonderen Reaktionen belohnt: Seine Augen leuchteten auf und er rieb sich die Hände und sagte: „Klar, warum *nicht*?!" Das Ergebnis war köstlich – fanden wir jedenfalls.

Bei diesen gemeinsamen Mahlzeiten lernten wir einander ganz gut kennen. Seine Gürtelrose war schlimmer denn je, und ich glaube, er hatte oft starke Schmerzen. Mehr um ihn abzulenken, als ihn zu unterhalten, hatte ich es mir daher zur Gewohnheit gemacht, von mir zu erzählen: von dem beschaulichen Leben mit meinen Eltern in der lauten, schmutzigen Acharnon-Straße, meinem Einstieg ins Unterrichten, meiner Liebe zur Musik, dem Klavierspiel und den Klassikplatten, die ich hörte. Und so fand er heraus, dass ich manchmal Musik schrieb und davon träumte, eine richtige Komponistin zu werden; beziehungsweise – und dieser Traum hatte in den vergangenen Wochen Gestalt angenommen – eine Komponistin fürs Kino.

„Dr. Rózsa kommt morgen nach München", teilte er mir eines Abends mit. „Billy veranstaltet ein Dinner für ihn."

„Wer?", fragte ich unweigerlich.

„Miklós Rózsa", sagte er. „Ein berühmter Komponist. Ein alter Freund von Billy. Weißt du denn *gar* nichts über Filme, Cal?"

„Ich versuche, so viel wie möglich darüber zu lernen", sagte ich und wurde rot.

„Sehr schön. Also, das ist eine großartige Gelegenheit. Wenn du Filmmusik schreiben möchtest, ist Rózsa der Mann, mit dem du sprechen musst. Besser kannst du es gar nicht erwischen. Ich sorge dafür, dass du eingeladen wirst und neben ihm sitzt."

*

Natürlich glaubte ich ihm nicht. Ich stand in der Hierarchie des Filmstabs so weit unten, dass selbst der Kabelträger und die Garderobiere bessere Chancen gehabt hätten, eingeladen zu werden.

Doch ich hatte nicht bedacht, welchen Einfluss Iz auf Billy hatte. Selbst unter normalen Umständen hätte Billy alles getan, um ihn bei Laune zu halten; und jetzt, wo die Dreharbeiten eine solche Tortur für ihn waren, legte er sich erst recht ins Zeug, um seinen Freund und Kollegen aufzumuntern. Also, wohlan: Er wollte, dass dieses seltsame griechische Mädchen zu der noblen Dinnerparty eingeladen wurde? Aber sicher. Kein Problem! Und sie sollte den Spitzenplatz am Tisch bekommen, gleich neben unserem Ehrengast? Na klar – gebongt!

Da war ich also. Da waren wir. Ich weiß allerdings nicht, ob Dr. Rózsa so glücklich darüber war.

Mittlerweile besitze ich Aufnahmen von sämtlichen Filmmusiken, die Miklós Rózsa je komponiert hat (und es sind um die neunzig), ebenso von den meisten seiner Konzertwerke. Daher weiß ich genau, zu welcher Sanftheit und Gefühlstiefe er fähig war. Die hinreißenden Liebesthemen, die er für *Lord Nelsons letzte Liebe* oder den *Dieb von Bagdad* geschrieben hat. Die wunderbare Melancholie des Adagios aus seinem Violinkonzert, das Billy zum *Privatleben des Sherlock Holmes* inspirierte. Aber es war kein Vergnügen, an jenem Abend neben ihm am Tisch zu sitzen. Rückblickend würde ich sagen, dass er ein zurückhaltender, vielleicht sogar ein schüchterner Mensch war, doch damals hielt ich diese Schüchternheit für Grobheit. Bei unserer Begegnung in München war Rózsa um die siebzig. Eine lange, bemerkenswerte Laufbahn lag hinter ihm, vier oder fünf Filmpartituren würde er noch schreiben. Er musste niemandem mehr etwas beweisen, am allerwenigsten einer jungen Möchtegernmusikerin aus Athen.

„Sind Sie zum ersten Mal in München, Dr. Rózsa?", war, wenn ich mich recht erinnere, mein Eröffnungszug.

„Ich war schon viele Male hier", sagte er weihevoll. „Zuletzt im vergangenen Jahr, als die Münchner Philharmoniker mir zu Ehren einige Konzerte gaben."

„Wie schön", sagte ich. „Haben sie Ihre Filmmusik gespielt, oder Ihre ernste Musik?"

Ziemlich schlaue Frage, fand ich. Aber seine Antwort brachte mich ins Straucheln.

„In Ihren Augen ist Filmmusik also keine ernste Musik?"

„Doch, natürlich … natürlich ist sie das", stammelte oder murmelte ich (vielleicht auch beides). „Ich meinte nur …"

„Als ich 1934 nach Paris kam", sagte Dr. Rózsa, „lernte ich den Schweizer Komponisten Arthur Honegger kennen. Ich nehme an, seine Arbeiten sind Ihnen nicht geläufig."

„Oh doch, das sind sie", gab ich zurück. Was stimmte. Ich hatte sogar schon mehrere Stücke von Honegger gehört. Sie waren auf einer der Schallplatten gewesen, die meine Mutter aus London mitgebracht hatte.

Er schien angenehm überrascht zu sein. „Tatsächlich? Heutzutage hört kaum noch jemand seine Musik. Eines Abends, als wir zusammen essen waren, fragte ich ihn, wie er denn als ‚ernster' Komponist, wie Sie es nennen würden, seinen Lebensunterhalt bestritt. Er erzählte mir, dass er vor allem von Filmmusik lebte. Ich war verblüfft! Ich dachte, er meinte Foxtrott und Twostepp und dergleichen – was man eben von der Combo eines billigen Cafés so vorgesetzt bekommt. Am nächsten Tag bin ich ins Kino gegangen und habe mir Raymond Bernards Film *Die Verdammten* angeschaut und staunend der Filmmusik von Honegger gelauscht. Es war Musik von höchster Qualität. Für mich eine Offenbarung. Ich begriff, dass es überhaupt keine Schande war, Musik für Filme zu schreiben. Was natürlich nicht heißt, dass man keine Zugeständnisse machen muss. In Hollywood arbeitet man häufig für Dummköpfe. Das bringt der Beruf so mit sich."

„Aber Mr. Wilder ist kein Dummkopf."

„Natürlich nicht. Ich schätze und bewundere ihn sehr. Deswegen bin ich heute hier. Deswegen habe ich eingewilligt, die Musik zu diesem Film zu schreiben, obschon ich bezweifle" – er sah sich vorsichtig um, als er das sagte – „dass es einer seiner großen Erfolge wird. Nein, ich habe an andere Regisseure gedacht. Filmemacher, die ein hohes Ansehen genießen, deren Charaktereigenschaften aber hinter ihrem Ruf zurückstehen."

„Aha."

„Mr. Hitchcock, zum Beispiel."

„*Alfred* Hitchcock?" Selbst ich hatte von ihm gehört.

„Gewiss. Gibt es etwa noch andere Mr. Hitchcocks? 1945 habe ich die Musik zu seinem Film *Ich kämpfe um dich* geschrieben. Ein mittelmäßiger Film, nebenbei bemerkt ..."

„Nun ja", sagte ich, wie immer wortgetreu aus meinem Repertoire an Halliwell'schen Meinungen schöpfend, „die Stars brillieren auf magische Weise, aber der Plot hätte etwas mehr Aufmerksamkeit vertragen können."

„Wohl wahr", sagte Dr. Rózsa. Er musterte mich mit einem leichten Stirnrunzeln und fuhr dann fort: „Trotzdem habe ich eine gute Partitur geschrieben. Man sollte immer sein Bestes geben. Für diese Filmmusik habe ich meinen ersten Oscar bekommen. Und wissen Sie was? Mr. Hitchcock hat nie ein Wort darüber verloren. Kein Glückwunschtelegramm, kein Dankschreiben – nichts. Danach haben wir nie wieder zusammengearbeitet."

„Das ist echt bitchig", sagte ich.

Er nippte an seinem Wasserglas, bevor er wiederholte: „Bitchig?"

„Ich meine, das ist total undufte. So was ist mir auch schon mal passiert, als ich eine Hausarbeit am Semesterende zwei Tage im Voraus abgegeben habe, und der Dozent hat nie ‚Gut gemacht' gesagt, oder irgendwas in der Art, und er hat mir trotzdem nur eine Drei gegeben."

„Tja, also, das ist in der Tat ziemlich ... bitchig", räumte er ein und klang schon ein bisschen menschlicher. Er beäugte mich noch eingehender über den Rand seiner Brille hinweg. „Mr. Diamond meinte, Sie seien ebenfalls Komponistin. Eine Musikerin, die sich schon einige Meriten verdient hat, wie er mir versicherte."

„Er wollte nur nett sein", sagte ich und blickte kurz zu Iz, verschämt und unsagbar stolz.

„Ich nehme an, Sie haben am Athener Konservatorium studiert?", fragte Dr. Rózsa.

Ich schüttelte den Kopf. „Nein, ich habe mir alles selbst beigebracht. Ich komponiere nicht richtig, ich … denke mir nur etwas aus und nehme es dann auf."

Er seufzte. „Ja, so ist das heutzutage. Es gibt keine richtigen Musiker mehr. Nur enthusiastische Amateure ohne jede Ausbildung, die glauben, um Erfolg zu haben, genüge eine spontane Eingebung. Das haben wir dem ‚Rock and Roll' zu verdanken."

Er sprach diese drei Wörter aus, als hätte er gerade ein Haar in der Suppe gefunden und müsste es mit spitzen Fingern herausfischen. Wonach er sich mit einem höflichen „Entschuldigen Sie mich" zur anderen Seite drehte und das Wort an Billy richtete.

Während er mir den Rücken zuwandte, dachte ich darüber nach, was er gerade gesagt hatte. Für jemanden, der so erfolgreich gewesen war und so viele Auszeichnungen und Ehrungen bekommen hatte, war es eigentlich ganz schön kleinlich, immer noch damit zu hadern, dass Alfred Hitchcock es mehr als dreißig Jahre zuvor an Respekt hatte mangeln lassen. Doch allmählich erkannte ich, dass viele Filmleute trotz der Macht, des Glamours und der Privilegien, die ihnen zuteilwurden, im Nullkommanichts gekränkt waren und sich sofort beschwerten, wenn etwas nicht ihren Vorstellungen entsprach. Selbst Iz war nicht davor gefeit. Selbst er ließ stets eine leichte Verdrießlichkeit erkennen: über die Hotels, in denen man ihn unterbrachte, die Fahrdienste, die man für ihn arrangierte, die Restaurants, in die man ihn führte. Der Einzige, der sich nie beschwerte, war Billy. Ich bin davon überzeugt, dass für ihn nur eins zählte: Filme zu machen. Alles andere – die

Umstände, unter denen er sie drehen musste, der (mangelnde) Komfort seiner Umgebung, die kleinen Unhöflichkeiten von Fahrern oder Kellnern oder Hotelpagen – war ihm schnurz. Er stand über diesen Dingen und bewahrte, allen Widrigkeiten zum Trotz, den Humor. Wenn einem das Leben übel mitgespielt hat, ist es vermutlich kein Drama, wenn man zum Frühstück Spiegeleier serviert bekommt, obwohl man lieber Rührei isst.

Das soll nicht heißen, dass er nicht grob oder aggressiv sein konnte, wenn ihm danach war. So auch an jenem Abend, als wir unsere Bestellungen aufgaben. Ausnahmsweise kam ich mir nicht ganz so verloren vor, denn die meisten meiner Tischgenossen schienen ebenso wenig von bayerischer Küche zu verstehen wie ich, und wir alle folgten Billys Beispiel, der Schweinshaxe und Semmelknödel bestellte und dem Kellner genaue Anweisungen gab, wie sie zubereitet werden sollten. „Dasselbe für mich", sagte Iz, und Mr. Holden schlug die Speisekarte zu und meinte: „Was für den Boss gut genug ist, ist auch gut genug für mich", und Dr. Rózsa sagte: „Das klingt nach einer ausgezeichneten Wahl." Die einzigen beiden Abweichler waren Miss Keller und Mr. Pacino. Miss Keller meinte mit leicht säuerlichem Ton, „Tja, da das Skript von Billy und Iz vorsieht, dass ich mich demnächst vor der Kamera entblöße, nehme ich wohl besser einen Salat", und Mr. Pacino sagte: „Für mich einen Cheeseburger, bitte. Schön blutig, mit Pommes und *Coleslaw* als Beilage."

Billy sah ihn über den Tisch hinweg an.

„Einen Cheeseburger, im Ernst? Was glauben Sie, was das hier ist – McDonald's?"

„Nein, ich weiß, dass das nicht McDonald's ist", antwortete Mr. Pacino. „Aber ich möchte eben 'nen Cheeseburger. Wo ist das Problem? Jedes Restaurant auf der Welt kann 'nen Cheeseburger machen, oder nicht?"

„Gewiss, aber das hier ist nicht *irgendein* Restaurant auf der Welt. Wir sind hier im Bayerischen Hof. Der Küchenchef ist der beste in ganz Deutschland. Und seine Spezialität ist die Schweinshaxe."

„Ah, gut zu wissen. Aber *meine* Spezialität sind nun mal Cheeseburger. Und ich erwarte, dass er mir einen verdammt guten macht."

„Vielleicht möchten Sie auch noch einen Schoko-Milchshake bestellen? Oder ein Erdbeer-Soda? Das passt vermutlich besser zu dem Burger als ein Lagenriesling."

„Billy", flehte Miss Keller. „Sei nicht gemein zu Al."

„Ich bin nicht gemein. Ich habe sogar Verständnis für die Situation, in der er sich befindet. Nach Deutschland zu kommen und dann auch noch zu deutschem Essen genötigt zu werden – das ist der schlimmste Alptraum eines jeden Amerikaners."

„Ich hab kein Problem mit deutschem Essen", sagte Mr. Pacino. „Ich esse nur lieber amerikanisches Essen."

„Das aber zufällig nicht auf der Speisekarte steht."

„Richtig. Deswegen bestelle ich ja auch nichts von der Karte."

„Im ‚Bistro' haben Sie das auch so gemacht, ich erinnere mich daran."

„Genau. Ist also kein Problem, oder?"

Am Tisch war es merkwürdig still geworden. Der Kellner sagte als Erster etwas.

„Natürlich ist das kein Problem, Sir. Wir bringen Ihnen, was immer Sie wünschen."

„Wenn das so ist", sagte Billy, „können Sie auch noch Ketchup und Mayo bringen und Mr. Pacinos Besteck mitnehmen, damit er mit den Händen essen kann, und vielleicht noch die Uhren auf Pazifische Sommerzeit umstellen, damit er das Gefühl hat, zu Hause in Los Angeles zu sein."

„Oh, Billy", sagte Miss Keller. „Lass es gut sein …"

„Ignorier ihn einfach, Al", sagte Mr. Holden. „Er hängt mal wieder den miesen, gottverdammten Hurensohn raus. Was zufällig *seine* Spezialität ist."

„Bringen Sie Mr. Pacino seinen Cheeseburger", sagte Billy zu dem Kellner. „Und lassen Sie alles andere, wie es ist." Er hob die Hände. „Mein Gott – ihr tut ja gerade so, als wäre ich der Teufel in Person. Dabei bin ich der netteste, höflichste Mensch, den man sich denken kann. Da könnt ihr jeden fragen. Hier, fragt Dr. Rózsa. Miklós, bin ich je gemein zu dir gewesen?"

„Allerdings", sagte Dr. Rózsa.

„Nenn mir ein Beispiel."

„Es sind zu viele."

„Da habt ihr's – ihm fällt keins ein."

Billy strich Butter auf ein Stück Brot. Er lächelte nicht, schien aber durchaus zufrieden damit zu sein, wie das Tischgespräch in den letzten Minuten verlaufen war.

„Also gut", sagte Dr. Rózsa. „Mir fällt eines ein."

Billy sagte nichts. Er nahm einen Bissen von seinem Brot.

„Allerdings warst du nicht gemein zu *mir*. Ich war nur dabei. Du warst in meiner Gegenwart gemein."

„Okay", sagte Billy und kaute sein Brot. „Ich warte."

„Wir haben an dem Film mit dem Trinker gearbeitet, *Das verlorene Wochenende*", sagte Dr. Rózsa. „Erinnerst du dich?"

„Das war vor dreißig Jahren. Wie soll ich mich daran erinnern?"

„Ich war bei dir im Büro. Ich habe dir von meinen Ideen für die Filmmusik erzählt. Weißt du noch?"

„Also, ich erinnere mich an viele solche Treffen. Das ist nichts Außergewöhnliches."

„Deine Sekretärin hatte gerade die Post hereingebracht, und du warst dabei, sie zu öffnen. Einer der Briefe war von einem Mädchen. Von einer deiner vielen Eroberungen damals. Fällt es dir wieder ein?"

„Nein, ich erinnere mich nicht daran. Überhaupt nicht."

„Die Farbe des Briefpapiers war blassgrau."

„Spielt das eine Rolle? Die Farbe des Briefpapiers?"

„Das Mädchen hatte ein gebrochenes Herz. Sie schrieb, du wärst grausam zu ihr gewesen. Hättest sie benutzt. Weißt du noch, was du mit dem Brief gemacht hast?"

„Nein."

„Du hast ihn zerrissen und die Fetzen in den Papierkorb geworfen."

„Kann sein. Ich weiß es nicht mehr."

„Und *dann* – dann hast du es dir anders überlegt, in den Papierkorb gelangt, einen Fetzen herausgeholt und ihn in deine Brieftasche gesteckt. Ich habe dich gefragt, warum du das tust. Weißt du noch, was du geantwortet hast?"

„Nur zu", sagte Billy. Ich glaube, er hatte es vergessen und war gespannt darauf, das Ende der Geschichte zu hören.

„Du hast erzählt, deine Frau lasse gerade eure Wohnung neu tapezieren, und du wollest ihr diesen Papierfetzen zeigen, weil es genau der Grauton sei, der dir für die Tapete im Wohnzimmer vorschwebe."

Gelächter erhob sich rings um den Tisch – ein raunendes Gelächter, bei dem Empörung und verhaltene Bewunderung mitschwangen –, während Billy weiter sein Brot kaute und vor sich hin schaute. Ein Anflug von Stolz war in seinen Augen und um seine Mundwinkel zu erkennen.

„Ja, ich erinnere mich wieder", sagte er. „Aber sie ist meiner Bitte nicht nachgekommen, und die Tapete, die sie am Ende ausgesucht hat, war rosa." Er schüttelte den Kopf und fügte hinzu: „Kein Wunder, dass wir uns kurz darauf haben scheiden lassen."

Er nahm einen Schluck Wein und blickte herausfordernd in die Runde. Alle schwiegen, bis auf Mr. Holden, der meinte:

„Billy, ich hab's ja schon oft gesagt und kann's nicht oft genug sagen: Du bist ein mieser, gottverdammter Hurensohn."

*

141

Ich glaube keineswegs, dass Billy Mr. Pacino nicht leiden konnte. Er hatte mehrere seiner Filme gesehen und bewunderte seine Arbeit. Natürlich hörte er nicht auf, ihn wegen seiner Vorliebe für amerikanisches Essen zu piesacken. Den ganzen Abend ritt er darauf herum. Als der Cheeseburger serviert wurde, erkundigte er sich ironisch-beflissen nach dessen Qualität und Zubereitung und ließ es sich nicht nehmen, den Kellner im Namen des bedauernswerten Schauspielers nach allen möglichen amerikanischen Desserts zu fragen – *New York Cheesecake, Ice Cream Sundae, Blueberry Pie* ... –, obwohl Mr. Pacino durchaus gewillt war, den bayerischen Apfelstrudel zu kosten. Die Spötteleien waren unerbittlich, brachten aber im Grunde Sympathie, wenn nicht sogar Respekt zum Ausdruck. Das war Billys Art. Wobei es auch vorkommen konnte, dass er einem das Kompliment des Spotts nicht zollte: Wenn er aufhörte, mit einem zu scherzen, und das, was man sagte, todernst nahm und ebenso ernst darauf reagierte, dann musste man sich wirklich in Acht nehmen.

Einen solchen Vorfall gab es auch bei besagtem Dinner.

Neben Mr. Pacino saß ein junger Deutscher. Ich schätze mal, er war Ende zwanzig, Anfang dreißig. Vermutlich hatte er etwas mit dem Unternehmen zu tun, das den Film finanzierte, wobei im Nachhinein niemand so genau wusste, welche Funktion er eigentlich innehatte. Anfangs trug er nicht viel zur Unterhaltung bei; erst als wir alle mit dem Nachtisch fertig waren und einige noch einen Digestif bestellen wollten und darauf warteten, dass Billy eine Empfehlung aussprach, meldete er sich zu Wort.

Dr. Rózsa hatte darüber gesprochen, wie sehr sich München in den vergangenen Jahren verändert hatte. Nachdem die Stadt Mitte der Sechzigerjahre den Zuschlag für die Ausrichtung der Olympischen Sommerspiele 1972 erhalten hatte, war offenbar sehr viel Geld in die Infrastruktur geflossen. Außer dem ultramodernen, mit allen technischen Finessen ausgestatteten Olympiastadion war ein komplett neues U-Bahn-System gebaut worden. Der Olympia-park, der rund um das Stadion entstanden war, hatte Investitionen von Hunderten Millionen D-Mark angezogen.

„Man kann nur Vermutungen darüber anstellen", sagte Dr. Rózsa, „woher das ganze Geld stammt."

„Tja", meinte Iz mit einem düsteren, freudlosen Glucksen, „*das* sollten wir nicht allzu sehr vertiefen."

„Was wollen Sie damit sagen?", fragte der junge Deutsche.

Iz gab zunächst keine Antwort. Dann sagte er freundlich, aber bestimmt: „Ich vermute mal, dass ein Teil davon heimlich aus der Schweiz zurück nach Deutschland geschleust wird. Ursprünglich war es Nazi-Geld."

Einer der älteren deutschen Finanziers stöhnte auf und sagte: „Oh, bitte …"

Daraufhin herrschte ein unangenehmes Schweigen. Schließlich war es Billy, der es brach.

„Mr. Diamond ist weitaus zynischer veranlagt als ich. Genau genommen ist er der zynischste Mensch, dem ich je begegnet bin. Im Unterschied zu ihm habe ich ein durch und durch wohlwollendes Menschenbild. Ich glaube fest an das Gute im Menschen." Alle warteten auf die Pointe, die eindeutig noch ausstand. „Allerdings", fuhr er fort, „erstaunt es mich jedes Mal, wenn ich zurück nach Deutschland komme, dass sich sämtliche Nazis nach Kriegsende einfach so in Luft aufgelöst haben."

„So war das doch gar nicht", protestierte jemand. „Es gab Prozesse, Gefängnis- und Todesstrafen, Kriegsverbrechen wurden geahndet …"

„Oh, ich spreche nicht von den dicken Fischen, den Rädelsführern. Die haben bekommen, was sie verdienten. Ich meine die anderen. Die ganz gewöhnlichen Leute. Diejenigen, die das alles zugelassen haben. Vielleicht fällt Ihnen das nicht so auf, weil Sie hier leben, aber wenn man von außerhalb in eine Stadt wie

München kommt, schaut man sich die älteren Menschen an und denkt, okay, was hast du 1942, 43 gemacht, als das alles geschah – die wirklich schlimmen Dinge?"

„Meistens behaupten sie, dass sie im Widerstand waren", meinte Iz.

„Wie der Mann in Ihrem Film", sagte der ältere Finanzier.

Billy schaute zu ihm hinüber.

„Mein Film?"

„James Cagneys Assistent. Der Film in Berlin."

„Ah, ja." Sein Gesicht erhellte sich schlagartig. *Eins, zwei, drei.* Es war eine gute Erinnerung. Ein erfolgreicher Film.

Der ältere Deutsche fuhr fort: „Sie wissen schon, der Kerl, der immer die Hacken zusammenschlägt, und Cagney fragt ihn: ‚Was haben Sie eigentlich während des Kriegs gemacht?', und er sagt, er sei im Untergrund – *se Underground* – gewesen, und Cagney sagt: ‚Aha, Widerstandskämpfer?', und er meint: ‚Nein, als Schaffner. In der Untergrund – in der U-Bahn! Ich war so tief unter der Erde, ich wusste gar nicht, was oben los war', und Cagney sagt: ‚Und natürlich waren Sie kein Nazi und haben noch nie von Adolf Hitler gehört', und er fragt: ‚Adolf – wer?'"

Alle lachten. Billy nickte zufrieden. Es war eine gelungene Szene. Die Leute erinnerten sich daran. Aber mir fiel auf, dass der jüngere Mann nicht in das Lachen einstimmte.

„Vielleicht braucht es ja jemanden von außen", sagte der ältere Finanzier etwas anbiedernd, „der uns den Spiegel vorhält. Dazu ist die Kunst schließlich da. Dazu gibt es Filme."

„Ja, da könnte was dran sein", meinte Billy. „Die Sekretärin, die für mich arbeitet, solange ich hier bin: Ich habe sie gefragt, wo sie wohnt, weil ich wusste, dass sie von außerhalb kommt, und sie sagte: ‚Dachau.' Ganz nüchtern, wisst ihr. Für sie ist das einfach nur der Ort, wo sie lebt, nicht mehr als ein Name, eine deutsche Stadt. Mir – und vielen anderen – jagt dieser Name einen kalten

Schauer über den Rücken. Tausende sind dort gestorben. Für sie ist es ihr Wohnort. Nichts weiter."

Alle am Tisch ließen diese Bemerkung still auf sich wirken. Alle außer dem jungen Mann, der nach ein paar Augenblicken sagte: „Allerdings wurden in letzter Zeit einige interessante Forschungen veröffentlicht …"

Plötzlich waren alle Blicke auf ihn gerichtet; aber keiner sah ihn so scharf und durchdringend an wie Billy.

„… die meisten übrigens in Amerika. Sie kommen zu dem Schluss, dass die Zahlen übertrieben sind; dass sie künstlich hochgespielt wurden."

„Forschungen?", fragte Dr. Rózsa in die Stille, die folgte. „Was sind das für Forschungen?"

„Größtenteils wissenschaftliche. Diese Leute sind keine Neonazis. Es sind renommierte amerikanische Wissenschaftler, zum Beispiel von der Northwestern University."

„Ja, ich weiß", sagte Billy und schenkte sich etwas Brandy aus der Flasche ein, die gerade an den Tisch gebracht worden war. „Ich kenne diese Bewegung, die darauf aus ist, die historische Wirklichkeit zu leugnen. Doch leider stimmen ihre Ergebnisse nicht mit meinen eigenen Beobachtungen überein. Auch nicht mit meinen eigenen Erfahrungen."

„Ich habe letztes Jahr eines dieser Bücher gelesen", sagte der junge Mann. „Natürlich in Amerika – hierzulande werden sie nicht verkauft. Ich fand es sehr überzeugend."

Billy zündete sich eine Zigarre an.

„Kann ich Ihnen eine Geschichte erzählen", sagte er und paffte zwischendurch, „die Sie möglicherweise auch überzeugend finden?" Als der junge Mann nichts erwiderte, fuhr er fort: „Und wenn ich die Geschichte erzählt habe, kann ich Ihnen dann eine Frage stellen? Eine, auf die ich gern eine Antwort von Ihnen hätte."

Der junge Mann nickte vorsichtig, und dann, während rund um den Tisch noch mehr Drinks eingeschenkt und noch mehr Zigarren und Zigaretten angezündet wurden, lehnten wir uns alle gemütlich zurück und lauschten Billys Geschichte.

*

Ich gebe sie so gut es geht wieder. Und das, was er uns nicht erzählt hat, oder an was ich mich nicht erinnere, versuche ich mir vorzustellen.

Ich glaube, es beginnt ungefähr so:

INNEN – CAFÉ – TAG

Eine TEXTEINBLENDUNG lautet: BERLIN 1933

Die Kamera fängt den gesamten Innenraum des Cafés ein – befrackte Kellner, die sich zwischen voll besetzten Tischen hindurchschlängeln; alte Männer, die Schach spielen; Geschäftsleute, die Zeitung lesen; Freunde, die miteinander tratschen; junge Paare, die in Zweisamkeit versunken sind –, bevor sie auf einen bestimmten Tisch am Fenster zoomt, wo eine ausgelassene Gruppe junger Männer lautstark schwadroniert. Der Raum ist erfüllt von Zigarettenqualm und dem Dampf unzähliger Kaffeetassen.

BILLIE (VOICE-OVER)

Da wären wir also, im Nervenzentrum der deutschen Filmindustrie zwischen den Weltkriegen. Und damit im Nervenzentrum der gesamten europäischen Filmwelt. Das „Romanische Café" im Berliner Stadtteil Charlottenburg. Seht nur, wie viel Talent um den Tisch dort versammelt ist. Da sind Robert Siodmak, Edgar Ulmer, Alfred Zinnemann – bevor sie alle nach Hollywood gingen. Einige der besten amerikanischen

Filme, die ihr je gesehen habt, stammen von diesen deutschen Jungs. Oh, und seht mal – da bin ich ...

Der junge BILLIE WILDER sitzt ebenfalls an diesem Tisch, beteiligt sich aber nicht an der Unterhaltung, sondern schaut angespannt aus dem Fenster. Vor ihm liegt ein Blumenstrauß. Billie ist schlank, zappelig, sportlich, nicht besonders gutaussehend, aber sein Witz und seine Energie machen ihn attraktiv.

BILLIE (VO) (FORTSETZUNG)
Normalerweise würde ich in die Späße mit einstimmen, aber heute ist ein besonderer Tag. Ich halte nämlich nach jemandem Ausschau, und ich weiß nicht, ob sie auftauchen wird, und – ah, wartet mal, da kommt sie ja!

Eine schöne junge Frau, deren dunkles Haar unter ihrem Glockenhut zu einem Bubikopf geschnitten ist, klopft ans Fenster und winkt Billie zu. Er winkt zurück, steht auf, schnappt sich den Blumenstrauß, und als er sich anschickt, den Tisch zu verlassen, bringen ihn die Frotzeleien seiner Freunde in Verlegenheit.

FREUND 1
He Billie, hast du uns denn nicht mehr lieb?

FREUND 2
Sag mal, bin ich etwa nicht so hübsch wie sie?

FREUND 3
Soll das heißen, dass die Huren am Bülowbogen bald nichts mehr zu tun haben?

BILLIE

Sehr lustig, Jungs. Macht's gut, ihr Luschen. Spielt schön mit euch selbst, wenn ihr wieder auf euren grindigen Buden seid.

AUSSEN – STRASSE – TAG

Draußen auf der Straße küsst er seine Freundin HELLA galant auf die Wange, überreicht ihr die Blumen, und die beiden ziehen untergehakt los.

AUSSEN – PARK – TAG

Montage mehrerer Szenen mit BILLIE und HELLA, die einen idyllischen Vormittag im Tiergarten verbringen, durch den Park schlendern, eine Bootsfahrt auf dem See machen und schließlich einfach nur nebeneinander im Gras liegen.

BILLIE (VO)

So hat das mit Hella angefangen. Alles ganz unschuldig. Sie war eine Tochter aus gutem Hause, was mich kein bisschen davon abhielt, ihr den Hof zu machen, aber vor allem hatte es mir natürlich ihre Schönheit angetan, und ihre ungeheure Lebensfreude. Außerdem besaß sie eine gewisse Naivität, die mir ebenfalls gefiel – eine echte Wohltat, wenn ich mal wieder mit diesen ganzen Besserwissern im Café herumgelungert hatte. Klar, sie waren meine Freunde, aber auch solche Großmäuler und Wichtigtuer. Und meistens war ich der Schlimmste von allen. Der einzig Anständige unter den Filmleuten, die ich kannte, war Emmerich.

INNEN – BÜRO – TAG

Die Dramaturgie-Abteilung der Ufa-Ateliers. Ein kleiner, aber geschäftiger und florierender Arbeitsbereich. Sekretärinnen schwirren mit Stapeln von Manuskripten umher, und an einem Schreibtisch in der Ecke sitzt ein leicht überarbeitet wirkender Mann mit schütter werdendem Haar. Es ist EMMERICH PRESSBURGER, der als Mittelsmann zwischen den Autoren und dem Produktionsbüro fungiert.

BILLIE (VO)

Wir alle mochten Emmerich und wir alle hatten Respekt vor ihm. Er war sehr schweigsam – einer jener seltenen Menschen, die nur den Mund aufmachen, wenn sie auch wirklich etwas zu sagen haben. Vielleicht war das der Ungar in ihm. Er arbeitete in der Drehbuchabteilung der Ufa, sprich: Er war derjenige, an den man sich wenden musste, wenn man wissen wollte, ob eine Filmidee irgendeine Chance hatte, auf die Leinwand zu kommen.

BILLIE betritt das Büro. EMMERICH schaut auf und lächelt, aufrichtig erfreut, ihn zu sehen.

EMMERICH

Grüß dich, Billie. Na, wie stehen die Aktien?

BILLIE

Kann nicht klagen. Sag mal, gibt es irgendwas Neues über mein Drehbuch mit dem Schluckspecht? Was meint Correll dazu?

EMMERICH

Es liegt immer noch auf seinem Schreibtisch.

BILLIE
Kannst du die Sache nicht ein bisschen beschleunigen?

EMMERICH
Ich lege es immer ganz oben auf den Stapel. Mehr kann ich
nicht tun. Im Moment hat er viel um die Ohren, weil er diese
Komödie mit Krauß macht.

BILLIE
Mit Krauß? Dieser Nazi-Kanaille? Warum wird so einer überhaupt beschäftigt?

EMMERICH
Bald werden *solche* Leute die Einzigen sein, die beschäftigt werden.

BILLIE
Ich behalte diesen Saukerl jedenfalls im Auge. Wenn die Dinge
hier aus dem Ruder laufen, werde ich Leute wie ihn, die kräftig
mitgemischt haben, bestimmt nicht vergessen.

EMMERICH
Tja, wie auch immer – mit dir und Hella läuft es ja fabelhaft,
wie ich höre.

BILLIE
Soso, hat sich das schon herumgesprochen?

EMMERICH
Die Jungs reden alle darüber.

BILLIE

Demnächst fahren wir nach Davos, zum Skifahren. Unsere erste gemeinsame Reise.

EMMERICH

Nur ihr zwei? Ist ja famos.

BILLIE

Du, ich hab Hunger. Kommst du mit, was essen? Ich wollte mir bei Steingold 'ne Stulle holen.

EMMERICH

Steingold? Der Laden ist dicht. Gestern sind sie über ihn hergefallen. Haben die Fenster eingeschlagen und „Judengeschäft" an die Hauswand geschmiert.

BILLIE *(entsetzt)*

Diese Schweine.

Er brütet darüber, sichtlich bestürzt.

EMMERICH

Ich weiß. Es ist schlimm, Billie. Mir gefällt das alles überhaupt nicht. Aber Mensch, lass dir davon bloß nicht deine Pläne mit Hella durchkreuzen. Sie ist ein patentes Mädel – du hast da einen richtig guten Fang gemacht. Genieß die Reise. Mach das Beste draus.

BILLIE nickt und klopft ihm lächelnd auf die Schulter.

AUSSEN – BERGE – TAG

Eine Skipiste in Davos. BILLIE und HELLA fahren einen Berg hinunter. Die Szene ist im künstlichen Stil der Zeit gedreht, mit offensichtlicher Rückprojektion im Studio. Wir sehen, wie sich die beiden in voller Fahrt liebevoll zulächeln, während im Hintergrund die Berglandschaft vorbeisaust.

Sie kommen an eine Skihütte, halten mit geübtem Stoppschwung vor dem Eingang, schnallen ihre Skier ab und gehen hinein.

INNEN – SKIHÜTTE – TAG

Das Chalet ist voller Skifahrer, die hier einkehren, um etwas Heißes zu trinken und zu Mittag zu essen. BILLIE und HELLA sitzen an einem Holztisch, essen Würstchen mit Kartoffelsalat und trinken Glühwein. Durch das Fenster hinter ihnen hat man einen grandiosen Blick auf die Berge.

Neben ihrem Tisch steht ein Radioapparat, der die neuesten Nachrichten aus Deutschland sendet. BILLIE hört aufmerksam zu, während HELLA die Aussicht genießt.

RADIOSTIMME
Der Führer der Nationalsozialisten, Adolf Hitler, ist soeben von dem Herrn Reichspräsidenten von Hindenburg zum Reichskanzler ernannt worden …

BILLIE schüttelt fassungslos und besorgt den Kopf.

BILLIE
Hella, Liebling, ich glaube, wir müssen so schnell wie möglich weg.

HELLA

Aber warum denn? Von hier hat man doch *so* eine schöne Aussicht.

BILLIE

Ich meine nicht die Skihütte. Ich meine, dass wir aus Deutschland wegmüssen.

Überblende zu:

AUSSEN – STRASSE – TAG

BILLIE (VO)

Ein paar Tage später, als wir zurück in Berlin waren …

BILLIE und HELLA gehen Arm in Arm eine Straße entlang, biegen um eine Ecke und sehen, wie ein Mann brutal zusammengeschlagen wird.

BILLIE (VO) (FORTS.)

… sahen wir, wie sie am helllichten Tag auf der Tauentzienstraße einen alten Juden zusammenschlugen. Etwa dreißig SA-Leute. Kräftige Kerle. Schlächter. Sie hatten diesen alten Mann mit seinem Hut, dem langen Bart und dem Kaftan entdeckt. Gnadenlos droschen sie auf ihn ein. Und ich stand nur da, völlig hilflos, mit Tränen in den Augen, die Hände in den Taschen zu Fäusten geballt.

BILLIE schaut zu HELLA. Sie beobachtet die Szene voller Entsetzen und hat ebenfalls Tränen in den Augen. Die beiden ziehen den Kopf ein und eilen weiter.

BILLIE (VO) (FORTS.)

Am nächsten Tag war der Reichstagsbrand. Da stand fest, dass ich uns beide rausbringen musste. Wir packten zwei Koffer und kauften zwei Fahrkarten nach Paris. Als wir wenige Tage später am Anhalter Bahnhof in den Nachtzug stiegen, hatte ich keine Ahnung, wann ich Berlin wiedersehen würde. Am Ende würden mehr als zehn Jahre vergehen.

INNEN – ZUG – NACHT

Der Zug ist überfüllt. BILLIE und HELLA sitzen aneinandergelehnt in einem Dritte-Klasse-Abteil und versuchen zu schlafen. BILLIE trägt einen der kleinen Hüte, die sein Markenzeichen sind. Der Hut ist unbequem und er nimmt ihn ab, behält ihn aber fest in der Hand.

BILLIE (VO)

Wir konnten uns keinen Schlafwagen leisten, daher saßen wir die ganze Nacht in einem Abteil, zusammen mit sechs anderen Leuten. Meinen Hut ließ ich nicht los, aus Angst, er könnte mir gestohlen werden: In das Futter waren tausend Reichsmark eingenäht.

Er dreht den Hut in der Hand und fährt nervös mit dem Finger über die Innenseite der Krempe.

AUSSEN – BAHNHOF – TAG

Paris, Gare Saint-Lazare. Der Zug ist gerade am Bahnsteig eingefahren. Inmitten einer Dampfwolke steigen die Fahrgäste aus, unter ihnen BILLIE und HELLA. Es ist ziemlich windig und plötzlich weht eine Böe BILLIE den Hut vom Kopf. Panisch rennt er hinterher und schafft es gerade noch, ihn einzufangen.

Vor dem Bahnhofsgebäude sehen sie sich um, orientierungslos und müde von der langen Reise. BILLIE kramt einen Zettel aus seiner Jackentasche und wirft einen Blick darauf.

AUSSEN – STRASSE – TAG

BILLIE (VO)
Man hatte mir die Adresse eines Hotels in der Rue de Saïgon gegeben, nicht weit vom Arc de Triomphe entfernt. Dort pflegten die ganzen Emigranten aus Deutschland abzusteigen.

Auf dem Weg zum Hotel gehen sie eine Straße entlang, die durch ein tristes, gesichtsloses Wohnviertel führt. Das Hotel sieht heruntergekommen und alles andere als einladend aus. Über dem Eingang steht der Name: HOTEL ANSONIA. Die beiden gehen hinein.

INNEN – HOTELZIMMER – TAG

Ein Zimmer im dritten Stock, spärlich möbliert. Durch das Fenster blickt man über die schmale Straße direkt auf das gegenüberliegende Gebäude. BILLIE und HELLA betreten das Zimmer, schauen sich ernüchtert um und stellen ihre Koffer ab. HELLA lässt sich auf das Bett fallen und springt mit einem Schmerzensschrei wieder hoch. Sie schlägt die Laken zurück und stellt fest, dass eine Feder aus der Matratze herausragt.

BILLIE
Na ja, fürs Erste wird es gehen. In ein, zwei Tagen finden wir etwas Besseres.

Abblende.

Dann Aufblende:

INNEN – HOTELZIMMER – TAG

TEXTEINBLENDUNG: Ein Jahr später

HELLA liegt auf demselben Bett in demselben Zimmer, raucht, legt Patiencen und sieht schrecklich gelangweilt aus. BILLIE sitzt an dem kleinen Tisch am Fenster und tippt auf einer alten Schreibmaschine ein Drehbuch. Nach wenigen Augenblicken flucht er, zieht das Papier mit einem Ruck aus der Walze, zerknüllt es und wirft es ohne hinzusehen über seine Schulter. Eigentlich hatte er blind auf den Papierkorb gezielt, aber die Papierkugel trifft HELLA am Kopf. Sie schleudert sie zurück.

> HELLA
>
> Kannst du nicht aufpassen?

> BILLIE
>
> Entschuldige. Ich störe dich nur ungern bei deiner ach so wichtigen Tätigkeit.

> HELLA
>
> Nicht weniger wichtig als das lausige Drehbuch, das du da schreibst.

> BILLIE
>
> Dieses „lausige Drehbuch", wie du es nennst, wird uns –

Die Tür geht auf und ein junger Mann streckt den Kopf ins Zimmer. (Zufällig ist es der Komponist FRANZ WACHSMANN alias WAXMAN. Viele Jahre später wird er die Filmmusik zu Boulevard der Dämmerung *schreiben.)*

FRANZ

He Billie, kommst du mit ins „Strasbourg"?

BILLIE

Wer kommt sonst noch?

FRANZ

Die Üblichen – Peter, Friedrich …

HELLA *(erhebt sich)*

Ja sicher, warum nicht.

FRANZ *(nach kurzem Zögern)*

Du kannst natürlich mitkommen, wenn du willst.

INNEN – CAFÉ – TAG

Das „Strasbourg" ist eine klassische Pariser Brasserie. BILLIE und seine Exilgefährten aus Deutschland sitzen dicht gedrängt um einen Tisch und spielen Domino – wobei sie die Spielsteine durch die Schwaden des Zigarettenrauchs kaum erkennen können.

BILLIE (VO)

Tja, wenn euch einige dieser Gesichter bekannt vorkommen, dann liegt das daran, dass es mehr oder weniger dieselben Leute sind, mit denen ich mir schon im „Romanischen" in Berlin die Zeit vertrieben habe. Hier sind wir nun alle wieder versammelt, diskutieren über dieselben Dinge, arbeiten im selben Metier, nur eben in einer anderen Stadt. Seht ihr den kleinen, dunkelhaarigen Kerl dort? Peter Lorre. Wahrscheinlich habt ihr ihn in *Die Spur des Falken* gesehen. Und da, der andere Typ – der mit dem sinnlichen Mund und der Nase wie eine Essiggurke? Bestimmt erkennt ihr ihn nicht, aber seine Lieder habt ihr alle schon mal gehört: „Ich bin von Kopf bis Fuß auf Liebe eingestellt" oder „Illusions". *(Er singt ein paar Takte.)* Das ist übrigens eins meiner Lieblingslieder. Vielleicht werde ich es irgendwann in einem Film verwenden.

Das Domino-Spiel wird hitziger. Es ist jetzt vor allem ein Duell zwischen BILLIE und PETER LORRE, die sich gegenübersitzen. HELLA hat sich demonstrativ neben LORRE gesetzt und ihren Arm unter den seinen geschoben. Sie begutachtet seine Spielsteine und gibt ihm Tipps.

Am Nebentisch versucht ein junger, ernst dreinblickender KOMPO-NIST an seiner Partitur zu arbeiten. Einige Bogen Notenpapier liegen vor ihm ausgebreitet auf dem Tisch. Das Geschrei der Deutschen bringt ihn aus dem Konzept, und er wirft ihnen wütende Blicke zu.

BILLIE (VO) (FORTS.)
Also, *ihn* erkenne ich nicht. Offenbar irgend so ein überkandidelter Komponist, der gerade seine zweite Symphonie schreibt und auf diese vulgären Deutschen herabschaut, die alle beim Film arbeiten wollen und die ganze Zeit Krawall machen.

RÓZSA (VO)
Was soll das heißen, du erkennst ihn nicht? Billy, das bin doch ich.

BILLIE (VO)
Wirklich? Du warst damals in Paris?

RÓZSA (VO)
Natürlich. Wo wäre ein Komponist denn lieber? Eine Zeit lang bin ich fast jeden Tag ins „Strasbourg" gegangen, um dort zu arbeiten. Eigentlich habe ich nur damit aufgehört, weil ihr immer so verdammt laut wart.

Der Lärmpegel am Nebentisch schwillt weiter an. Wutentbrannt rafft RÓZSA sein Notenpapier und die Bleistifte zusammen und stürmt Richtung Tür. Zuvor wirft er BILLIE aber noch einen grimmigen Blick zu. BILLIE glotzt zurück, und sobald RÓZSA ihm auch ganz bestimmt den Rücken zukehrt, dreht er ihm eine lange Nase.

Dann wendet er sich wieder dem Spiel zu. In diesem Moment nimmt HELLA ein paar von PETER LORRES Dominosteinen und legt sie in einem letzten, siegreichen Zug ab. Die Zuschauer johlen und klatschen wild Beifall. BILLIE starrt ungläubig auf den Tisch. HELLA sieht ihn triumphierend an. BILLIE wirft seine übrigen Spielsteine um, steht vom Tisch auf und zieht seinen Mantel an.

BILLIE

Schon gut, ich verdufte.

AUSSEN – STRASSE – TAG

BILLIE geht durch die Straßen von Paris. Sein Weg führt ihn durch immer düsterere Stadtviertel. Als er an einem besonders schäbigen Hotel vorbeikommt, tritt eine bekannte Gestalt aus der Tür, und die beiden stoßen beinahe zusammen.

BILLIE

Emmerich! Schön, dich zu sehen!

EMMERICH

Grüß dich, Billie! Na, wie ist es dir ergangen?

BILLIE

Gar nicht so übel.

EMMERICH

Gehst du ein bisschen spazieren? Tut gut, hin und wieder aus
dem Hotel rauszukommen, stimmt's?

BILLIE

Warum kommst du nicht mal ins „Strasbourg", um die alte
Bande zu treffen?

EMMERICH

Ach, du weißt doch – ich ziehe ruhige Orte vor. Du, ich hab
die Neuigkeit gehört: Du hast ein Drehbuch nach Hollywood
verkauft. Bravo! Das ist famos.

BILLIE

Na so was – hat sich das schon herumgesprochen?

EMMERICH

Und ob, die Spatzen pfeifen's von den Dächern. Heißt das, du
gehst in die Staaten?

BILLIE

Ja. Sie haben mir das Ticket für die Schiffspassage geschickt.
Ich fahre mit der „Aquitania". Erster Klasse.

EMMERICH

Wann reist du ab?

BILLIE

Das Schiff legt in zehn Tagen von Southampton ab. Vorher
wollte ich aber noch ein paar Tage nach London. Nächste Woche verschwinde ich aus Paris.

EMMERICH

Also, das hätte keinem ... Besseren passieren können.

BILLIE

Fast hättest du „Netteren" gesagt.

EMMERICH *(lacht)*

Fast. Sag mal, wo willst du denn jetzt hin? Vielleicht können wir ein Stück zusammen gehen.

BILLIE

Ich wollte in die Rue Saint-Denis.

EMMERICH

Wirklich? Bist du sicher, dass du dorthin willst? *(Senkt die Stimme.)* Da hängen nämlich die ganzen Straßenmädchen rum.

BILLIE schweigt. Bei EMMERICH fällt der Groschen.

EMMERICH (FORTS.)

Ah, verstehe.

Sie gehen zusammen weiter.

EMMERICH (FORTS.)

Aber hör mal, das leuchtet mir nicht ein – wieso gibst du dich mit ... solchen Frauenzimmern ab, wo du doch eine wie die Hella hast? Sie ist eine Wucht, Billie. Alle Kerle sind verrückt nach ihr.

BILLIE

Tja, was soll ich sagen? Hausmannskost ist schön und gut, aber hin und wieder möchte ein Mann eben auswärts essen.

EMMERICH nimmt die Bemerkung zur Kenntnis, bleibt dann plötzlich stehen und sieht Billie ernst an.

EMMERICH
Du nimmst sie doch mit nach Hollywood?

BILLIE
Sie haben mir nur eine Fahrkarte geschickt.

EMMERICH
Wie lange wirst du weg sein?

BILLIE *(geht weiter)*
Es ist eine einfache Fahrkarte.

EMMERICH
Aber sie weiß doch Bescheid, oder? Billie, du hast ihr doch erzählt, dass du fortgehst?

BILLIE
Für so etwas muss man den richtigen Zeitpunkt finden. Den richtigen Zeitpunkt und den richtigen Ort.

EMMERICH
Ich glaube allerdings nicht, dass die Rue Saint-Denis der richtige Ort ist.

Enttäuscht von seinem Freund wendet er sich ab und geht davon. BILLIE schaut ihm nach.

AUSSEN – RUE SAINT-DENIS – TAG

BILLIE flaniert die Straße entlang, in jedem Hauseingang steht eine Prostituierte. Sie scheinen ihn alle zu kennen. Schließlich hakt er sich bei einer von ihnen unter, und sie verschwinden in einer billigen Absteige. Die Szene wirkt, als wäre sie geradewegs seinem Film Das Mädchen Irma la Douce *entsprungen.*

BILLIE (VO)
Ich weiß, ich weiß. Ich war damals halt ein Hallodri. Jung und heißhungrig und zu dumm, um das zu schätzen, was ich direkt vor der Nase hatte. Den richtigen Zeitpunkt und Ort habe ich dann doch noch gefunden – fünf Minuten vor meiner Abreise nach England.

INNEN – HOTELZIMMER – TAG

BILLIE steht mit seinem Koffer in der Tür. HELLA liegt auf dem Bett und wendet ihm den Rücken zu. Er nähert sich ihr und versucht sie zum Abschied zu küssen. Aber sie dreht sich nicht um. Er küsst sie zärtlich auf den Nacken, doch sie blickt nur starr aus dem Fenster, die Augen voller Tränen, was BILLIE nicht sieht.

Als sie nicht reagiert, nimmt er den Koffer, verlässt das Zimmer und schließt die Tür hinter sich. Ein paar Sekunden später wird die Tür aufgerissen, und HELLA eilt ihm über den Hotelflur hinterher.

HELLA
Den hast du vergessen.

Sie hält ihm den kleinen Hut hin. Er nimmt ihn, sie schauen sich in die Augen und küssen sich dann einen Moment lang leidenschaftlich. Dann gehen sie auseinander.

INNEN – PENSION, LONDON – TAG

Ein Zimmer unterm Dach, klein, aber gemütlich, mit einem winzigen Fenster, das auf den Hyde Park und die Royal Albert Hall geht. BILLIE steht am Fenster und schaut hinaus.

BILLIE (VO)
Ich blieb damals nicht lange in London. Vielleicht drei oder vier Tage. Als ich am Ende des Krieges zurückkehrte, blieb ich mehrere Wochen. Und als ich Ende der Sechzigerjahre erneut zurückkam, um *Das Privatleben des Sherlock Holmes* zu drehen, blieb ich fast ein ganzes Jahr. Aber jene drei oder vier Tage, meine letzten Tage in Europa, bevor ich nach Hollywood ging, habe ich nie vergessen.

Er zieht seine Schuhe an, schlüpft in den Mantel und nimmt seinen Hut in die Hand.

BILLIE (VO) (FORTS.)
London war ganz anders als Berlin, ganz anders als Paris. Irgendwie fühlte ich mich dort mit einem Mal sicher. Vielleicht lag das an der Inselmentalität, ihr wisst schon. An diesen seltsamen Menschen mit ihrer seltsamen Aussprache und ihren seltsamen Verhaltensweisen und ihrem seltsamen Klassensystem … Ich hatte den Eindruck, dass man sich auf sie verlassen konnte. Dass sie keine Dummheit machen würden. Dass sie einem im Krisenfall zur Seite stehen würden. In Paris hatte ich dieses Gefühl nie gehabt.

Er verlässt das Zimmer und geht die Treppe ins Erdgeschoss hinunter.
Es sind viele, viele Stufen. Je weiter er nach unten kommt, desto we-
niger schäbig wirkt die Pension.

BILLIE (VO) (FORTS.)
Ich sprach kein Wort Englisch und redete praktisch mit niemandem, während ich dort war. Für die Überfahrt kaufte ich mir ein
paar englische und amerikanische Romane, die ich bereits in
deutscher Übersetzung gelesen hatte, um mich ein bisschen mit
der Sprache vertraut zu machen. Natürlich habe ich mich in London nie so zu Hause gefühlt wie in Amerika, aber dennoch hatte ich den Eindruck: Solange Großbritannien stark blieb, bestand
noch Hoffnung, dass Europa gerettet werden konnte und …

AUSSEN – STRASSE, KENSINGTON, LONDON – TAG

BILLIE tritt aus der Tür der Pension auf die Queen's Gate hinaus.
Auf den Stufen vor dem Eingang setzt er seinen Hut auf. Der fühlt
sich irgendwie merkwürdig an. Er nimmt ihn wieder ab und inspi-
ziert die Innenseite. Etwas verbirgt sich in dem Futter. Er steckt den
Finger hinein und zieht ein Bündel Geldscheine hervor – Hunderte
von Francs. Es ist auch ein Zettel dabei, auf dem steht:
„Billie, pass auf dich auf – H."

BILLIE (VO) (FORTS.)
… und die Welt wieder in Ordnung sein würde.

Er steckt das Geld in seine Manteltasche, setzt den Hut wieder auf
und wischt sich die Augen.

Dann sehen wir ihn in einer Totalen nach Norden, Richtung Hyde
Park, davongehen. Schließlich verlässt seine Gestalt das Bild. Die

Kamera verweilt noch eine Zeit lang auf der Pension, diesem schönen alten georgianischen Gebäude, das sechs Stockwerke hoch in den blauen Himmel ragt, beständig und unerschütterlich.

Abblende. Dann Aufblende:

AUSSEN – STRASSE – KENSINGTON, LONDON – TAG

TEXTEINBLENDUNG: Elf Jahre später

BILLY (sein Vorname ist inzwischen amerikanisiert) steht in derselben Straße, vor der Pension. Oder vielmehr an der Stelle, wo sich die Pension einst befand. Jetzt liegt dort nur noch ein riesiger Haufen Schutt. Ringsum sind sämtliche Gebäude dem Erdboden gleichgemacht oder bis auf die Grundmauern zerstört. Eine Bande Jungen treibt sich auf diesem improvisierten Spielplatz herum und klettert über die Mauerreste, die Dachbalken und Träger, die grotesk wie gebrochene Knochen aus den Trümmern ragen.

BILLY *(zu sich selbst)*
Mein Gott … Was ist hier bloß geschehen?

BILLY hat sich verändert. Seine jugendliche Keckheit hat er verloren und durch eine dezentere Form von Großspurigkeit ersetzt. Er sieht jetzt aus wie jemand, der auf seinem Gebiet eine gewisse Berühmtheit erlangt hat (beziehungsweise dabei ist, sie zu erlangen). Seine Kleidung ist teuer, abgesehen von dem Hut, der noch genauso aussieht wie der, den er immer schon getragen hat. Das Etui, aus dem er nun eine Zigarette nimmt, sieht ebenfalls teuer aus – womöglich reines Silber?

Eine Weile blickt er noch ungläubig auf das Trümmerfeld, das einmal seine Pension war, dann geht er weiter.

INNEN – CONNAUGHT HOTEL, MAYFAIR, LONDON –
ABEND

*Ein erschöpft wirkender BILLY betritt ein, zwei Stunden später das
Hotel. Der PORTIER nickt ihm zu.*

PORTIER

Guten Abend, Colonel Wilder.

BILLY

Guten Abend.

INNEN – HOTELZIMMER – NACHT

BILLY liegt auf dem Bett, starrt an die Decke und raucht.

BILLY (VO)

Ja, ganz recht – ihr habt richtig gehört. „Colonel Wilder" von der
US Army, oder genauer gesagt: Colonel Billy Wilder, Produktionsleiter der Kontrollabteilung für Film, Theater und Musik
bei der Einheit zur psychologischen Kriegsführung des Ober-
kommandos der alliierten Streitkräfte. Ein ganz schöner Band-
wurm von einem Titel. Also, lasst mich erklären, wie es dazu kam.

Mehr als zehn Jahre war ich in Hollywood gewesen. Anfangs schrieb ich Drehbücher, und dann, als ich die Schnauze
voll davon hatte, dass die Regisseure meine Ideen verhunzten,
begann ich selbst Regie zu führen. Bislang hatte ich vier Filme
gemacht. Der dritte, *Frau ohne Gewissen,* war nicht übel und
ein ziemlicher Erfolg. Dann beschlossen Brackett und ich –
Charles Brackett, so hieß der Bursche, mit dem ich die Drehbücher schrieb, ein netter Kerl, obwohl er Republikaner war –,
einen Roman von Charles Jackson zu verfilmen: *Das verlorene*

Wochenende. Es war ein schwieriger Stoff, die Geschichte eines Mannes mit einem schlimmen Alkoholproblem. Nicht gerade das, was man als Publikumsmagnet bezeichnen würde. Der Film war also fertig, und wir hatten gerade ein paar Probevorführungen gemacht, und die waren eine einzige Katastrophe gewesen. Die Zuschauer konnten nichts damit anfangen. So einen Film hatten sie noch nie gesehen. Einige hielten ihn sogar für eine Komödie und lachten an Stellen, an denen es nichts zu lachen gab. Das Studio drohte damit, den Film gar nicht erst in die Kinos zu bringen. Was bedeutete, dass meine ohnehin kurze Karriere so gut wie beendet war. Zu jenem Zeitpunkt sah es so aus, als hätte ich mit diesem Film eine der schlechtesten Entscheidungen meines Lebens getroffen.

In Hollywood war der Krieg weit weg gewesen. Natürlich hatte ich die Nachrichten verfolgt und wusste, was vor sich ging. Jedenfalls genug, um mich bestätigt zu fühlen: Es war richtig gewesen, Europa frühzeitig zu verlassen. Manche hatten mich damals einen Pessimisten geschimpft. Tja, wie sich herausstellte, waren es die Pessimisten, die in Beverly Hills landeten und einen Swimmingpool im Garten hatten, während die Optimisten in den Konzentrationslagern endeten. Daher, ja, ich hatte meine eigene Haut gerettet. Aber was war mit dem Rest meiner Familie? Dieser Gedanke hatte mir in den vergangenen Jahren den Schlaf geraubt, oder, wenn es mir doch gelang zu schlafen, Alpträume bereitet. Und damit meine ich richtige Alpträume. Solche, die einen schweißgebadet aus dem Schlaf hochfahren lassen. Mein Vater war schon Jahre zuvor gestorben, als ich noch in Berlin lebte. Aber meine Mutter – warum hatte ich nichts mehr von ihr gehört? War sie noch in Wien? Anzunehmen. Aber ich hatte seit Jahren keine Nachricht von ihr erhalten. Ich schrieb ihr, aber die Briefe wurden nie beantwortet. Ich rief sie an, aber niemand nahm das Telefon ab.

Tief drinnen wusste ich wahrscheinlich längst, was mit ihr geschehen sein musste.

Eines Tages, kurz vor Kriegsende, bekam ich einen Anruf von einem Radiomoderator namens Elmer Davis, von dem ich noch nie gehört hatte und der jetzt für das Office of War Information, das Amt für Kriegsinformationen, arbeitete. Er hatte einen Artikel über Brackett und mich in der Zeitung gelesen und auf diese Weise erfahren, dass ich nicht nur beim Film war, sondern auch Deutsch sprach und einige Jahre in Berlin gelebt hatte und so ziemlich alles über die deutsche Filmbranche wusste. Vor allem über die Leute, die vor dem Krieg dazugehört hatten. Und er meinte, er habe da eine Aufgabe für mich. Er brauche jemanden vor Ort, drüben in Deutschland. Jemanden, der den Deutschen dabei half, ihre Filmwirtschaft wiederaufzubauen, und der vor allem sicherstellte, dass sie keine Nazis beschäftigten. Und der eventuell einen kurzen Dokumentarfilm über die Konzentrationslager machte. Damit die gewöhnlichen Deutschen erfuhren, was geschehen war, woran sie beteiligt gewesen waren.

Also, ich bin gleich auf das Angebot angesprungen. Es hätte zu keinem besseren Zeitpunkt kommen können. Wegen diesem verdammten Film über den Alkoholiker redeten die Studiobosse nicht mehr mit mir. Ich hatte das Gefühl, vorerst keine Chance mehr in Hollywood zu haben, und hielt es für besser, eine Weile zu verschwinden. Vielleicht brauchten Brackett und ich ebenfalls eine Pause. Wir waren uns zuletzt ein bisschen auf die Nerven gegangen. Aber da war noch etwas anderes, etwas viel Wichtigeres: Es war eine Gelegenheit, nach Europa zurückzukehren. Ich musste das jetzt tun. Ich musste wissen, was mit meiner Familie passiert war. Ich musste die Wahrheit über meine Mutter herausfinden. Und vielleicht war das der richtige Weg.

Doch zunächst hatten sie mich nach London beordert. Ich sollte dort ein paar Wochen bleiben und tun, was auch immer die Briten von mir verlangten. Es war alles ein bisschen geheimniskrämerisch, ein bisschen verdruckst. Ich wusste nicht, was auf mich zukam. Ich nahm an, dass ich es am nächsten Morgen erfahren würde. So, jetzt seid ihr auf dem Laufenden. Tut mir leid wegen der langen Erklärung. Die Kritiker werfen mir immer vor, ich hätte zu viel Voice-over in meinen Filmen.

AUSSEN – HOTEL, MAYFAIR, LONDON – TAG

Am nächsten Morgen. BILLY (elegant gekleidet) geht die Stufen des Hotels hinunter. Ein Wagen wartet auf ihn. Der CHAUFFEUR öffnet die Fondtür und ist ihm beim Einsteigen behilflich.

INNEN – AUTO – TAG

Sie fahren das Embankment am Ufer der Themse entlang. Durch das Wagenfenster sieht man überall Ruinen, Bombenkrater und Trümmerlandschaften.

CHAUFFEUR *(mit Cockney-Akzent)*
Sie kommen gerade aus Amerika, nicht wahr, Sir?

BILLY
Ja. Ich war seit über zehn Jahren nicht mehr in London.

CHAUFFEUR
Sie werden die eine oder andere Veränderung bemerken, vermute ich mal.

BILLY
Die Zerstörung ist … sie ist unglaublich.

CHAUFFEUR

Sie sagen es. Jerry hat uns ein paar Nächte lang ziemlich zugesetzt.

BILLY

Wir wussten, dass es schlimm war. Aber man begreift es erst, wenn man es mit eigenen Augen sieht.

CHAUFFEUR

Tja, am Ende haben wir es überstanden. Man muss sich zur Wehr setzen, stimmt's? Sonst würden wir jetzt alle Deutsch sprechen. Nichts für ungut, Sir.

BILLY

Kein Problem.

CHAUFFEUR

Sie machen Filme, richtig, Sir?

BILLY

Richtig.

CHAUFFEUR

Irgendeinen, den ich gesehen haben könnte?

BILLY

Der letzte hieß *Frau ohne Gewissen.*

CHAUFFEUR

Den hab ich wohl verpasst. Ich bin ja immer für einen guten Will Hay oder George Formby zu haben. Da hat man am Samstagabend was zum Lachen. Kommt auf andere Gedanken. Die sollten Sie mal in einem Ihrer Filme auftreten lassen.

Ich werd's mir merken.

Der Wagen fährt vor einem imposanten Gebäude in Bloomsbury vor. Auf einem Schild an der Hauswand steht: MINISTRY OF INFOR-MATION.

CHAUFFEUR

Da wären wir, Sir.

INNEN – VORZIMMER, INFORMATIONSMINISTERIUM – TAG

BILLY sitzt auf einer Bank in einem unpersönlichen Vorzimmer, das schon bessere Tage gesehen hat, genau wie das viktorianische Gebäude, in dem es sich befindet. Er trommelt nervös mit den Fingern. Das hier ist nicht sein übliches Milieu.

Eine Tür geht auf und eine SEKRETÄRIN streckt den Kopf ins Zimmer.

SEKRETÄRIN
Colonel Wilder? Mr. Woodcock wird Sie jetzt empfangen.

INNEN – BÜRO – TAG

MR. WOODCOCK ist ungefähr so alt wie BILLY, aber damit sind die Gemeinsamkeiten auch schon erschöpft. Er ist nicht der Allerhellste. Seinem Akzent nach zu urteilen, ist er das Ergebnis einer über mehrere Generationen hinweg betriebenen Inzucht unter Mitgliedern der oberen Klassen.

WOODCOCK

Ich bin untröstlich, aber Mr. Trubshaw, der Sie eigentlich empfangen sollte, hat sich leider eine scheußliche Erkältung zuge-
zogen und muss das Bett hüten. Bedauerlicherweise wurde mir
über den Zweck Ihres Besuchs nicht allzu viel mitgeteilt.

BILLY

Mir auch nicht. Eigentlich gar nichts.

WOODCOCK

Wie – überhaupt nichts?

BILLY

Man hat mir gesagt, es sei streng geheim.

WOODCOCK

Ja, das hat man *mir* auch gesagt.

BILLY

Irgendjemand muss das Geheimnis kennen.

WOODCOCK

Hmm …

*Er denkt einen Augenblick nach und geht dann nach nebenan, in das
Büro der SEKRETÄRIN.*

WOODCOCK

Janet, wissen *Sie* zufällig, weswegen Colonel Wilder gebeten
wurde, nach London zu kommen?

SEKRETÄRIN
Ich weiß nur, was Mr. Trubshaw von Mr. Webster gehört hat, Sir.

WOODCOCK
Ah! Nun kommen wir der Sache näher.

SEKRETÄRIN
Er meinte, Colonel Wilder sei hier, um das Ministerium hinsichtlich der britischen Filme zu beraten, die nach dem Krieg in Deutschland gezeigt werden sollen, Sir.

WOODCOCK
Ausgezeichnet. Danke, Janet.

Er kehrt in sein eigenes Büro zurück.

WOODCOCK *(sotto voce, vertraulich)*
Offenbar sind Sie hier, um das Ministerium hinsichtlich der britischen Filme zu beraten, die nach dem Krieg in Deutschland gezeigt werden sollen.

BILLY
Aha.

WOODCOCK
Hört sich das nach etwas an, das Ihnen irgendwie … liegen könnte?

BILLY
Also, um ehrlich zu sein, ich glaube nicht, dass es da viel zu sagen gibt. Mein Rat wäre einfach: Macht gute Filme. Die besten, die ihr machen könnt.

WOODCOCK *(notiert sich das)*
Verstehe. Ausgezeichneter Gedanke.

BILLY
Tja, also … das ging ja schnell.

Er bemerkt, dass Mr. Woodcock geknickt aussieht, und erbarmt sich seiner.

BILLY (FORTS.)
Vielleicht wäre es hilfreich …

WOODCOCK
Ja?

BILLY
… wenn Sie mir eine Liste geben würden.

WOODCOCK
Eine Liste? Oh ja, wir haben eine Menge Listen. Ich kann Ihnen beliebig viele Listen besorgen. An welche Art von Liste hatten Sie gedacht?

BILLY
Eine mit den Namen der wichtigsten britischen Filmemacher.

WOODCOCK *(schreibt wie wild)*
Wird sofort erledigt! Das hört sich nach einer hervorragenden Vorgehensweise an.

BILLY
Vielleicht könnte ich meine Vorstellungen dann … weiter ausführen, wissen Sie …

WOODCOCK
Weiter ausführen, ja, unbedingt …

BILLY
Und vielleicht etwas Längeres schreiben. So etwas wie ein …
Memo?

WOODCOCK *(beinahe sprachlos vor Bewunderung)*
Ein Memo! Donnerwetter, das wäre fantastisch. Eine grandiose
Idee! Ein Memo wäre … also, das könnte die Lösung all unserer Probleme sein, meinen Sie nicht?

BILLY
Schauen wir mal, wie es läuft.

*Ein Klopfen an der Tür. Ein nervöser junger Mann – sehr jung, etwa
neunzehn oder zwanzig – betritt das Büro. Vermutlich ein Prakti-
kant. Sein Name ist THOMAS FOLEY.*

WOODCOCK
Ja, Foley?

FOLEY
Die Filme sind jetzt da, Sir. Das Bildmaterial aus den Lagern.
Es ist alles draußen auf einem Aktenwagen.

WOODCOCK
Ach ja, richtig. Man hat mir gesagt, dass es heute eintreffen
würde. Nun, ich würde sagen, Sie … verstauen es irgendwo.

FOLEY
Es sind um die zwanzig Filmrollen, Sir.

WOODCOCK
Zwanzig? Gütiger Himmel. Was genau ist da drauf? Hat Mr.
Trubshaw gesagt, was er damit vorhat?

FOLEY
Es sind Szenen von der Befreiung der Konzentrationslager durch
die Alliierten, Sir. Sehr verstörend, wie ich gehört habe. Soviel
ich weiß, geht es darum, sie zu sichten und dann als Grundlage
für einen Dokumentarfilm zu verwenden, der von einer ...
kompetenten Person erstellt werden soll.

Kurzes Schweigen. WOODCOCK ist sichtlich ratlos.

BILLY
Vielleicht könnte ich da behilflich sein.

WOODCOCK
Nun, das ist überaus freundlich von Ihnen, Colonel, aber ich
glaube, diese Aufgabe verlangt nach einem professionellen
Filmregisseur oder jemandem, der sich mit solchen Dingen
auskennt.

BILLY *(zu FOLEY)*
Falls Sie hier einen Vorführraum haben, würden Sie mich bitte
hinbringen? Ich möchte gleich damit anfangen.

INNEN – VORFÜHRRAUM – TAG

*BILLY sitzt in der Mitte einiger Stuhlreihen und blickt gebannt auf
die Leinwand. Die Kamera ruht auf seinem Gesicht, während in der
Projektionskabine im Hintergrund die Gestalt von FOLEY zu erkennen ist.*

Nur das Surren des Filmprojektors ist zu hören. BILLYS Gesicht ist erstarrt. Das Grauen der Bilder hat es in eine ausdruckslose Maske verwandelt.

INNEN – PUB – ABEND

Das Ende eines langen, schrecklichen Tages. BILLY und FOLEY sitzen an einem kleinen Tisch, jeder ein Pint Bier vor sich. Um sie herum wird geplaudert und gelacht – die übliche Geräuschkulisse fröhlicher Menschen in einem britischen Pub.

Jedes Gesprächsthema ist ihnen recht – Hauptsache, sie müssen nicht über das reden, was sie heute gesehen haben.

BILLY
Ich kann mich partout nicht mit dem englischen Bier anfreunden.

FOLEY
Es ist definitiv gewöhnungsbedürftig.

BILLY
Nun ja, ich gebe mir Mühe.

FOLEY
Cheers. „Trink, solange es warm ist", wie es so schön heißt.

BILLY
Das ist gut. Werde ich mir merken.

Sie trinken.

BILLY (FORTS.)
Und warum heißt dieser Laden „Sherlock Holmes"?

FOLEY
Vermutlich einfach nur, um Kasse zu machen.

BILLY
Ich kann mich nämlich nicht erinnern, dass Holmes oder Watson je in einen Pub gegangen wären. In keiner der Geschichten. Und ich habe sie alle gelesen.

FOLEY
Ich auch.

BILLY
Sie sind ein Holmes-Fan?

FOLLEY
Absolut.

BILLY
Der erste Holmes-Roman, den ich gelesen habe, war *Das Zeichen der Vier*. Und im allerersten Absatz spritzt er sich Kokain. Erstaunlich. Ich war sofort süchtig.

FOLEY
Und gleich darauf gibt er eine seiner genialsten Deduktionen zum Besten, als er die Taschenuhr von Dr. Watson begutachtet und zu dem Schluss kommt, dass er einen Bruder hatte, der sich zu Tode getrunken hat.

BILLY

Ja, das ist großartig. Besonders gut gefällt mir auch die Stelle in der Geschichte mit der Pappschachtel, wo Watson in seinem Sessel sitzt und vor sich hin brütet, und Holmes ihn plötzlich in seinen Gedanken unterbricht und haargenau seinen Gedankengang wiedergibt. Er weiß, dass sein Freund gerade über die Torheit von Kriegen sinniert hat – über ... wie nennt er es doch gleich? „Trauer und Schrecken und die sinnlose Verschwendung von Leben", oder so ähnlich.

FOLEY

Ja. Eine bemerkenswerte Stelle. Meinen Sie, Holmes war Pazifist?

BILLY

Keine Ahnung. Aber das, was wir heute gesehen haben, beweist, dass er recht hatte. *(Pause.)* Wie viele Filmrollen haben wir geschafft?

FOLEY

Neun.

BILLY

Das heißt, dass wir morgen vielleicht fertig werden.

FOLEY

Heute Nachmittag ist noch mal ein ganzer Schwung eingetroffen. Und das war noch längst nicht alles.

BILLY nimmt das zur Kenntnis und nippt an seinem Bier. FOLEY zieht etwas aus seiner Jackentasche.

FOLEY (FORTS.)

Übrigens, ich habe Ihre Liste.

BILLY

Welche Liste?

FOLEY

Man hat mir gesagt, Sie wollten eine Liste mit den wichtigsten britischen Filmemachern.

BILLY

Ah, ja. Danke.

Er faltet das Papier auf und geht die Namen durch. Einer fällt ihm ins Auge.

BILLY (FORTS.)

Emmerich – natürlich. Kennen Sie Mr. Pressburger?

FOLEY

Nicht, dass ich wüsste. Aber wir können Sie mit ihm in Kontakt bringen, wenn Sie möchten. *(Er trinkt sein Bier aus.)* Tja, ich mache mich dann wohl mal auf den Weg.

BILLY

Oh – ich hatte gehofft, dass wir zusammen zu Abend essen.

FOLEY ist sichtlich erfreut und geschmeichelt.

FOLEY

Sehr gern. Darf ich Ihnen vorher noch eins bringen? *(Zeigt auf das Bierglas.)*

BILLY wirft einen Blick auf sein Glas, das noch zu zwei Dritteln voll ist, und schüttelt den Kopf.

> BILLY
>
> Einen doppelten Scotch, bitte.

INNEN – CONNAUGHT HOTEL, MAYFAIR, LONDON – ABEND

Ein leicht angetrunken wirkender BILLY betritt zwei, drei Stunden später das Hotel. Der PORTIER nickt ihm zu.

> PORTIER
>
> 'n Abend, Colonel Wilder.

> BILLY
>
> Guten Abend.

> PORTIER
>
> Da ist ein Brief für Sie gekommen.

Er langt in ein Postfach und überreicht ihm einen großen, amtlich aussehenden Umschlag.

> BILLY *(liest)*
>
> „Rechtsanwalt." *(Er faltet den Umschlag und steckt ihn in seine Jackentasche.)* Wahrscheinlich meine Frau, die die Scheidung einreicht.

AUSSEN – REGENT'S PARK – TAG

BILLY und EMMERICH, der sich jetzt EMERIC nennt, gehen zusammen im Park spazieren.

BILLY
Meine Frau hat die Scheidung eingereicht.

EMERIC
Oh, Billy, das tut mir leid.

BILLY
Ich schätze mal, ich hab's verdient.

EMERIC
Habt ihr Kinder?

BILLY
Eine Tochter. Es gab auch einen Sohn. Einen Zwillingsbruder.
Aber er ist gestorben.

EMERIC
Wirst du um das Sorgerecht kämpfen?

BILLY
Nein.

Sie kommen zu einer Bank am Ufer eines Sees. Dort setzen sie sich hin.

EMERIC
Es war eine wunderbare Überraschung, von dir zu hören. Wie
lange bleibst du in London?

BILLY

Noch eine Woche, vielleicht auch zwei. Das Verrückte ist, jetzt, wo ich hier bin, scheint keiner so recht zu wissen, was er mit mir anfangen soll. Der Kerl, den ich am ersten Tag getroffen habe, hatte überhaupt keinen Durchblick. Wenn das das Ministerium für Informationen sein soll, scheinen sie nicht allzu viele zu haben.

EMERIC

So sind die Briten nun mal. Sie wurschteln sich irgendwie durch. Ich weiß nicht, wie sie das machen, aber irgendwie scheint es immer zu klappen.

BILLY

Du meinst, sie haben dieses erstaunliche Empire errichtet, indem sie sich irgendwie durchgewurschtelt haben?

EMERIC

Ich vermute mal, wenn man tief genug gräbt, stößt man in ihrem Volkscharakter irgendwann auf einen Kern aus Stahl. Aber sie geben sich alle Mühe, ihn zu verbergen.

BILLY

Also, ich werde aus ihnen nicht schlau. Ich arbeite mit diesem jungen Burschen zusammen, sein Name ist Foley, und er scheint in Ordnung zu sein. Zuverlässig. Aber die anderen sind irgendwie merkwürdig.

EMERIC

Ja, es ist ein seltsames und widersprüchliches Völkchen. Manchmal denke ich, ich mache diese Filme mit Michael Powell nur, um das Rätsel zu knacken. Das Rätsel der Briten.

BILLY

Ich weiß nicht, ob dir das je gelingen wird, aber wenigstens hast
du ein paar gute Filme daraus gemacht. Dein *Colonel Blimp*
war ... also, das muss ich dir ja nicht erzählen.

EMERIC

Und du erst! Hast Amerika im Sturm erobert! Was für eine
Leistung!

BILLY

Na ja, es hat zehn Jahre gedauert, und es war nicht einfach, das
kann ich dir versichern. Und jetzt habe ich wahrscheinlich alles
ruiniert.

EMERIC

Unsinn. Du warst immer schon ein Pessimist.

BILLY

Ich bin ein Realist, kein Pessimist. Wenn du wüsstest, was ich
in den letzten Tagen in diesem kleinen Vorführraum gesehen
habe, würdest du mich jedenfalls nicht als pessimistisch bezeichnen. Ich sage dir, in diesen letzten Jahren in Deutschland
ist die Menschheit dermaßen tief gesunken ... das hätte man
sich nie vorstellen können. Unfassbar.

EMERIC

Hat man dich schon offiziell damit beauftragt, diesen Film zu
machen? Über die Lager?

BILLY

Nein, noch nicht.

EMERIC

Aber warum quälst du dich dann damit? Wieso sitzt du den ganzen Tag in diesem Raum und siehst dir diese ganzen Gräuel an?

BILLY

Ich muss.

EMERIC

Nein. Du musst dich nicht bestrafen.

BILLY

Ich suche meine Mutter.

Einen Moment lang schweigt EMERIC betroffen.

EMERIC

Was?

BILLY

Meine Mutter. Ich habe seit drei Jahren nichts mehr von ihr gehört. Weder von ihr noch von meiner Großmutter, noch von meinem Stiefvater, um genau zu sein.

EMERIC

Aber – du siehst dir jeden Tag diese Bilder an, diese Bilder von Leichenbergen und ausgemergelten Körpern, weil du hoffst, sie zu entdecken?

BILLY

„Hoffen" würde ich das nicht nennen. *(Pause. Dann, leidenschaftlich:)* Ich muss herausfinden, was mit ihr geschehen ist.

Ich kann nicht den Rest meines Lebens mit dieser Ungewissheit verbringen. Verstehst du das?

EMERIC

Natürlich verstehe ich das. *(Pause.)* Zumal ich auch nicht weiß, wo meine Mutter ist.

Langsam erhebt sich EMERIC von der Bank.

EMERIC (FORTS.)

Viele von uns sind in derselben Lage.

Er schaut auf seine Armbanduhr.

EMERIC (FORTS.)

Ich muss los.

Sie gehen gemeinsam am See entlang.

BILLY

Hör mal, wenn ich dieses Memo zu den britischen Nachkriegsfilmen verfasse, weise ich einfach darauf hin, dass sie alle von Emeric Pressburger geschrieben werden sollen.

EMERIC

Das ist sehr nett von dir, danke. Wohin gehst du als Nächstes?

BILLY

Nach Deutschland. Bad Homburg. Vielleicht mache ich unterwegs noch einen kleinen Abstecher nach Paris.

EMERIC

Eine sentimentale Reise?

BILLY

Eher nicht.

EMERIC

Oh. Ich dachte, du würdest vielleicht bei Hella vorbeischauen.

BILLY

Hella? Sie ist noch in Paris?

EMERIC

Oh ja. Vor ein paar Wochen habe ich einen Brief von ihr bekommen. Sie hat einen Portugiesen geheiratet. Es klang, als wäre er sehr wohlhabend.

BILLY

Sie war immer enttäuscht darüber, dass ich so arm war. Hätte sie nur ein paar Jahre gewartet …

EMERIC

Jedenfalls hat sie mir eine sehr anschauliche Beschreibung ihres Hauses geschickt. Soviel ich weiß, befindet es sich in einem dieser schnieken Vororte. Der Garten ist von einer weißen Mauer umgeben und mit Terrakotta-Fliesen gepflastert, schreibt sie, und in der Mauer gibt es eine blassblau gestrichene Tür, die von Efeu umrankt ist …

BILLY

Kannst du mir ihre Adresse schicken?

EMERIC
Ich weiß nicht, ob das eine gute Idee ist. *(Dann, nach kurzem Überlegen:)* Natürlich.

AUSSEN – VICTORIA STATION – TAG

BILLY ist im Begriff, den Fährzug nach Paris zu nehmen. Er und FOLEY trinken noch einen Kaffee im Bahnhofscafé. Über den Bahnsteigen hängt der Dampf von den Zügen.

BILLY
Nett, dass Sie mich zum Zug begleiten.

FOLEY
Das ist doch selbstverständlich, Colonel Wilder. Ich hoffe nur, Ihr Aufenthalt in Deutschland wird produktiv sein.

BILLY
Ganz bestimmt. Holmes würde jetzt zu Watson sagen: „Das Spiel hat begonnen."

FOLEY
Es war wirklich eine Ehre, mit Ihnen zu arbeiten.

BILLY
Ich nehme das als Kompliment. Bescheidenheit war nie meine Stärke.

FOLEY
„Mein lieber Watson, ich protestiere dagegen, dass man die Bescheidenheit zu den Tugenden rechnet. Dem strengen Denker sollte alles genau so erscheinen, wie es in Wirklichkeit ist,

und die Selbstunterschätzung ist ebenso eine Abweichung von der Wahrheit wie die Übertreibung des eigenen Könnens."

BILLY *(lacht)*
Der griechische Dolmetscher. Eine der besten Holmes-Geschichten.

FOLEY
Wenn diese … schreckliche Sache vorbei ist, sollten Sie einen eigenen Sherlock-Holmes-Film drehen.

BILLY
Keine üble Idee. Mir schwebt da schon etwas vor – eine Geschichte mit dem Ungeheuer von Loch Ness und einem kleinen U-Boot, das von einer Crew von Liliputanern betrieben wird.

FOLEY
Klingt spannend. Ich werde der Erste sein, der ihn sich anschaut.

BILLY *(trinkt aus)*
Ich muss los.

FOLEY
Viel Glück, Colonel Wilder. Und *Auf Wiedersehen!*

Sie geben sich die Hand.

AUSSEN – STRASSE, PARIS – TAG

Ein ruhiger Vorort. Ein stiller, sonniger Nachmittag. BILLY geht die Straße entlang, mit einem Zettel in der Hand und einem alten Hut auf dem Kopf: Es ist der, den er trug, als er Paris verließ.

EMERIC (VO)
Der Garten ist von einer weißen Mauer umgeben, und in der Mauer gibt es eine blassblau gestrichene Tür, die von Efeu umrankt ist ...

BILLY kommt jetzt zu genau so einer Mauer mit genau so einer Tür. Neben der Tür befindet sich eine kleine goldene Glocke. Er holt tief Luft und läutet.

AUSSEN – GARTEN – TAG

BILLY und HELLA sitzen an einem Tischchen in einer schattigen Ecke des schönen, gepflegten Gartens und trinken Pfefferminztee. Im Hintergrund ist ein Springbrunnen zu sehen.

HELLA ist immer noch schön. Dennoch scheint sie, seit sie sich das letzte Mal gesehen haben, stärker gealtert zu sein als BILLY.

BILLY
Liebst du diesen Mann?

HELLA
In Anbetracht der Umstände finde ich diese Frage ziemlich unangemessen, Billy. *(Pause.)* Unsere Ehe ist ... sehr zufriedenstellend. Es war keine Liebesheirat, und wahrscheinlich ist es auch jetzt keine Liebesbeziehung, aber es könnte noch eine werden.

BILLY
Du hast ihn also geheiratet, um dich zu schützen. Das leuchtet ein.

HELLA

Allerdings hat das auch nicht geholfen. Sie haben mich in ein Lager gebracht.

BILLY ist geschockt und fassungslos.

HELLA (FORTS.)

Zum Glück war es keins von den ganz schlimmen. Ich habe überlebt, wie du siehst. *(Pause.)* Du brauchst gar nicht so bestürzt zu schauen. Ich dachte, *du* wärst mein Beschützer, als wir hierherkamen. Aber du hast diese Rolle abgelegt. *(Pause.)* Und es bringt auch nichts, hier den Eifersüchtigen zu spielen. Was hattest du erwartet, als ich zugestimmt habe, dich zu treffen? Einen kleinen Nachmittagsfick? Das ist nicht mein Stil. Und du bist ein verheirateter Mann, soviel ich weiß.

BILLY

Judith und ich lassen uns scheiden.

HELLA

Was wirft sie dir vor?

BILLY

„Schwere Beeinträchtigung des seelischen Wohls".

HELLA

Hätte ich mir denken können. *(Pause.)* Im Grunde genommen hast du mir einen Gefallen getan. Ich glaube nicht, dass mir die Rolle der Hollywood-Ehefrau zugesagt hätte. Was ich jetzt habe, passt sehr gut zu mir. Und du wärst sowieso immer und überall erfolgreich gewesen, daher …

BILLY

Ohne dich hätte ich es nicht geschafft, Hella.

HELLA

Oh, bitte. Bloß keine Rührseligkeit.

BILLY

Das ist mein Ernst. *(Er nimmt seinen Hut ab.)* Weißt du noch, was du hier hineingetan hast? In das Futter?

HELLA

Erzähl mir nicht, dass du es zurückzahlen möchtest. Mit zehn Prozent Zinsen.

BILLY

Ich kann es mir jetzt leisten, weißt du.

HELLA

Sieh zu, dass die Army dir ein paar Tage Urlaub gibt, wenn du in Deutschland bist, und verwende das Geld für eine Reise nach Wien. Du musst weiter nach deiner Mutter suchen. Gib nicht auf, Billy. Tu, was du kannst, um sie zu finden.

INNEN – BÜRO DER INFORMATION CONTROL DI-VISION (ICD), US-HAUPTQUARTIER, BAD HOMBURG – TAG

BILLY (VO)

Ein paar Tage später traf ich in Bad Homburg ein und wurde meinem befehlshabenden Offizier vorgestellt. Im Gegensatz zu den Leuten, mit denen ich in London zu tun gehabt hatte, wusste er offenbar genau, was er von mir wollte.

BILLY sitzt in einem Büro, das ganz anders ist als das von Mr. Wood-
cock im Informationsministerium: Dieses hier macht einen notdürfti-
gen, provisorischen Eindruck, genau wie die Holzbaracken ringsherum.
Ein Respekt einflößender, selbstbewusst wirkender Offizier – COLO-
NEL PALEY – geht im Raum auf und ab, während er Anweisungen
erteilt.

PALEY
Die Filmrollen, die Sie angefordert haben, sind bereits aus England eingetroffen. Und wir haben hier noch viele weitere, die
Sie sichten sollten. Es ist ganz in meinem Sinne, dass Sie diesen
Umerziehungsfilm so rasch wie möglich fertigstellen wollen.
Aber vorher sollten Sie noch einige Personen für uns befragen:
Schauspieler, Regisseure, Produzenten. Wir müssen herausfinden, was sie vor dem Krieg und während des Krieges gemacht
haben, und welche … Gesinnung sie heute haben. Wenn jemand dabei ist, den Sie noch aus Ihrer Zeit in Berlin kennen,
teilen Sie uns das mit.

AUSSEN – BAUERNHOF – TAG

Ein abgelegener Bauernhof inmitten einer idyllischen deutschen Land-
schaft. BILLY tritt aus dem Haus und schüttelt dem Bauern die
Hand, der ihm einen Korb mit Milch, Butter und Eiern überreicht.
BILLY steigt in einen Jeep und fährt davon.

BILLY (VO)
Es gab aber noch andere wichtige Dinge, um die man sich
kümmern musste, zum Beispiel eine anständige Verpflegung.
Die Armee-Rationen waren für mich nicht akzeptabel. Es fand
sich immer jemand, mit dem man einen Tauschhandel machen
konnte. Auf diese Weise kam ich mit vielen gewöhnlichen

Deutschen in Kontakt. Wie durch ein Wunder bin ich keinem einzigen Nazi begegnet. Die meisten schienen mit dem Namen Adolf Hitler nichts anfangen zu können, und wenn doch, behaupteten sie, gegen ihn gewesen zu sein, oder ihn sogar von Anfang an bekämpft zu haben. Doch als ich begann, ein paar meiner alten Kollegen zu befragen, sah das ganz anders aus ...

INNEN – BILLYS ICD-BÜRO – TAG

BILLY (VO)
Einer der Ersten, die mir gegenübersaßen, war mein alter Freund Werner Krauß, der dank seiner schaurigen Darstellungen von niederträchtigen Juden in den Propagandafilmen und Theaterinszenierungen der Vierzigerjahre ein behagliches Leben geführt hatte.

KRAUSS sitzt in BILLYS Büro und windet sich auf seinem Stuhl, während er sich zu rechtfertigen versucht. BILLY hat ein Formular in zweifacher Ausführung vor sich auf dem Schreibtisch liegen.

KRAUSS
Die Sache ist doch die, Billy: Natürlich ist im Laufe des Krieges alles außer Kontrolle geraten, aber am Anfang hatte der Führer ein paar gute Ideen.

BILLY
Red ruhig weiter.

KRAUSS
Er hat die Deutschen verstanden, und er hat verstanden, dass viele von ihnen ... berechtigte Bedenken hatten, was den Einfluss der Juden betraf. Natürlich entschuldigt das nicht –

BILLY

Ich glaube, wir brauchen diese Befragung nicht fortzusetzen, Krauß. *(Er wirft einen Blick auf das Formular.)* Hier steht, dass du dich um eine Rolle bei den nächsten Oberammergauer Passionsspielen bewirbst. Du hast vor, den Jesus zu spielen, ist das richtig?

KRAUSS

Jawohl.

BILLY

Also, von mir aus spricht nichts dagegen.

KRAUSS ist sichtlich erleichtert und will sich schon bedanken …

BILLY (FORTS.)

Unter einer Bedingung: Bei der Kreuzigung werden echte Nägel verwendet.

KRAUSS traut seinen Ohren kaum.

BILLY

Und jetzt scher dich raus aus meinem Büro. Ich werde tun, was in meiner Macht steht, damit du nie wieder in Deutschland arbeiten wirst.

INNEN – KINO – TAG

Ein Film wird gezeigt. Die Kamera ist auf die Zuschauer gerichtet, die mit stillem Entsetzen auf die Leinwand starren und gelegentlich die Hand vor die Augen halten. Der Voice-over-Kommentar kommt zum Ende, und die düstere Musik schwillt dramatisch an.

BILLY (VO)

Ein paar Wochen später hatten wir eine Rohfassung des Dokumentarfilms über die Vernichtungslager erstellt. Wir nannten ihn *Die Todesmühlen*. Um seine Wirkung zu testen, veranstalteten wir eine Probevorführung in Würzburg.

PALEY (VO)

Und wie haben die Zuschauer reagiert?

INNEN – ICD-BÜRO, US-HAUPTQUARTIER, BAD HOMBURG – TAG

BILLY erstattet COLONEL PALEY darüber Bericht, wie der Film von den Zuschauern aufgenommen wurde.

BILLY

Schwer zu sagen. Sie haben sich nicht dazu geäußert. Wir hatten Zettel und Bleistifte verteilt, damit sie ihre Eindrücke notieren konnten, aber niemand hat etwas aufgeschrieben.

PALEY

Kein Einziger?

BILLY

Kein Einziger. Aber sie haben alle Bleistifte gestohlen.

PALEY denkt kurz darüber nach.

PALEY

Wissen Sie was, Billy, es ist noch zu früh. Diese Leute stehen unter Schock. Sie haben sechs Jahre Krieg hinter sich. Bomben sind auf sie herabgeregnet. Und sie jetzt mit diesem Grauen zu konfrontieren, von dem sie nichts wussten, in das sie aber alle verwickelt sind ... Warten wir lieber ein paar Monate, bevor wir den Film erneut zeigen. Vielleicht sogar ein Jahr oder länger.

BILLY
Bei allem Respekt, Sir, da bin ich anderer Meinung. Er sollte in jedem Kino in Deutschland gezeigt werden, und man sollte sie dazu zwingen, ihn anzuschauen.

PALEY
Zwingen? Wie stellen Sie sich das vor?

BILLY
Kein Film, keine Lebensmittelmarken. Keine Lebensmittelmarken, kein Brot. Wir lassen ihnen keine Wahl.

PALEY sieht ihn überrascht an. Noch nie hat er BILLY so leidenschaftlich reden hören.

AUSSEN – BERLIN – TAG

Von oben sehen wir den Schatten eines Flugzeugs, das über die zerstörte Stadt fliegt. Es ist dieselbe Aufnahme wie in der Eingangsszene zu Billys Film Eine auswärtige Affäre.

BILLY (VO)
Was die Lebensmittelmarken betraf, konnte ich meinen Willen nicht durchsetzen. Aber ich bekam die Erlaubnis, ein paar Wochen in Berlin zu verbringen. Beim Anflug auf die Stadt, die einmal mein Zuhause gewesen war, traute ich meinen Augen nicht. Es war eine einzige Trümmerwüste.

AUSSEN – STRASSE, BERLIN – TAG

BILLY wird in einem Armee-Jeep herumgefahren. Er schaut sich nach allen Seiten um, auf der Suche nach irgendeinem Orientierungspunkt, einem Gebäude, das er wiedererkennt. Nichts.

BILLY (VO)

Das „Romanische Café"? Verschwunden. Die Ufa-Zentrale am Dönhoffplatz? Verschwunden. Überall Ruinen, dazwischen vereinzelt noch Menschen, die sich irgendwie durchschlugen und ein Leben wie Tiere fristeten. Es war ein außergewöhnlich heißer Sommer, und die Stadt stank. Sie stank nach Tod, nach Verwesung.

AUSSEN – STRASSE, WIEN – TAG

BILLY steht vor einem mehrstöckigen Wohnhaus am Fleischmarkt 7, wo er einst mit seiner Mutter lebte. Eine FRAU kommt aus dem Hauseingang, und er spricht sie an, stellt ihr eindringlich Fragen.

BILLY (VO)

In jenem Sommer reiste ich auch nach Wien. Ich sprach mit den Bekannten meiner Mutter, mit ihren Nachbarn …

Das Gespräch ist rasch beendet, die FRAU schüttelt energisch den Kopf und eilt davon.

INNEN – BÜRO – TAG

BILLY redet auf einen BEAMTEN ein, der ein Verzeichnis mit Namen durchsieht.

BILLY (VO) (FORTS.)

… und ich brachte die Leute in den zuständigen Behörden dazu, die Listen zu durchforsten …

Der BEAMTE schlägt das Verzeichnis zu und schüttelt den Kopf.

BILLY (VO) (FORTS.)

… aber meine Mutter und meine Großmutter und mein Stiefvater blieben verschwunden. Niemand wusste, was mit ihnen geschehen war. Jemand hatte sie ausgelöscht, und es war nichts von ihnen übrig. Ich habe meine Mutter nie wiedergesehen. Nie auch nur die geringste Spur von ihr gefunden.

INNEN – VORFÜHRRAUM, US-HAUPTQUARTIER, BAD HOMBURG – TAG

Die Kamera ist auf BILLYS Gesicht gerichtet, während er angestrengt auf die flackernde Leinwand blickt.

BILLY (VO)

Mir blieben nur noch wenige Tage in Deutschland, und mein Dokumentarfilm war fertiggestellt, aber noch immer kam neues Filmmaterial aus den Lagern herein. Und noch immer konnte ich nicht aufhören, es anzuschauen.

Auf einer dieser letzten Rollen war eine Szene, die ich nie wieder aus dem Kopf bekommen habe. Da war ein ganzes Feld, eine ganze Landschaft von Leichen. Und auf einer der Leichen sitzt ein sterbender Mann. Er ist der Einzige, der sich in dieser Absolutheit des Todes noch bewegt, und er blickt apathisch in die Kamera. Dann wendet er sich ab, versucht aufzustehen, erhebt sich mühsam, stolpert über eine Leiche, fällt um und bleibt tot liegen. Ich habe noch heute den letzten Blick des

Mannes vor Augen, den erschütterndsten Blick, den ich je gesehen habe.

Eine lange Pause. Dann:

BILLY (VO) (FORTS.)
Aber in dem Moment achtete ich gar nicht richtig auf ihn. Ich schaute die Leichen an. Die Leichen hinter ihm. Um ihn herum. Und die ganze Zeit dachte ich nur …
War sie das? Konnte eine von ihnen sie sein?

ABBLENDE.

*

Billy versank in Schweigen. Keiner sagte ein Wort. Schließlich bemerkte er den Kellner, der neben ihm stand.
„Noch einen Brandy, Sir?", fragte er.
Billy warf einen prüfenden Blick auf sein Glas. Es war fast leer. Er schwenkte den restlichen Branntwein kurz herum und kippte ihn dann in einem Schluck hinunter.
„Ja", sagte er. „Schenken Sie ruhig nach." Er blickte in die Runde. „Leistet mir jemand Gesellschaft?"
Ein paar der Anwesenden nickten, darunter Iz und Mr. Pacino. Iz hatte fast ununterbrochen geraucht, während sein Freund erzählte, und er rauchte auch jetzt, eingehüllt in die Schwaden seiner Zigarette. In der Stille, die auf Billys Geschichte folgte – eine Stille, die zwei oder drei Minuten gedauert haben musste –, war deutlich zu hören, wie der Brandy in den Gläsern geschwenkt und dann hinuntergeschluckt wurde. Es war spät, und im Restaurant nebenan saßen längst keine Gäste mehr. Nichts störte das nachdenkliche Schweigen in unserem Nebenzimmer. Der junge Deutsche, dessen Kommentare Billy dazu veranlasst hatten, in die Ver-

gangenheit einzutauchen, blickte unentwegt dorthin, wo vorher sein Teller gestanden hatte, zu verlegen, um jemandem in die Augen zu schauen. Er sah erst auf, als Billy erneut zu sprechen anhob und klar war, dass seine Worte an ihn gerichtet waren.

„Daher … ja", sagte er mit einer Eiseskälte, wie ich sie noch nie bei ihm gehört hatte. „Ja, ich kenne diese Theorien, die im Umlauf sind. Übrigens nicht erst seit Kurzem, sondern schon seit Kriegsende. Dass die Zahlen maßlos übertrieben sind. Dass diese lästigen Juden mal wieder Lügen erzählen, um sich Vorteile zu verschaffen. Dass es so etwas wie einen Holocaust nie gegeben hat." Er nahm noch einen Schluck Brandy. „Was mich zu der Frage führt, die ich Ihnen stellen wollte. Und es ist wirklich eine ganz einfache Frage. Die Frage lautet: Wenn die Konzentrationslager und die Gaskammern nur Einbildung waren, wo ist dann meine Mutter?"

Während er geradewegs über den Tisch zu dem jungen Mann hinüberschaute, an den die Frage gerichtet war, lag ein kaum wahrnehmbares, kämpferisches Lächeln auf Billys Gesicht. Als keine Antwort kam, blieb das Lächeln bestehen: unbeugsam, beharrlich.

Nach ungefähr zehn Sekunden wiederholte er: „Wo ist sie?"

Der junge Mann versuchte Billys Blick standzuhalten, aber es war unmöglich. Es war kein Duell auf Augenhöhe. Ihre Blicke trafen sich kurz, doch er schlug gleich wieder die Augen nieder und starrte auf das Tischtuch. Erneut trat eine lange Stille ein. Mr. Pacino hustete in seine Serviette, aber niemand sprach.

„Sie können jetzt gehen", sagte Billy zu dem jungen Mann.

Der erhob sich, schob geräuschvoll den Stuhl zurück und ging, ohne ein Wort zu sagen. Billy sah zu, wie er den Raum verließ, nahm dann seine Brille ab, rieb sich die Augen und setzte die Brille wieder auf.

„Gut, dass meine Frau heute Abend nicht dabei war", sagte er. „Sie reagiert sehr empfindlich auf dieses Thema. Es hätte sie sehr aufgewühlt. *Deshalb,* meine Herren" – er blickte nach rechts zu Iz und Dr. Rózsa, und dann nach links zu Mr. Holden – „deshalb solltet ihr nie eure Frauen mitnehmen, wenn ihr zum Essen verabredet seid."

„In diesem Punkt sind wir uns ausnahmsweise einig, Billy", sagte Dr. Rózsa und trank die letzten Wassertropfen aus seinem Glas.

*

Noch einmal spielte ich den Clip mit der Pressekonferenz ab und lauschte der Musik, die ich dafür geschrieben hatte. Und als der Clip zu Ende war, schaute ich wieder das eingefrorene Bild von Billys Gesicht auf dem Bildschirm an: das Gesicht eines Mannes, der insgeheim eine tiefe, persönliche, nicht linderbare Enttäuschung hegte. Was er zu geben hatte, wollte eigentlich niemand mehr haben.

Dann suchte ich das unbearbeitete Filmmaterial der Pressekonferenz heraus und begann es im Originalton, in normaler Geschwindigkeit abzuspielen. Ich hatte es schon viele Male gesehen, daher spulte ich ein gutes Stück vor, bis zu der Stelle, die ich mir erneut anschauen wollte.

Es ist eine Journalistin, eine junge Deutsche mit rötlichem Haar, die aufsteht und die Frage stellt. Eine ziemlich banale Frage, eine, auf die es beliebig viele ebenso banale Antworten gegeben hätte.

Sie fragt auf Deutsch: „Herr Wilder, Sie haben zwischen dem Ersten und dem Zweiten Weltkrieg einige Jahre in Berlin gelebt. Wie ist es für Sie, wieder in Deutschland zu sein, um Ihren neuen Film zu drehen?"

Und Billy denkt kurz nach und sagt dann, ohne zu lächeln, mit einer so ausdruckslosen Miene, dass man unmöglich erkennen kann, ob er einen Witz macht oder nicht: „Nun ja, wissen Sie, es war schwierig, das Geld für diesen Film in Amerika aufzutreiben.

Daher war ich sehr froh, dass meine deutschen Freunde und Kollegen eingesprungen sind. Und jetzt bin ich wohl in einer Win-win-Situation."

„Wie meinen Sie das?", fragt die Journalistin.

„Ich meine", sagt Billy, „dass ich mit diesem Film nichts zu verlieren habe. Wenn es ein großer Erfolg wird, ist es meine Rache an Hollywood. Wenn es ein Flop wird, ist es meine Rache für Auschwitz."

Die Stille in dem Raum ist schwer zu beschreiben. Sie ist abrupt und abgrundtief. Sie dauert ungefähr acht oder neun Sekunden – bis ein paar der Journalisten anfangen, nervös zu lachen –, aber sie kommt einem viel, viel länger vor. Diese Stille besitzt eine Resonanz, eine Harmonie, eine Textur, die ausdrucksstärker und tiefgründiger ist als jede Musik, die ich je gehört habe.

Ich wünschte, ich könnte diese Stille irgendwie aufnehmen. Das würde alle Musik der Welt hinfällig machen. Ganz besonders meine eigene.

Nach einer Weile schaltete ich den Computer aus und ging nach unten, um zu schauen, ob Fran nach Hause gekommen war.

Paris

Doch sie kam erst am späten Nachmittag nach Hause. Ich saß im Wohnzimmer auf dem Sofa und arbeitete mich durch den Inhalt mehrerer Pappschachteln hindurch. Ich hörte, wie die Haustür aufgeschlossen wurde, und dann hörte ich, wie Fran in die Küche ging und etwas auf dem Tisch ablegte. Aber dieses Mal stürzte ich nicht gleich los, um mit ihr zu reden. Ich hatte ein bisschen nachgedacht und erkannt, dass ich zu penetrant gewesen war. Ich konnte sie nicht dazu zwingen, sich mir anzuvertrauen. Das Letzte, was sie jetzt brauchte, war jemand, der ihr im Nacken saß. Wenn sie darüber reden wollte – schön. Aber es musste von ihr ausgehen.

Ich griff wieder in die Pappschachtel und förderte einen Umschlag mit Fotos zutage. Die Bilder waren ziemlich alt. Italien, Ende der Achtziger. Geoffrey und ich waren seit ein paar Jahren verheiratet und machten zwei Wochen Urlaub in Apulien, und weil er so ein reizender Mann war, hatte sich meine Mutter in der zweiten Woche zu uns gesellt. Da waren wir alle drei, auf den Stufen der Kathedrale von Lecce. Zum ersten Mal seit sieben oder acht Jahren wirkte sie wieder fröhlich …

„Hi", sagte Fran.

Ich erschrak ein bisschen, weil ich sie nicht hatte ins Zimmer kommen hören.

„Oh. Hallo", sagte ich und lächelte ihr zu.

„Was machst du?"

„Ach, ich sehe nur Mums alte Sachen durch."

Sie setzte sich neben mich und nahm eines der Fotos.

„Suchst du was Bestimmtes?"

„Einen Brief, den ich ihr aus Frankreich geschrieben habe. Er muss hier irgendwo sein."

Fran betrachtete das Foto in ihrer Hand und lachte. „Deine Haare!", sagte sie.

„Das war damals der letzte Schrei", bemerkte ich pikiert. Ich nahm ihr das Foto sanft aus der Hand und gab ihr ein anderes, das ungefähr fünfzehn Jahre später aufgenommen worden war. „Hier ist ein schönes von dir und deiner Schwester", sagte ich.

Es war wirklich ein gutes Bild von den beiden (sie mussten neun oder zehn gewesen sein), aber ein noch besseres von meiner Mutter. Sie saß zwischen Ariane und Fran auf einer Bank in einem Park in London – wahrscheinlich im Hyde Park – und hatte die Arme um ihre beiden Enkeltöchter gelegt. Das Erstaunliche war, dass sie auf diesem Foto viel jünger aussah als auf dem anderen. Den Schatten ihrer Witwenschaft hatte sie längst hinter sich gelassen, dafür ging sie jetzt ganz in ihrer Rolle als Großmutter auf. Die Energie dieser beiden kleinen Mädchen, ihre Frische, ihre Freude am Leben waren wie durch Osmose in sie hineingesickert.

„Sie fehlt mir", sagte Fran. „Sehr."

Sie meinte, es tue ihr leid, dass sie am Morgen wütend auf mich gewesen sei, dann umarmte sie mich und ging nach oben. Ich suchte weiter nach dem Brief, den ich meiner Mutter vor vielen Jahren aus Frankreich geschrieben hatte. Und während ich danach suchte, arbeitete es in meinem Kopf, und mir wurde klar, dass diejenige, mit der Fran am ehesten über ihr derzeitiges Dilemma gesprochen hätte, meine Mutter gewesen wäre. Deswegen hatte sie auch so inbrünstig „Sie fehlt mir" gesagt. Unwillkürlich durchfuhren mich weitere Geistesblitze. Es ist merkwürdig, aber manchmal hat man die wichtigsten, die wahrhaftigsten Eingebungen, wenn man gerade mit etwas Alltäglichem beschäftigt ist und eigentlich an etwas ganz anderes denkt. Frans Telefongespräch fiel mir wieder ein, das ich am Morgen belauscht hatte, und der gequälte Ton, in dem sie zu ihrer Freundin Julie „Ich weiß es nicht" gesagt hatte. Und da dämmerte mir: Wenn man vor der Entscheidung steht, ob man ein Kind behalten soll oder nicht, und man sagt „Ich weiß es nicht", dann meint man eigentlich, dass man es weiß.

Diese Erkenntnis beschlich mich allmählich, wurde immer konkreter, immer bestechender in ihrer Klarheit, während ich mir einen letzten Blick auf das herzerfrischende Bild meiner Töchter und ihrer Großmutter auf der Parkbank gönnte und es dann zurück in den Umschlag legte.

Kurz darauf fand ich, wonach ich gesucht hatte: den Brief an meine Mutter (seltsamerweise einer von ganz wenigen, die ich ihr je geschrieben habe), den ich in jenem außergewöhnlichen Sommer 1977 aus Frankreich geschickt hatte. Und als ich anfing zu lesen, fühlte ich mich prompt zurückversetzt in jenen unentwegt sonnigen August, in die letzten Wochen am Set von *Fedora*, die letzte Etappe meiner abenteuerlichen Reise mit Mr. Wilder.

*

Cherbourg, den 9. August 1977
Hôtel Ambassadeur

Liebe Mum,
vielen Dank für deinen Brief, der mich vor ein paar Tagen in München erreicht hat, kurz bevor wir nach Frankreich aufgebrochen sind. Es war so schön, von dir zu hören und zu erfahren, was es Neues bei euch gibt. Ich bin sehr froh, dass Dads Untersuchungsergebnisse vom Arzt alle okay sind.

Danke auch, dass du mir den Artikel aus der To Βήμα geschickt hast. Aber ich muss dir ja nicht erzählen, dass man nicht alles glauben darf, was in den Zeitungen steht. Ich habe diesen Journalisten nämlich getroffen, als wir in Nydri gedreht haben, und er ist ein richtiger Fiesling. Es ging ihm nur darum, sich einen Namen zu machen, und er hat alle möglichen Leute (mich eingeschlossen) über den Film ausgequetscht, weil er eine Story brauchte. Es stimmt nicht, dass die beiden Hauptdarstellerinnen sich nicht ausstehen können. Und es stimmt auch nicht, dass Mr. Wilder bei den Schauspielern unbeliebt ist. Ich war die letzten sechs Wochen jeden Tag bei den Dreharbeiten dabei, und ich kann dir versichern, dass alles wie am Schnürchen läuft. Was dieser Typ geschrieben hat, macht mich so wütend! Ein Glück, dass niemand von der Crew hier Griechisch versteht und keiner von ihnen den Artikel lesen wird.

Jetzt hat also der letzte Abschnitt unseres großen Abenteuers begonnen.

Vergangene Woche sind wir von München nach Paris geflogen und haben unser neues Hotel bezogen, und ich muss sagen, es ist einfach UMWERFEND! Es heißt „Raphael" und befindet sich in einem der schönsten Arrondissements von Paris, nur ein paar Gehminuten vom Arc de Triomphe entfernt. Ehrlich, ich glaube nicht, dass wir so etwas in Athen haben. Die Einrichtung in meinem Zimmer ist herrlich altmodisch: Die gestreiften Sesselpolster passen zu den Vorhängen, und die Vorhänge sind aus schwerem Samt, und man öffnet sie, indem man an einer Kordel mit einer großen goldenen Quaste zieht. Mein Zimmer hat ein eigenes Bad mit Dusche und Badewanne, und es gibt sogar ein Bidet! Ich habe es allerdings noch nicht ausprobiert, weil ich nicht genau weiß, wie es funktioniert. (Übrigens hat uns Mr. Wilder gestern beim Dinner eine lustige Geschichte erzählt. Als er das letzte Mal in Paris war, um einen Film zu drehen, hat ihn seine Frau offenbar gebeten, ein Bidet für sie zu besorgen und es nach Amerika zu verschiffen. Aber das hat nicht geklappt, also hat er ihr ein Telegramm geschickt, in dem stand: ++ Bidet nicht aufzutreiben ++ empfehle Handstand unter Dusche ++) Die Aussicht aus meinem Zimmer ist nicht so *prickelnd – das Fenster geht auf eine Seitenstraße –, aber das macht überhaupt nichts, denn jeden Morgen, wenn ich aufwache, brauche ich eine Weile, um zu begreifen, dass das hier alles real ist, und nicht nur irgendein fantastischer Traum.*

Allerdings (wie du am Briefkopf siehst) sind wir gerade gar nicht in Paris, denn ein paar Tage nach unserer Ankunft – während die Leute vom Set-Design alles für die große Aufbahrungsszene in den Studios de Boulogne vorbereiteten – sind einige von uns hierher in die Normandie gereist, wo morgen eine andere wichtige Szene gedreht werden soll. Das Hotel hier ist nicht ganz so schön – es liegt gleich gegenüber dem großen Industriehafen –, aber wir werden sowieso nicht lange hierbleiben. Die Szene morgen wird an einem Strand in der Nähe gedreht, und zwar bei Sonnenaufgang, und danach werden wir wohl alles zusammenpacken und zurück nach Paris fahren.

Eigentlich bin ich ja nur deshalb hier, weil Mr. Diamond eine Menge Korrespondenz erledigen muss, bei der ich ihm helfen soll. Es geht um ein anderes Filmprojekt, das er in Angriff nehmen will, wenn er wieder in Hollywood ist. Heute Vormittag hatten wir deswegen eine lange Besprechung, und jetzt muss ich einige Briefe tippen. Ich bezweifle allerdings, dass dieses Filmprojekt je zustande kommen wird. Nach allem, was er mir in den letzten Wochen erzählt hat, weiß ich, dass er manchmal versucht, seine eigenen Filmideen umzusetzen, aber am Ende kehrt er immer zu Mr. Wilder zurück. Die beiden haben den Bund fürs Leben geschlossen, und ich glaube nicht, dass einer von ihnen je wieder mit jemand anderem zusammenarbeiten wird.

In meinem letzten Brief aus München habe ich dir erzählt, dass Mr. Diamond ziemlich niedergeschlagen war, aber seit wir in Frankreich sind, geht es ihm eindeutig besser. Was auch daran liegen könnte, dass seine Frau (Barbara) inzwischen eingetroffen ist. Sie ist jetzt hier in Cherbourg, und ihre Gegenwart scheint ihn aufzumuntern, und er wirkt viel entspannter. Mr. Wilders Frau (Audrey) ist ebenfalls hier, aber ich glaube, sie fliegt bald zurück in die Staaten.

Heute ist ein neuer Schauspieler zu uns gestoßen, ein sehr gutaussehender Typ namens Stephen Collins. Er soll den jungen Mr. Holden spielen, und ich muss sagen, dass er ihm wirklich sehr ähnlich sieht. In der Szene, die morgen gedreht wird, sitzen er und Fedora in einem offenen Wagen am Strand und unterhalten sich, nachdem sie die Nacht zusammen verbracht haben. Der Strand soll der von Santa Monica sein, wobei ich mir das überhaupt nicht vorstellen kann, weil es hier in der Normandie ganz anders aussieht als in Kalifornien, aber alle glauben, dass es funktionieren wird, und wahrscheinlich ist das einfach die Magie des Kinos. Strand ist Strand, obwohl das Licht hier völlig anders ist. Es ist ein europäisches Licht, kein amerikanisches. Jedenfalls habe ich die Szene gelesen und finde sie ziemlich schön. Überhaupt gibt es in dem Drehbuch viele Momente, die einen irgendwie berühren, deshalb verstehe ich nicht, warum Mr. Diamond nicht ein bisschen zufriedener damit sein kann. Aber vermutlich ist das einfach seine Art.

Also, Mum, ich glaube, ich sollte mich jetzt an die Arbeit machen. Ich hätte nie gedacht, dass ich mal als Sekretärin eines Drehbuchautors arbeiten würde, aber wie es aussieht, tue ich das im Moment, und das beweist mal wieder, dass das Leben voller Überraschungen steckt. Nur noch drei oder vier Wochen, dann ist dieses seltsame, sagenhafte Dasein vorbei und ich komme nach Athen zurück. Ich hoffe, du bist nicht gekränkt, wenn ich sage, dass mir der Gedanke ein bisschen Angst macht, obwohl ich mich natürlich darauf freue, dich und Dad wiederzusehen. Aber es wird bestimmt schwer, ins normale Leben zurückzufinden.

Im Moment versuche ich einfach, nicht daran zu denken.

Viele Grüße und alles Liebe euch beiden,

Cal

*

An jenem Nachmittag in Cherbourg, als ich gerade das Treatment für Iz' Filmprojekt abtippte, klingelte das Telefon in meinem Hotelzimmer. Ich nahm den Hörer ab, lauschte einer weiblichen amerikanischen Stimme und brauchte einen Moment, um sie zu erkennen. Nicht etwa, weil mir Audreys Stimme fremd war: Ich wäre nur nie auf die Idee gekommen, dass sie mich anrufen könnte.

„Calista, Liebes", sagte sie, „Barbara und ich machen einen kleinen Ausflug, während die Jungs arbeiten. Komm doch mit – wir würden uns freuen!"

Ich erklärte ihr, dass ich liebend gern mitgekommen wäre, im Moment aber ebenfalls arbeitete.

„Ach, papperlapapp! Hast du gesehen, wie herrlich es draußen ist? Wir sind in Frankreich, mitten im Sommer, und du wirst auf keinen Fall in einem düsteren Hotel herumsitzen und irgendein albernes Treatment tippen. Komm schon, wir warten unten in der Halle auf dich."

Wie mir schien, hatte ich keine Wahl. Zehn Minuten später fuhren wir in Iz' Wagen stadtauswärts. Ich saß hinten neben Barbara, und Audrey saß vorn beim Fahrer.

Wir fuhren ungefähr eine halbe Stunde lang, zunächst bergauf und dann, nachdem wir den Verkehr hinter uns gelassen hatten und die Bebauung allmählich spärlicher wurde, über gewundene Küstenstraßen. Der Fahrer schien die Gegend gut zu kennen und hatte offenbar ein bestimmtes Ziel vor Augen. Schließlich hielt er auf einem Grünstreifen am Straßenrand.

„Von hier aus können Sie zu Fuß zum Strand gehen", sagte er zu uns. „Ungefähr eine Viertelstunde, immer den Pfad entlang."

Es war ein perfekter Augustnachmittag, und die Sonne brannte nur so vom Himmel. Kein Lüftchen regte sich, und das Meer berührte den Horizont, träge und silberblau schimmernd. Ein paar Yachten schipperten umher, und in der Ferne war schemenhaft eine Fähre zu erkennen, die kam oder ging. Es war sehr heiß und ich zog meine Jacke aus, legte sie über den Arm und fragte mich, warum ich sie überhaupt mitgenommen hatte. Wir drei schlugen den Pfad ein. Unterwegs begegneten wir nur wenigen Leuten.

„Und", fragte Audrey, während sie ihren Gehrhythmus dem meinen anpasste, „wie hat dir München gefallen?"

Zu meiner Überraschung nahmen mich die beiden Frauen jetzt in ihre Mitte, rückten dicht an mich heran und hakten sich rechts und links bei mir unter. Ich schaute von der einen zur anderen, aber keine von beiden machte den Eindruck, als fände sie das hier irgendwie seltsam.

„Eigentlich ganz gut", sagte ich. „Die Stadt hat einiges zu bieten, finde ich."

Gegen Ende meines München-Aufenthalts hatte ich nämlich die Künstlerszene von Schwabing entdeckt und zusammen mit den jüngeren Crew-Mitgliedern einige vergnügliche Abende in einer Kneipe namens „Schwabinger 7" verbracht, wo alle möglichen Bands auftraten und ziemlich viel getrunken wurde. Aber natürlich deckte sich das nicht mit Audreys Erfahrungen.

„Einiges zu bieten!" Sie lachte. „Mein Gott, es ist die langweiligste Stadt der Welt. Billy war von morgens bis abends im Studio, und ich hatte nichts anderes zu tun, als einkaufen zu gehen, und das Einzige, was man in den Läden dort findet, sind Kartoffeln, Kohl und fünfhundert verschiedene Sorten von Würsten. Glaub mir, man braucht schon sehr viel Fantasie, um *daraus* etwas zu machen. Wenn ich gewusst hätte, dass dieser bescheuerte Film vier Wochen in *Deutschland* bedeuten würde, hätte ich ihm das Ganze ausgeredet, verlass dich drauf."

„Als ob man Billy irgendwas ausreden könnte", sagte Barbara.

„Na ja, ich hätte mir jedenfalls verdammt viel Mühe gegeben. Wie hat Iz das eigentlich ausgehalten?"

„Keine Ahnung – ich war ja nicht dort. Aber lass uns doch einfach Calista fragen." Sie drückte meinen Arm noch fester als ohnehin schon, und plötzlich wurde mir klar, was der eigentliche Zweck dieses Spaziergangs war: Sie hatten ihn arrangiert, damit Barbara sich nach dem körperlichen, psychischen und emotionalen Befinden ihres Mannes erkundigen konnte. Und ich sollte die Informationen liefern. Schließlich hatte ich in München mehr Zeit mit ihm verbracht als alle anderen. „Du hast ihn doch häufig erlebt, als ihr dort wart, stimmt's? Wie ich höre, wart ihr geradezu unzertrennlich."

„Also, ich habe nur … versucht, meinen Job zu machen", sagte ich ein bisschen rechtfertigend.

„Aber natürlich, Liebes. Und wie war dein Eindruck?"

„Mein Eindruck?"

„Na ja, hat er zum Beispiel anständig gegessen? Mir kommt es nämlich so vor, als hätte er mindestens sieben, acht Kilo verloren."

Iz war immer mager gewesen. In meinen Augen sah er nicht anders aus als an dem Abend im „Bistro" vor über einem Jahr, als ich ihm zum ersten Mal begegnet war.

„Ja, ich denke schon, dass er gut gegessen hat. Wir haben viel zusammen gekocht."

„Ah, das beruhigt mich. Er selbst kann sich nämlich nicht mal ein hartgekochtes Ei zubereiten. Und hatte er die ganze Zeit diese Rückenschmerzen?"

„Mal so, mal so. Aber das war wahrscheinlich nur Stress."

„Aha – damit kommen wir zum Punkt", sagte Barbara. „Stress. Warum nimmt ihn das so mit? Bei keinem anderen Film, den die beiden zusammen gedreht haben, war er so gestresst. Nicht mal bei *Sherlock Holmes* – und das waren nun *wirklich* stressige Dreharbeiten."

Ich dachte darüber nach und versuchte eine ehrliche Antwort zu formulieren.

„Ich vermute mal, dass er … nicht so richtig an diesen Film glaubt. Jedenfalls nicht so wie Mr. Wilder."

„Interessant", sagte Barbara. „Warum, was hat er gesagt? Irgendwas Bestimmtes?"

„Ein paar Mal", meinte ich, „hat er gesagt, dass er sich fragt, warum Mr. Wilder so versessen darauf ist, ausgerechnet dieses Buch, diese eine Geschichte zu verfilmen."

„Das frage ich mich auch", sagte Audrey zu meiner Verwunderung.

Wir waren jetzt an einem Aussichtspunkt angelangt, wo man picknicken oder einfach nur eine Rast einlegen konnte. Vier oder fünf Holztische mit Bänken und Blick aufs Meer luden zum Verweilen ein. Wir setzten uns an einen dieser Tische.

„Was für ein schöner Nachmittag", sagte Barbara.

Der Strand, der sich unter uns ausbreitete, war erstaunlich voll. Andererseits war es Anfang August und Hochsaison – das hatte ich angesichts der Unwirklichkeit der letzten Wochen einfach vergessen. Ich betrachtete die fernen Gestalten, die in der Sonne lagen, schwammen oder Fußball oder Frisbee spielten, und fragte mich, wie sie das ertrugen – das gewöhnliche Leben der Normalsterblichen –, wo doch über ihnen, hoch oben auf der Klippe, die Götter thronten und die gottgleichen Belange ihres gottgleichen Lebens erörterten. Selig die Armen im Geiste. Diesen Spruch hatte ich nie richtig verstanden. Jetzt ergab er mit einem Mal Sinn.

„Wohl wahr", pflichtete Audrey ihr bei. „Einfach himmlisch. Fehlt eigentlich nur noch ein kleiner Wodka Martini, was meint ihr? Hier, bedient euch."

Sie nahm einen silbernen Flachmann aus ihrer Handtasche und reichte ihn Barbara.

„Du bist genial, Audrey", sagte sie. „teuflisch, aber genial."

Sie nahm einen Schluck und reichte den Flachmann an mich weiter. Ich tat nur so, als würde ich daraus trinken. In letzter Zeit war ich zwar auf den Geschmack gekommen, was Wodka Martini betraf, aber für meine Begriffe war es noch ein bisschen zu früh am Tag und ich hatte kein Bedürfnis danach. Nachdem ich meinen vorgetäuschten Schluck genommen hatte, wanderte der Flachmann wieder zurück zu Audrey.

„Was wolltest du eben sagen, Aud?", hakte Barbara nach.

„Was ich sagen wollte?" Sie nahm einen großen Schluck und wischte sich den Mund mit der Rückseite ihres Ärmels ab.

„Du hast dich gefragt, warum Billy unbedingt diesen Film machen wollte."

„Richtig. Also, ich hab da so meine Theorie, aber … mehr auch nicht. Du weißt ja, dass er *nie* mit mir über seine Filme spricht. Kein Wort. Ich vermute mal, bei Iz ist das nicht anders."

„Allerdings. *Wir* sind diejenigen, die alles ausbaden, die ihre Launen ertragen und mit den Höhen und Tiefen klarkommen müssen, aber dass sie vielleicht mal auf die Idee kämen, sich *uns* anzuvertrauen? Ihren Ehefrauen? Gott bewahre. Allein schon der Gedanke! Ich meine" – an mich gewandt – „es stört mich überhaupt nicht, Liebes, dass du ihm in München so nahe warst. Aber irgendwie ist es schon ganz schön hart, dass du am Ende besser über meinen Mann Bescheid weißt als ich."

„Ganz ehrlich", sagte ich – erneut in der Defensive –, „das ist alles, was ich weiß. Er hat nur ein, zwei Mal was gesagt, beim Kochen oder so. Das hätte er bestimmt zu jedem gesagt."

„Also, ich erzähle euch jetzt, wie ich das sehe", sagte Audrey. „Und zwar als jemand, der Billy seit über dreißig Jahren kennt."

Wieder wurde der Flachmann herumgereicht, und ich nahm einen weiteren Fake-Schluck. Dann begann Audrey:

„Um es gleich vorwegzunehmen, Billy und ich sind nicht gerade Seelenverwandte", sagte sie. „Jedenfalls nicht im eigentlichen Sinn. Ich meine, Barbara, du und Iz, ihr schreibt beide. Ihr seid beide von der kreativen Sorte. So etwas verbindet. Ich dagegen habe in meinem Leben nie irgendwas Kreatives gemacht."

„Ach, komm schon – sei nicht so streng mit dir."

„Ich bin nicht streng mit mir. Ich bin eine verdammt gute Köchin und eine verdammt gute Gefährtin und eine verdammt gute *Ehefrau,* wenn's drauf ankommt. Und früher war ich außerdem eine höllisch gute Sängerin."

„Sängerin? Echt?", fragte ich. Das hatte mir noch niemand erzählt.

„Mach nicht so große Augen, Liebes. Das war ich wirklich. Sogar eine erfolgreiche. Ich bin mit Tommy Dorsey und seiner Band auf Tour gegangen, stell dir vor ..." Sie sah mich an und sagte in leicht verzweifeltem Ton: „Oh, du hast nicht die leiseste Ahnung, wer das ist, stimmt's? Ich weiß schon, das ist verdammt lange her. Jedenfalls habe ich das alles aufgegeben. Aber nicht, weil Billy mich darum gebeten hätte. Er hat mich nie zu irgendwas gezwungen.

Unser Liebeswerben war so süß und zauberhaft. Ich hatte eine winzige Rolle in *Das verlorene Wochenende* – die Szene wurde später rausgeschnitten, man sieht nur noch meinen linken Arm – und wir haben uns ein paar Mal getroffen. Aber Billys Liebesleben war damals ganz schön kompliziert. Er war noch verheiratet, hatte eine Affäre mit einer anderen und ... na ja, lassen wir das. Er war schon auf der Erfolgsspur, aber als der Film dann wider Erwarten ein Hit wurde, war er plötzlich unheimlich gefragt. Nichts beflügelt dein Sexleben so sehr wie Erfolg, und mit einem Mal wollten *alle* mit ihm zusammen sein. Das ist mir natürlich nicht entgangen, und ich habe mir nicht die geringsten Chancen ausgerechnet, aber aus irgendeinem Grund ... mochte er mich. Keine Ahnung, warum, es war einfach so. Er mochte mich. Zuerst ist nicht viel passiert, außer ein paar Verabredungen, aber dann ging ich mit der Dorsey-Band für ein paar Monate auf Tournee, und nach den Auftritten fand ich mich mitten in der Nacht in irgendeinem Hotelzimmer in irgendeiner Provinzstadt wieder – Albuquerque oder Tulsa oder wo auch immer – und musste mit jemandem reden, damit ich mich nicht so allein fühlte, und ohne groß darüber nachzudenken rief ich *ihn* an. Stellt euch das vor. Ich hätte ja auch meine Mom oder sonst jemanden aus der Familie anrufen können, oder eine meiner Freundinnen; aber ich rief den erfolgreichsten jungen Regisseur in Hollywood an. Mitten in der Nacht. Und wisst ihr, was das Verrückteste war? Er nahm meine Anrufe entgegen. Jedes Mal. Auch wenn er noch am Arbeiten war. Sogar um drei Uhr morgens, wenn ich ihn aus dem Schlaf riss. Er ging immer ans Telefon. Und er klang immer erfreut, mich zu hören, und er redete immer so lange mit mir, wie ich wollte. Ich vermute mal, ich habe einfach gern seine Stimme gehört. Diesen drolligen kleinen österreichischen Akzent. Und er war immer so lustig, wisst ihr. Er sagte die komischsten Dinge. Und er nahm mich auf die Schippe, weil ich aus Downtown L.A. kam. Er sagte immer, ‚Audrey, ich würde den Boden küssen, auf dem du gehst – wenn du bloß in einem besseren Viertel wohnen würdest.‘ Er hat immer Witze gemacht. Ein Jahr später drehte er einen Film in Paris, und ich bat ihn, ein Bidet für unsere Wohnung mitzubringen, und er schickte mir ein Telegramm: ‚Bidet nicht aufzutreiben – empfehle Handstand unter Dusche‘. Mal ehrlich, wie kann man jemanden, der so ein Telegramm schreibt, nicht lieben? Unsere Hochzeit war total verrückt. Total verrückt, aber absolut perfekt. Sie fand in Nevada statt. In einem kleinen Ort namens Minden. Habt ihr schon mal davon gehört? Nein, hatte ich auch nicht. Und Billy auch nicht, soviel ich weiß. Aber wir waren auf einem Roadtrip, und irgendwann hielt er dort einfach an und sagte, ‚Das scheint mir ein guter Ort für eine Hochzeit zu sein.‘ Er hatte mir in einem kleinen Juweliergeschäft auf dem Ventura Boulevard in Encino einen Ring gekauft und die stolze Summe von 17,50 Dollar dafür bezahlt. Und seht mal, ich trage ihn immer noch.“ Sie streckte ihre Hand aus, damit wir den Ring in Augenschein nehmen konnten. „Ich hatte kein

Kleid oder so was dabei. Wie auch? Ich konnte ja nicht ahnen, dass das passieren würde. Ich habe in einer alten Jeans und mit einem Bandana um den Kopf geheiratet. Na und? Ist doch schnurz, was man anhat, oder? Wichtig ist, wen man heiratet.

Also, die Sache ist die: Billy und ich mögen grundverschieden sein – der eine ist ein kreatives Genie, während die andere … nun ja, eben keins ist –, aber ich kann euch versichern, niemand auf diesem Planeten kennt ihn so gut wie ich. Und vielleicht zeigt er es anders als Iz, aber tief drinnen hat er die Zeichen der Zeit längst erkannt. Er ist nicht mehr der König von Hollywood, schon seit einer ganzen Weile nicht mehr, und diese Art von Ruhm kommt auch nicht wieder. Ich weiß noch, wie er eines Morgens – es ist schon ein paar Jahre her – nach dem Frühstück draußen auf dem Balkon saß und eins dieser Branchenmagazine las. Da war ein Artikel über Spielberg, über den *Weißen Hai*, darüber, wie viel Geld dieser verdammte Film dem Studio gerade eingebracht hatte. Als ich mich zu ihm setzte, lag das Magazin neben ihm auf dem Tisch, und er saß nur gedankenverloren da und schaute über die Stadt hinweg. Und ich fragte ihn, woran er gerade dachte, was bei Billy normalerweise ein Riesenfehler ist, aber dieses Mal knurrte er mich nicht an oder so, er lächelte nur und sagte, ,Woran ich gedacht habe? Nichts Besonderes. Ich habe nur gedacht, dass ich Steven Spielberg war … früher einmal.'"

Audrey verstummte, und das einzige Geräusch, das jetzt vom Strand zu uns heraufdrang, war das Weinen eines Kleinkinds, das verzweifelt „*Maman! Maman!*" rief, immer und immer wieder. Ich weiß nicht, warum, aber die Rufe griffen mir ans Herz. Das geht mir noch heute so: Ich kann kein Kind weinen hören, ohne sofort das Bedürfnis zu verspüren, zu ihm hinzueilen und es zu trösten.

„Das heißt also", begann ich, während ihre Worte allmählich zu mir durchdrangen, „dass Mr. Wilder und Mr. Holdens Figur in dem Film identisch sind."

„Das liegt ja auf der Hand", sagte Barbara. „Sogar der Name klingt wie Billy Wilder. Und in fast jeder Szene trägt er den gleichen Hut wie Billy."

Ich kam mir sehr dumm vor, weil mir das bislang noch nicht aufgefallen war.

„Aber wenn es nur das wäre", sagte Audrey, „würden sie einfach eine Komödie drehen, und Iz wäre viel glücklicher mit dem Ganzen. Billy sieht in diesem Film aber eine Tragödie. Die Tragödie von einem, der mal ganz oben war und jetzt nichts mehr zu melden hat. Es geht nicht um Barry Detweiler. Er ist nur das Beiprogramm. Es geht um Fedora. Sie ist die tragische Heldin. Und *sie* ist diejenige, mit der sich Billy identifiziert. Deswegen will er diesen Film machen."

*

Billy und Iz und Audrey und Barbara blieben noch ein paar Tage in Cherbourg bei Mr. Trauner, dem Artdirector des Films, der ganz in der Nähe ein Haus hatte. Ich fuhr am Morgen nach unserem Ausflug mit dem Zug nach Paris zurück.

Die Zeit verging nun schnell. Die Dreharbeiten näherten sich dem Ende. Ich wünschte, ich hätte damals Tagebuch geführt, denn so viel von jenem Monat, meinem langen heißen Pariser August, ist inzwischen vergessen, verloren im Dunst meiner unzuverlässigen Erinnerung.

Ich weiß, dass ich in der Opulenz meines Zimmers im Hotel Raphael schwelgte und in der glamourösen Umgebung der Studios de Boulogne, wo die letzten Innenszenen gedreht wurden. Iz hingegen murrte unentwegt, das Hotel sei im Verfall begriffen und die Studios seien nur noch ein Abglanz ihrer einstigen Pracht. Barbara war zurück in die Staaten geflogen, und er fühlte sich wieder elend. Audrey war ebenfalls abgereist, aber Billy wirkte so vergnügt wie eh und je.

Jeden Tag rückte der gefürchtete Moment näher: der Moment, in dem die letzte Klappe gefallen, die letzte Szene im Kasten sein würde und wir alle nach Hause geschickt würden. An dem Wochenende, bevor es so weit war, tauchte jedoch ein unerwarteter Gast im Hotel auf. Es war Matthew.

Um ehrlich zu sein: Ich hatte nicht besonders häufig an ihn gedacht, seit wir uns zuletzt in Nydri gesehen hatten. Das mag seltsam erscheinen, denn die Party am Strand und unser erster Kuss im Morgengrauen waren zweifellos magische Erlebnisse für mich gewesen, und in den ersten Tagen in München, gleich nachdem wir getrennt worden waren, hatte ich ständig von ihm geträumt und mir oft überlegt, ob ich seine Mutter nach seiner Adresse oder Telefonnummer fragen sollte. Aber im Grunde genommen (manch einem ist das vielleicht schon aufgefallen) bin ich ein vernünftiger, kein romantischer Mensch, und nach und nach gelangte ich zu der Überzeugung, dass ich mich einfach von dem Ort, der ganzen Atmosphäre hatte hinreißen lassen, und während diese kostbaren Erinnerungen allmählich verblassten, immer verschwommener wurden, und ich mich auf die neuen Aufgaben und Abläufe meines Lebens in Deutschland konzentrierte, dachte ich immer seltener an Matthew. Natürlich schlummerte tief in meinem Innern noch eine Spur der Gefühle, die in jener Nacht bei mir geweckt worden waren, ein süßes oder vielmehr bittersüßes Überbleibsel, aber im Großen und Ganzen kümmerte es mich wenig. Manchmal loderte es in den frühen Morgenstunden auf, oder es überkam mich urplötzlich während der Arbeitszeit, wenn ich einer alltäglichen Beschäftigung nachging und von flüchtigen, aber intensiven Erinnerungen an den Sonnenaufgang über Madouri oder Matthews Hand auf meiner Brust abgelenkt wurde. Aber solche Momente waren selten. Ich sagte mir, dass es nur eine Teenager-Schwärmerei gewesen war (ich betrachtete mich noch als Teenager), und dass es weise und erwachsen war, nicht mehr daran zu denken, ihn zu vergessen und nach vorn zu schauen.

So weit, so gut. Nur änderte das überhaupt nichts an den Empfindungen, die mich in dem Moment befielen, als ich ihn an einem Freitagabend Ende August im „Raphael" einchecken sah: das volle Programm – mein Herz überschlug sich, meine Beine wurden weich wie Wackelpudding. Sämtliche Klischees, und alle absolut zutreffend. Ich nahm mir einen Moment Zeit, um mich zu beruhigen – zum Glück war Matthew damit beschäftigt, das Anmeldeformular auszufüllen und seinen Pass vorzulegen –, bevor ich von hinten an ihn herantrat und ihm auf die Schulter tippte.

„Matthew?", stammelte ich.

Er drehte sich um und strahlte mich an.

„Cal! Ich wollte dich gleich von meinem Zimmer aus anrufen."

„Du bist gerade angekommen?"

„Heute Nachmittag auf dem Charles de Gaulle gelandet."

„Wie lange bleibst du?"

„Drei Nächte."

Er schloss mich in die Arme, drückte und küsste mich. Ich glaube, der Kuss war für meinen Mund bestimmt, aber aus irgendeinem Grund drehte ich meinen Kopf zur Seite, sodass er stattdessen auf meiner Wange landete. Vermutlich war ich mir nicht sicher, ob wir bereit waren, genau dort weiterzumachen, wo wir aufgehört hatten.

Matthew war an diesem Abend mit seiner Mutter zum Essen verabredet, und am nächsten Tag musste ich etwas für Iz erledigen, daher hatten wir kaum Gelegenheit, miteinander zu reden, bis wir am Samstagabend zusammen ausgingen, in ein Lokal ganz in der Nähe des neu eröffneten Centre Pompidou. Es war ein warmer Abend, und wir konnten an einem der Tische draußen auf dem Trottoir sitzen. Matthew war sehr gesprächig, beinahe aufgekratzt. Seit Griechenland schien er sich verändert zu haben: Er wirkte selbstbewusster, weltmännischer, ein bisschen eingebildet. Im Herbst würde sein Studium an der Filmhochschule beginnen, und er schmiedete grandiose Pläne für die Filme, die er in den nächsten Jahren drehen würde. Auch ich war in den letzten Wochen selbstsicherer geworden, und vielleicht war das der Grund, weshalb ich seine Ideen nicht so ernst nahm, wie er erwartet hatte (und wie ich es wahrscheinlich noch vor wenigen Monaten, zum Beispiel auf dem Flug von Korfu nach Actium, getan hätte, wenn er mir damals davon erzählt hätte).

„Wir müssen endlich Filme machen, die die Welt, in der wir leben, widerspiegeln", erklärte er mir. „Ich weiß nicht, wie das in Griechenland ist, aber die Filmindustrie in Großbritannien ist echt ein Witz. Das Einzige, was wir auf der Insel produzieren, sind Sexkomödien und trashige Horrorfilme. Aber ein Film sollte viel, viel mehr sein. Filmemacher haben die moralische Pflicht, der Gesellschaft einen Spiegel vorzuhalten."

Natürlich hatte er diese Spiegel-Analogie schon einmal gebracht. Ich erinnerte mich daran, aber er schien es vergessen zu haben. Und doch: Obwohl ich inzwischen durchschaute, dass diese Theorien alle gut einstudiert waren, fand ich die Großspurigkeit, mit der er sie verkündete, sogar noch hinreißender. Ich bekam direkt Lust, mich über den Tisch zu lehnen und ihn zu küssen. Fürs Erste widerstand ich aber der Versuchung.

„Ich bin mir sicher, Billy und Iz würden dir zustimmen", sagte ich. „In *Fedora* geht es um viele wichtige Dinge – um Altern, um Schönheit, um den Jugendkult, um unser Streben nach Ruhm …"

Matthew schnaubte verächtlich.

„Ich habe das Drehbuch gelesen", sagte er – und schien wieder vergessen zu haben, dass ich dabei gewesen war, als er es beendete, und dass wir sogar darüber gesprochen hatten –, „und ehrlich gesagt: Es hat mich nicht beeindruckt. Na ja, es ist gut aufgebaut und alles, aber niemand schert sich noch um solche Dinge. Es ist so altmodisch, so … *verstaubt*. Und die Geschichten, die ich so gehört habe, von wegen, dass er die Schauspieler zwingt, jeden Satz *genau* so wiederzugeben, wie er im Skript steht, dass er sie überhaupt nicht improvisieren lässt, nicht zulässt, dass sie mit der Figur, die sie spielen, tatsächlich *eins* werden. Kein Wunder, dass sie ihn alle hassen."

„Sie hassen ihn überhaupt nicht. Das stimmt nicht. Wo hast du das gelesen? In einer dieser bescheuerten Zeitungen?"

„Das Kino hat sich verändert", fuhr er fort. „Es hat in den Sechzigern eine Revolution durchlaufen – genau wie die Gesellschaft. Wenn du das nicht akzeptierst, bist du erledigt. Am Arsch."

Ich versuchte nicht, mit ihm darüber zu diskutieren, sondern wandte mich wieder meinem *Steak tartare* zu.

Am nächsten Nachmittag, einem strahlend schönen Sonntag, saßen wir mit einem Exemplar von *Pariscope* im Jardin des Tuileries auf dem Rasen und überlegten uns, wie wir den restlichen Tag verbringen sollten. Matthew war in den Veranstaltungskalender des Stadtmagazins vertieft und konnte kaum glauben, wie viele Filme zur Auswahl standen. Weltgewandt erklärte ich ihm, dass das für Paris ganz normal sei: Schließlich war es die Stadt der *cinéphiles* (das Wort ging mir elegant von der Zunge), und nirgendwo sonst bot sich einem die Gelegenheit, sämtliche ausländische Filme oder Klassiker nachzuholen, die man verpasst hatte. Tatsächlich war es mir in den letzten Wochen endlich gelungen, die klaffenden Lücken in meinem Wissen über Billys Filme zu schließen: Ich hatte mich fröhlich durch *Certains l'aiment chaud* hindurchgelacht, hatte gebannt die skrupellosen Intrigen in *Assurance sur la mort* verfolgt, hatte Billy und Iz auf ihrem Höhepunkt in *La Garçonnière* erlebt, hatte zugesehen, wie ihre Zusammenarbeit in *Embrasse-moi, idiot* in die Binsen ging, und ich hatte mit reichlicher Verspätung die Mythen verstanden, die sich um *Boulevard du crépuscule* rankten. Meine Bewunderung für diese Filme kannte jetzt keine

Grenzen mehr, und ich hätte Billys Genie bis zum Gehtnichtmehr verteidigt, wenn mich jemand herausgefordert hätte.

An diesem Tag liefen in Paris keine Billy-Wilder-Filme, wie ich enttäuscht feststellte. Was sollten wir uns stattdessen ansehen? Matthew und ich einigten uns auf einen Kompromiss: Wir würden zwei Filme anschauen und zwischendrin etwas essen gehen. Er durfte den einen Film auswählen und ich den anderen. Und so machten wir uns auf den Weg in die Rue Jacob, zu einer 18-Uhr-Vorstellung von *Taxi Driver* (seine Wahl).

„Worum geht es da?", fragte ich, als wir zusammen mit vielen anderen – hauptsächlich jungen – Leuten vor dem kleinen Kino in der Schlange standen. Auf dem Filmplakat stand: *Dans chaque rue, il y a un inconnu qui rêve d'être quelqu'un. C'est un homme seul, oublié, qui cherche désespérément à prouver qu'il existe.*

„Es geht um Entfremdung", erklärte er.

So viel hatte ich auch schon begriffen.

„Entfremdung und Gewalt."

„Oh. Ich mag keine gewaltvollen Filme."

„Er beleuchtet die dunkle Seite des amerikanischen Traums."

„Hast du ihn schon gesehen?", fragte ich.

„Schon drei Mal. Er ist ein verdammtes Meisterwerk. Komm."

Wir gingen hinein.

*

Zwei Stunden später saßen wir in einer Brasserie um die Ecke und studierten die Speisekarte. Ich stand unter Schock.

„Hat er dir nicht gefallen?", fragte Matthew.

„Eigentlich geht es gar nicht darum, ob er einem *gefällt*", meinte ich. „Klar, er ist … brillant. Aber ich fühle mich so …"

Mir fehlten die Worte. Matthew half mir auf die Sprünge.

„Du fühlst dich emotional ausgelaugt. Du fühlst dich, als hätte dich jemand zusammengeschlagen. Du bist fix und alle. Dein

Vertrauen in die Menschheit ist futsch. So etwas Hässliches, Erschreckendes hast du noch nie auf der Leinwand gesehen."

„Ungefähr so", sagte ich.

„Das ist es! Genau *so* sollen sich die Zuschauer fühlen, wenn sie einen meiner Filme gesehen haben."

„Okay, aber ... das ist eigentlich nicht das, was ich mir von einem Kinoabend erhoffe."

„Komm schon, Calista. Sei nicht so *bourgeois*. Ich hab dich ja nicht in einen Pornofilm geschleppt, so wie Robert de Niro das mit Cybill Shepherd macht."

„Nein, natürlich nicht ... Ich glaube, ich nehme das *Confit de canard*."

„Ich meine, wenn du so einen Film siehst, geht dir dann nicht auf, wie albern, wie sinnlos es ist, in der heutigen Zeit so was wie *Fedora* zu machen?"

„Aber Billy gehört einer anderen Zeit, einer anderen Generation an."

„Tja, aber jetzt ist eine neue Generation am Ruder. Meine. *Unsere*."

Er lehnte sich über den Tisch und nahm meine Hand. Die Berührung war elektrisierend und jagte mir ein Prickeln durch den Körper. Was er sagte, klang überzeugend, aber ich wollte nicht mehr darüber reden. So langsam fragte ich mich, ob ich vielleicht in die falsche Zeit hineingeboren war.

Beim Essen sprachen wir über Matthews Sommerferien im Haus seiner Großeltern in Cornwall. Es hörte sich himmlisch an. Während er erzählte, malte ich mir aus, wie er mich dorthin mitnehmen würde. Ich bezahlte die Rechnung, wie schon am Abend zuvor. Matthew schien nicht viel Geld zu haben. Ich dagegen bekam jeden Freitagvormittag meinen kleinen Lohn von der Filmgesellschaft ausbezahlt, und da ich so gut wie nichts zum Leben brauchte, hatte ich ein stattliches Sümmchen zusammengespart. Es machte mir nichts aus, ihn einzuladen.

„Also, welchen Film sehen wir als Nächstes?", fragte Matthew, als wir unseren Brandy schlürften. Eigentlich hatte ich gar nicht vorgehabt, einen Drink zu bestellen, aber nach dem Film brauchte ich einen.

„Den hier", sagte ich und zeigte auf einen Titel im Kinoprogramm des Stadtmagazins. „Er läuft in einem Kino ganz in der Nähe. Komm, die Vorstellung fängt in zehn Minuten an."

*

Der Name Ernst Lubitsch fiel bei Billy und Iz sehr häufig, aber ich hatte nie einen Film von ihm gesehen. Die unverhohlene Bewunderung, die sie ihm entgegenbrachten, ging schon eher in Richtung Ehrfurcht. Heldenverehrung. In Billys Büro, so hatte man mir erzählt, hing sogar eine gerahmte Kalligrafie an der Wand, mit den Lettern *Wie würde Lubitsch es machen?* Für ihn war Lubitschs Erzählweise das Nonplusultra der Eleganz und Raffinesse, der Auslassung und Anspielung, untermalt von einem sanften, durch und durch mitteleuropäischen Zynismus.

Der Film, den Matthew und ich anschauten, hieß *Rendezvous nach Ladenschluss*. Es war seltsam, ihn an einem heißen Augustabend in Paris zu sehen, denn eigentlich war es ein Weihnachtsfilm. Er erzählte eine schöne, einfache Liebesgeschichte, in der zwei Angestellte im Budapest der 1930er-Jahre eine anonyme Brieffreundschaft pflegen, ohne zu wissen, dass sie im selben kleinen Galanterie- und Lederwarenladen arbeiten. Und obwohl sie sich im wirklichen Leben nicht ausstehen können, sind sie als Brieffreunde längst ineinander verliebt.

Etwas von dieser Filmvorführung ist mir besonders im Gedächtnis geblieben, nämlich, wie leise sie war. Ich meine nicht die Zuschauer, denn der Saal war voll und es wurde viel gelacht. Ich meine, leise auf der Leinwand: Es gab überhaupt keine Musik in dem Film (außer im Vor- und Abspann), und die beiden Liebenden sprachen fast die ganze Zeit in gedämpftem Ton miteinander. Es war nicht nur ein Film ohne Schüsse, Explosionen oder aufheulende Automotoren, sondern auch einer, in dem kaum jemand die Stimme hob. Aber trotz – oder vielleicht gerade wegen – dieser Zurückhaltung strömte die Wärme dieses Films langsam in einen hinein, durchflutete einen mit ihrem bernsteingoldenen Glanz, bis man selbst nichts anderes mehr wollte, als an der stillen, zärtlichen Schönheit der Liebe teilzuhaben, die sich James Stewart und Margaret Sullavan in der letzten Szene gestehen. Ich glaube, es ist der romantischste Film, der je gedreht wurde.

Sobald wir das Kino verließen und die Straße entlanggingen, streckte ich meine Hand nach der von Matthew aus, und er ergriff sie im Gegenzug.

Ich rückte näher an ihn heran und umfasste seinen Arm, während wir weitergingen.

Gespannt wartete ich darauf, dass er etwas zu dem Film sagte. Ich wollte wissen, ob er ihn genauso berührt hatte wie mich.

Schließlich sagte er: „Das war echt süß."

Ich sah ihn erwartungsvoll an, in der Annahme, er würde noch mehr dazu sagen, aber mehr kam nicht. Es war nicht unbedingt das, was ich hatte hören wollen. Aber es musste genügen.

Danach redeten wir nicht viel. Als wir uns der Seine und dem Pont Royal näherten, bemerkte ich, dass er etwas vor sich hin summte.

„Was singst du da?", fragte ich.

„Na, das Lied, das du geschrieben hast", sagte er. „Das du mir in der Bar in Griechenland vorgespielt hast."

„,Malibu'?"

Er nickte. Er sang es zwar nicht ganz richtig, aber immerhin: Er hatte es nicht vergessen.

„Es ist toll, dass du dich daran erinnerst", sagte ich prompt. „Aber es geht ein bisschen anders."

Ich summte ihm die Melodie so vor, wie ich sie geschrieben hatte.

„Genau", sagte er. „Es ist so schön. Hast du es je aufgenommen?"

„Ja", sagte ich.

„Schickst du es mir?"

„Klar."

Mein Herz hüpfte vor Freude über den Wink, dass er an unseren letzten Abend in Nydri zurückdachte und ihn mit der romantischen Aura in Verbindung brachte, die uns jetzt, nach dem Film, umgab. Als wir die Brücke überquerten, blieben wir auf halbem Weg stehen, lehnten uns über die Brüstung und schauten hinunter auf das dunkle, schimmernde Wasser. Und als wir genug davon hatten, aufs Wasser zu schauen, sahen wir einander an, und dann küssten wir uns. Es war ein langer Kuss und auch ein ziemlich kratziger, wegen Matthews Bart. Aber das machte mir nichts aus.

Im Hotel angekommen, nahmen wir an der Rezeption unsere Zimmerschlüssel entgegen – er hatte Zimmer 313, ich 422 –, aber im Aufzug warf er einen Blick auf meinen Schlüssel und sagte, „Ich glaube nicht, dass du den heute Nacht brauchst."

Ich lachte, und dann küssten wir uns wieder.

Und dann …

Nun, Billy soll einmal mit seiner üblichen Unverblümtheit über Ernst Lubitsch gesagt haben: „Der konnte mit einer geschlossenen Tür mehr andeuten als andere Regisseure mit einem offenen Hosenlatz." Daher folge ich nun der Technik des Meisters und schließe die Tür von Zimmer 313 behutsam, aber fest vor dem, was als Nächstes geschah.

*

Am Morgen beschlossen wir, uns das Frühstück ans Bett bringen zu lassen. Wir bestellten Kaffee, Orangensaft, Croissants, Rühreier und Speck, frisches Obst und Joghurt.

Die Liebe, so stellte ich fest, macht enorm Appetit.

Während wir auf das Frühstück warteten, ging Matthew duschen. Ich lag quer über sein Doppelbett ausgestreckt und räkelte mich in meiner ungenierten Nacktheit und in der zerwühlten Gemütlichkeit der Bettlaken, die noch warm waren von unserer morgendlichen Liebesrunde. Meine Gedanken schweiften umher, erfreut über die Aussicht auf die kommenden Tage und Wochen. Gut, die Dreharbeiten von *Fedora* waren fast vorbei, aber das spielte keine Rolle mehr, denn ich würde nicht in mein altes Leben zurückkehren. Von nun an würde Matthew in meinem Leben sein. Er konnte mich in Athen besuchen und ein, zwei Wochen bleiben, bevor sein erstes Semester an der Filmhochschule begann, und vielleicht würde ich dann nach London ziehen und mit ihm zusammenleben. Oder mir ein eigenes Zimmer suchen, falls ihm das zu eng war. Ja, vielleicht wäre es ein bisschen überstürzt, nach ein paar Wochen schon zusammenzuziehen. Männer sind in solchen Dingen eigen, wobei ich persönlich sofort dazu bereit gewesen wäre, wenn er sich nur überzeugen ließ.

Ich reckte mich und gähnte, während ich dem Wasserrauschen aus dem Badezimmer lauschte. Meine Glieder schmerzten auf die süßeste, köstlichste Weise.

Plötzlich fiel mir ein, dass der Hotelpage ein Trinkgeld erwartete, wenn er mit unserem Frühstück erschien. Noch immer nackt, stand ich auf und wühlte in meiner Handtasche nach dem Portemonnaie, aber das Einzige, was ich darin fand, waren ein Zehn-Francs-Schein (zu viel) und ein paar kleine Centime-Münzen (zu wenig). Was ich brauchte, war ein Fünfzig-Centime-Stück. Matthews Kleidung lag verstreut auf dem Boden. Ich schnappte mir seine Jeans, steckte die Hand in eine der Taschen, aber anstelle von Münzen fand ich ein zusammengefaltetes Blatt Papier. Offenbar ein Brief.

Ich nahm ihn aus der Tasche und schaute ihn an – schaute ihn nur an, sonst nichts – und das erste, das einzige Wort, das ich sah, war *Darling*. Mir wurde flau im Magen und ich faltete den Brief auf, las aber dennoch nur einen Satz, den letzten Satz, der lautete: *Ich kann es kaum erwarten, dich wiederzusehen – Juliet xxx.* Neben ihrem Namen waren viele Herzchen gemalt.

Übelkeit überkam mich, und ich steckte den Brief zurück in die Tasche von Matthews Jeans. Dann saß ich einen Augenblick zitternd auf dem Bettrand, bis ich mir meiner Nacktheit bewusst wurde und mir rasch ein paar Sachen überwarf.

Ein Klopfen an der Tür. Ich war noch dabei, mich anzuziehen, und machte nicht auf. Erneutes Klopfen und eine Stimme, die *„Service de chambre!“* rief, und aus dem Badezimmer tönte es: „Übernimmst du das, Cal?“

Vollständig angezogen, bis auf einen Schuh, öffnete ich die Tür. Der uniformierte Hotelpage rollte den Frühstückswagen ins Zimmer, und ich unterschrieb die Bestellung, und in meiner Verwirrung gab ich ihm schließlich doch den Zehn-Francs-Schein als Trinkgeld. Er sah ziemlich zufrieden aus, als er sich bedankte und aus dem Zimmer ging.

Aber nach dem, was ich gerade gesehen hatte, war es völlig undenkbar, dass ich gemütlich mit Matthew im Bett frühstückte. Ich hatte keine Ahnung, was ich tun sollte, doch kaum hatte der Hotelpage den Raum verlassen, war ich auch schon in meinen zweiten Schuh geschlüpft, trat hinaus auf den Gang und zog die Tür von Zimmer 313 hinter mir zu.

*

Was geschah mit dem restlichen Tag? Wie ging er weiter?

An die Stunden, nachdem ich das Hotel fluchtartig verlassen hatte, kann ich mich nur bruchstückhaft erinnern. Ich lief ziellos durch die Straßen von Paris, durcheinander und gedemütigt von dem, was sich zugetragen hatte. Ich fühlte mich benutzt, verraten, missbraucht. Und ich war wütend auf mich selbst: wütend, dass ich so blauäugig einer romantischen Täuschung erlegen war, dass ich geglaubt hatte, Matthew empfände etwas für mich, wo er doch eindeutig nur darauf aus gewesen war, mich ins Bett zu kriegen. Es war ein Lehrstück in Sachen Projektion, wurde mir klar, denn ich hatte meine eigenen Gefühle einfach auf jemand anderen übertragen. Dieser Film, der bei mir einen regelrechten Liebestaumel ausgelöst hatte, war ihm völlig gleichgültig gewesen und hatte ihn kein bisschen berührt, so viel stand fest. Offenbar war ich nichts weiter als ein kleines sexuelles Zwischenspiel gewesen, ein beiläufiges Vergnügen, das er sich gönnte, bevor er zu seiner eigentlichen Liebe zurückkehrte, zu dieser Juliet – wer auch immer sie war.

Es war bereits Nachmittag, als ich mich auf den Weg zurück zum „Raphael" machte. Ich hatte mir absichtlich Zeit gelassen, denn ich wollte auf keinen Fall riskieren, dort auf Matthew zu treffen. Ich wusste, dass sein Flug nach London um die Mittagszeit ging. An diesem Abend würden wir die Szene, in der sich Fedora vor den Zug wirft, am Bahnhof von Mortcerf drehen – die allererste Szene im Drehbuch und die letzte, die gedreht wurde. Ich hatte also noch ein paar Stunden Zeit, bevor ich mit Iz zum Drehort fahren würde. Das Einzige, was ich jetzt wollte, war, mich auf mein Bett zu legen, an die Decke zu starren und darauf zu warten, dass dieses elende Gefühl vorüberging.

Ich war im Begriff, das Hotel durch die Drehtür am Haupteingang zu betreten, als jemand durch dieselbe Drehtür hinauswollte und um ein Haar mit mir zusammengestoßen wäre. Es war Billy.

„Oh, pardon", sagte er. „Ich bitte vielmals um Entschuldigung."

„Nein", entgegnete ich, „es war mein Fehler. Ich hab nicht aufgepasst."

„Also, jetzt, wo du es sagst", meinte er und sah mich etwas genauer an, „schaust du wirklich ein bisschen durcheinander aus. Ist alles in Ordnung?"

„Mir geht's gut", sagte ich. „Alles bestens. Danke."

„Hast du diesen schönen Pariser Sonnenschein zu einem Spaziergang genutzt?"

„Ja, ich war … im Jardin du Luxembourg", improvisierte ich.

„Gut. Sehr gut. Ich wollte gerade selbst ein paar Schritte gehen."

„Das klingt gut."

„Also, es ist komisch …" Er stützte sich auf seinen Rohrstock und schien es überhaupt nicht eilig zu haben. „Das ist unser letzter Tag in Paris, und erst neulich abends habe ich zu meinem Freund Mr. Diamond gesagt, dass das hier die schrecklichsten Wochen waren."

„Schrecklich?"

„Natürlich. Weil Paris eine meiner Lieblingsstädte ist, und in den letzten Wochen habe ich überhaupt nichts davon gesehen. Ich habe immer nur gearbeitet, und jetzt fühle ich mich wie der Klavierspieler in einem Bordell – alle anderen vögeln und amüsieren sich, und ich muss die Musik am Laufen halten." In diesem Moment schien ihm erst richtig bewusst zu werden, mit wem er eigentlich sprach. „Entschuldige, das ist kein besonders manierlicher Vergleich in Gegenwart einer jungen Dame. Bestimmt hast du noch nie ein Bordell von innen gesehen. Aber wie ich gehört habe, hast du bei unserer kleinen Party in Griechenland vor ein paar Wochen Klavier gespielt, daher weißt du vielleicht, was ich meine."

„Ich glaube schon", sagte ich, weil mir nichts anderes einfiel.

„Tja, jedenfalls wird heute Abend gedreht, wenn ich also noch spazieren gehen will …"

„Natürlich."

Er wandte sich schon zum Gehen, als ihm offenbar ein Gedanke kam, und er drehte sich um und sagte: „Du möchtest mich nicht zufällig begleiten? Gut möglich, dass wir an einer Bar vorbeikommen, und vielleicht geht sich ja vor der Arbeit noch ein Cocktail aus. Ich trinke ungern allein."

Ob er einfach nur nett sein wollte, weil er gemerkt hatte, wie verstört ich war, oder ob er wirklich Wert auf meine Gesellschaft legte, konnte ich nicht sagen, und ich weiß es bis heute nicht. Jedenfalls war ich dankbar für das Angebot, und wir machten uns zusammen auf den Weg. Er war erstaunlich flott auf den Beinen, aber der Spazierstock, das wusste ich bereits, war ohnehin nur ein theatralisches Requisit.

Billy schien genau zu wissen, wo er hinwollte, obwohl die Straßen, durch die wir gingen, nicht gerade die malerischsten oder interessantesten von Paris waren. Zuerst spazierten wir durch ein Geschäftsviertel, dann durch ein Wohnviertel, doch die Häuser und Bürogebäude waren gleichermaßen nichtssagend. Zwar ist Paris im August immer ruhig, aber an diesem Spätnachmittag wirkten die menschenleeren Straßen fast schon gespenstisch. Die Schatten wurden länger und tauchten die unbelebten Nebenpfade der Stadt in ein melancholisches Zwielicht.

„Wir sind unterwegs zu einer Bar, ob du's glaubst oder nicht", erklärte Billy, „aber wir machen einen kleinen Umweg. Keine Sorge, der Wahnsinn hat Methode. Es gibt einen Grund. Und zwar diesen hier."

Er legte mir die Hand auf den Arm und blieb vor einem Gebäude mit sieben oder acht Stockwerken stehen, das auf mich den Eindruck eines ganz gewöhnlichen Mietshauses machte. Ich schaute zu Billy, der mit ungewöhnlicher Intensität ein Fenster im dritten Stock fixierte.

„Dieses Gebäude war einmal ein Hotel", sagte er.

„Das ,Ansonia'?"

„Richtig. Und in dem Zimmer dort oben" – er deutete mit seinem Stock hinauf – „habe ich ein Jahr lang gewohnt. Zusammen mit einer Frau, meiner Freundin."

„Hella", sagte ich.

Er sah mich erstaunt an.

„Woher kennst du all diese Namen? Das Hotel, die Freundin."

„Weil Sie uns davon erzählt haben", sagte ich. „Wissen Sie noch? In dem Restaurant in München."

„Du warst an dem Abend dort?", fragte er.

Ich war enttäuscht darüber, dass meine Gegenwart keinen Eindruck bei ihm hinterlassen hatte, aber eigentlich überraschte es mich nicht.

„Ja", sagte ich. „Ich war dort."

Er sah wieder zu dem Fenster hinauf.

„Vierundvierzig Jahre ist das her", sagte er. „Keine einfache Zeit. Es ist schwer für zwei Menschen, ein solches Jahr zu überstehen. Ich meine, zusammenzubleiben – als Paar."

„Lebt sie noch in Paris?", fragte ich.

„Ich weiß es nicht. Und erfreulicherweise interessiert es mich auch nicht mehr. Was vorbei ist, ist vorbei."

„Das stimmt vermutlich."

„Ich glaube kaum, dass du das verstehst. Du bist noch zu jung. Wenn man älter wird, werden die Hoffnungen kleiner und das Bedauern wird größer. Die Krux ist, dagegen anzukämpfen. Zu verhindern, dass das Bedauern die Oberhand gewinnt. Richtig?"

Ich nickte, wobei ihm meine Zustimmung vermutlich nicht viel nützte.

„Also los, gleich um die Ecke gibt es eine Menge Bars, auf der großen Straße dort."

Als wir weitergingen, warf ich einen letzten Blick auf das ehemalige Hotel Ansonia, das in den 1930er-Jahren das kulturelle Drehkreuz für die deutschen Flüchtlinge in Paris gewesen war. Billy war mit den Gedanken schon woanders.

„Hier war einmal eine Brasserie", sagte er, „namens ‚Strasbourg'. Aber die gibt es schon lange nicht mehr. Seit dem Krieg, soviel ich weiß. Sie hat die Besatzung nicht überlebt. Egal – ein anderes

Lokal tut es auch. Zum Glück ist das Wetter schön, und wir können im Freien sitzen.“

Wir landeten in einem Touristenlokal an einer belebten Durchgangsstraße, die zum nahen Arc de Triomphe führte. Billy bestellte einen Wodka Martini, und ich folgte erfreut seinem Beispiel.

„Also dann“, sagte er und prostete mir zu. „Cheers. Chin-chin.“

„Cheers“, sagte ich und hob ebenfalls mein Glas.

Er nahm einen Schluck und stieß einen kleinen Seufzer der Zufriedenheit aus.

„Jetzt haben wir es also fast geschafft“, sagte er. „Ist das zu fassen? Weißt du, bei jedem Film hat man das Gefühl, niemals an diesen Punkt zu gelangen. Und bei diesem hier ganz besonders …“

„Ich habe nie daran gezweifelt“, sagte ich. „Keine Sekunde.“

„Tatsächlich? Nun ja, in den letzten Monaten gab es Momente, in denen ich solch aufmunternde Worte hätte gebrauchen können, das kann ich dir versichern. Wie ich kürzlich zu Mr. Diamond sagte: ‚In dieser Zeit hätte ich *drei* lausige Filme drehen können.‘“

„Aber es wird kein lausiger Film“, sagte ich.

„Und das Problem ist“, fuhr er fort, ohne meinen Kommentar zur Kenntnis zu nehmen, „dass wir noch nicht über den Berg sind. ‚Wir sind noch nicht über den Berg, Baxter!‘ – das ist einer von Mr. Diamonds Sprüchen aus *Das Appartement*. Jetzt müssen wir das Ganze noch schneiden, und ich fürchte, das wird nicht einfach. Überhaupt nicht einfach.“ Mehr Martini. „Tja, man muss optimistisch sein, oder? Wir sind so weit gekommen – jetzt müssen wir es auch zu Ende bringen.“

„Ich wusste gar nicht, dass Sie ein Optimist sind. Ich dachte, Sie seien ein Realist.“

„Ich bin Realist, wenn es um das Leben geht. Wenn es ums Filmemachen geht, bin ich Optimist. Man muss Optimist sein, sonst würde man nie auch nur eine einzige Drehbuchzeile schreiben, weißt du. Ich meine, allein die Tatsache, dass ein Film überhaupt zustande kommt, ist ein Wunder. Und es war noch nie so schwierig. Man sitzt drei Monate an dem Skript, und die restlichen neun Monate des Jahres verbringt man damit, den Deal auszuhandeln. So läuft das heutzutage. Es ist zermürbend."

„Gestern Abend habe ich zwei Filme im Kino gesehen", sagte ich und erzählte ihm, welche. Er lächelte mit einer fast kindhaften Glückseligkeit, als ich den Namen Lubitsch erwähnte.

„*Rendezvous nach Ladenschluss* ist wirklich ein sehr guter Film. Einer seiner besten. Eigentlich unmöglich, einen Makel daran zu entdecken. Ein schönes Drehbuch von Mr. Raphaelson. Ein perfektes Drehbuch. Hat dir der Film gefallen?"

„Und wie! *Taxi Driver* … nicht besonders."

„Ja, ich hab ihn gesehen. Mr. Scorsese ist ein ungemein ernsthafter Junge, ein begabter Bursche. Er ist einer von den Milchbärten, wie Mr. Diamond sie nennt. Ich fand den Film in vielerlei Hinsicht hervorragend. Nur einfach zu viel. Zu viel Gewalt für meinen Geschmack. Zu deprimierend. Aber das ist jetzt Mode. Von einem ernsten Film wird erwartet, dass die Zuschauer am liebsten Selbstmord begehen würden, wenn sie aus dem Kino kommen. Das ist nicht nur in Amerika so, im Gegenteil, die Europäer sind sogar noch schlimmer. Dieser deutsche Milchbart, Fassbinder: Man hat mir erzählt, dass er in München gerade einen Film namens *Despair* dreht. Im Ernst – das ist der Titel. Soviel ich weiß, geht es um eine Geschichte von Nabokov oder so. Also, wenn du mich fragst, wird das keine Komödie. Schau, ich denke da an folgende Situation, wenn der Film nächstes Jahr in die Kinos kommt. Stell dir eine Familie in Düsseldorf vor. Der Familienvater ist verzweifelt: Er kommt nach Hause, und da liegt ein Brief vom Finanzamt. Entweder er zahlt elftausend Mark Steuern nach, oder er wandert ins Gefängnis. Seine Frau eröffnet ihm: ‚Übrigens, ich bin in den Zahnarzt verliebt und verlasse dich.' Der Sohn wurde verhaftet, weil er der RAF angehört. Die Tochter wurde geschwängert und hat Syphilis. Und jetzt kommt einer vorbei und sagt zu ihm: ‚Hey, ich weiß, du hattest einen scheußlichen Tag – lass uns was unternehmen, damit du auf andere Gedanken kommst: Gehen wir ins Kino und sehen uns Fassbinders *Despair* an.‘" Ich lachte und lachte, als er das erzählte, und er lächelte unwillkürlich zurück, weil es ihn immer froh machte, wenn die Leute seine Witze mochten. „Du siehst, das funktioniert nicht, stimmt's? Dafür gehen die Leute nicht ins Kino. Ich weiß, dieser Film, den ich gerade mache: Natürlich ist es einer meiner ernstesten Filme – ich will, dass er ernst ist, ich will, dass er traurig ist –, aber das heißt nicht, dass sich die Zuschauer hinterher fühlen, als hätte man ihnen zwei Stunden lang den Kopf in die Kloschüssel gedrückt. Du musst ihnen etwas anderes geben, ein bisschen Eleganz, ein bisschen Schönheit. Das Leben ist hässlich. Wir alle wissen das. Du brauchst nicht ins Kino zu gehen, um zu erfahren, dass das Leben hässlich ist. Du gehst ins Kino, damit diese zwei Stunden dein Leben ein klein wenig heller machen, sei es durch Komik oder Lachen, oder einfach nur … keine Ahnung, durch ein paar schöne Kleider und gutaussehende Schauspieler oder so – irgendein Lichtblick, der vorher nicht da war. Ein bisschen Freude, Heiterkeit …"

Er nahm die Olive aus seinem Martini und knabberte sie genüsslich von ihrem Cocktailspieß ab.

„Weißt du, ich hab da so meine Theorie zu diesen Bürschchen, den bärtigen Buben. Nimm jemanden wie Lubitsch, der diesen gewaltigen Krieg in Europa erlebt hat – den Ersten Weltkrieg, meine ich –, und wenn du so etwas mitgemacht hast, ist es in dir drin, verstehst du, was ich meine? Die Tragödie wird ein Teil von dir. Sie ist da, du musst sie nicht herausposaunen, ihren Schrecken dauernd auf die Leinwand klatschen. Da ist eine Menge Schmerz in allen seinen Filmen – sogar in *Rendezvous nach Ladenschluss*, denk nur an den alten Mann, den Ladenbesitzer, der versucht, sich umzubringen –, aber der Schmerz dominiert nicht. Er ist nicht die ganze Geschichte. Lubitsch braucht ihn dir nicht ins Gesicht zu brüllen. Manchmal möchte man den Schmerz auch ausblenden, ihn gar nicht erwähnen. Der dümmste Film, den ich je gemacht habe, war ein Musical, gleich nach dem Krieg, kurz nachdem ich aus Deutschland zurück war. Weißt du, ich hatte diese ganzen schrecklichen Dinge gesehen, das Schlimmste, was ich je im Leben gesehen habe, aber das Letzte, was ich wollte, war, einen Film darüber zu drehen. Stattdessen haben Brackett und ich diese alberne Geschichte geschrieben, in der zwei Hunde miteinander anbandeln, und die Geschichte spielte in Österreich, aber nicht im wirklichen Österreich, es war nur ein Märchenland, und als männlichen Hauptdarsteller haben wir ausgerechnet Bing Crosby gecastet … Na ja, vielleicht ist das kein gutes Beispiel, weil es ein miserabler Film wurde. Was ich damit sagen will … nimm diesen Burschen, Mr. Spielberg. Er ist ein Genie, da bin ich mir sicher, aber er wurde nach dem Zweiten Weltkrieg geboren. Er weiß nicht, was es heißt, so etwas mitzumachen. Und wenn du mich fragst, merkt man das seinen Filmen an. Handwerklich sind sie alle brillant, aber da ist etwas … irgendetwas fehlt. Weißt du, was ich meine?" Er trank den letzten Schluck seines Cocktails. „So langsam höre ich mich an wie diese Typen von den *Cahiers du Cinéma,* mit meinen hochtrabenden Theorien. Vermutlich bin ich einfach nur altmodisch. Die Leute sagen, ich sei ein Zyniker, und natürlich habe ich ein paar zynische Filme gemacht, aber eigentlich habe ich eine ziemlich romantische Vorstellung davon, wie ein Film sein sollte. Ohne das an die große Glocke zu hängen."

„Ich glaube, die Leute werden das verstehen", sagte ich, „wenn sie *Fedora* sehen."

Er zuckte mit den Schultern. „Weiß der Kuckuck, was sie davon halten werden", sagte er. „Ich weiß ja nicht mal mehr, was ich selbst von diesem Film halte."

„Ich glaube, er ist besser als das Buch", meinte ich, um ihn zu ermutigen.

„Das ist kein Kunststück."

Ich versuchte es anders. „Wenn ich das so sagen darf … Ich persönlich glaube ja, dass es ein sehr … *mitfühlender* Film wird." In seinen Augen flackerte ein forschendes Licht auf: „Mitfühlend? Das ist ein guter Begriff. Gefällt mir. Mitfühlend – gegenüber wem?"

„Gegenüber allen Figuren. Aber besonders gegenüber der alten Gräfin."

„Nun ja …" Billy gab dem Kellner ein Zeichen, dass er zwei weitere Drinks bringen sollte. „Weißt du, dafür könnte es einen Grund geben. Ich bin jetzt einundsiebzig und ich weiß, was es heißt, alt zu sein, und ich kann dir versichern, dass es eine verdammte Plage ist. Alles wird marode, nichts funktioniert mehr so wie früher. Aber für Männer ist es anders als für Frauen. Für mich ist das Altern ein Ärgernis. Für Frauen ist es eine Tragödie. Und das habe ich selbst gesehen. Mit eigenen Augen.

Damals in Berlin, in den Zwanzigerjahren – kurz nachdem ich in die Stadt gekommen war und lange bevor ich anfing, Drehbücher zu schreiben und mich im Filmgeschäft zu tummeln –, habe ich in verschiedenen Hotels gearbeitet. Im ‚Eden' und im ‚Adlon'. Große Hotels, berühmte Hotels. Ich war nämlich Eintänzer. Da waren also diese Damen bei den Tanztees am Nachmittag, manchmal in Begleitung ihrer Ehemänner, meistens aber allein, und sie brauchten jemanden, der mit ihnen tanzte –, ‚Herr Ober, bitte einen Tänzer!' –, irgendeinen feschen jungen Burschen, der tanzen konnte, sei es, weil sie einfach niemanden zum Tanzen hatten, oder weil ihr Ehemann nicht tanzen konnte oder nicht mal mehr vom Stuhl hochkam oder es vielleicht einfach nicht ertrug, seinen Arm um die Taille seiner Frau zu legen. Was tatsächlich nicht immer ganz einfach war, muss ich zugeben, denn viele dieser deutschen Frauen um die sechzig oder siebzig waren ganz schön rund, schließlich hatten sie jahrzehntelang Spätzle und Knödel und Wurst und Sauerkraut und Apfelstrudel verdrückt. Wir reden hier nicht über irgendwelche Audrey-Hepburn-Figuren. Aber eigentlich waren es gar nicht die Schwergewichtigen, die mich so beeindruckten. Oft waren das nämlich ganz vergnügte Frauen, die ziemlich zufrieden mit sich wirkten. Es waren eher die, die ihre gute Figur bewahrt, aber ihr gutes Aussehen verloren hatten, und jetzt waren sie einfach nur noch einsam. Vielleicht hatte ihr Mann sie verlassen oder war gestorben, und sie würden im Leben keinen anderen Mann mehr finden, nie und nimmer, weil sie *alt* waren. Das war alles. Der einzige Grund. Und wenn sie den Arm um einen legten – und ich war kein Bill Holden, ich war kein Cary Grant, das kann ich dir versichern, aber trotzdem –, wenn sie den Arm um einen legten, konnte man diesen Hunger spüren, dieses Bedürfnis, einfach nur einen anderen Menschen zu berühren, verstehst du? Und es war irgendwie ein schreckliches Gefühl, es jagte einem solche Schauder über den Rücken, man konnte das Bedürfnis daran spüren, wie sie einen anfassten. Aber trotzdem mussten sie dir einfach leidtun. Wenn eine Frau erst einmal ihr Aussehen verloren hat, war's das für sie. Sie ist unsichtbar. Deswegen machen diese Schönheitschirurgen auch ein Vermögen, aber weißt du, das ist eine ernste Angelegenheit, die meisten dieser Burschen führen nicht irgendwelche läppischen Eingriffe durch, was sie mit diesen Frauen machen, ist … nun, es ist alles in dem Film. Du hast das Drehbuch gelesen. Und ich habe das nie vergessen, selbst nach so vielen Jahren – wie lange ist das jetzt her? Fünfzig Jahre, mein Gott –, nach all diesen Jahren habe ich nie vergessen, wie es war, wenn diese Frauen ihren Arm um einen legten und man ihnen in die Augen schaute und darin … die Traurigkeit sah. Die Traurigkeit und das Bedürfnis. Es war … also, allein schon bei dem Gedanken könnte ich noch einen Martini vertragen. Haben wir Zeit?"

Er sah auf seine Uhr.

„Nein, haben wir nicht. Das ist schade. Wir müssen um neun drehen, kurz bevor es dunkel wird, und ich muss vorher dort sein, weil sie Schienen für den Dolly verlegen, damit die Kamera die Bahngleise entlangfahren kann, und ich muss sicherstellen, dass sie es richtig machen. Mein Wagen wird in fünf Minuten hier sein."

„Ich gehe besser zum Hotel zurück", sagte ich. „Iz wird schon auf mich warten."

„Du musst nicht mit ihm zum Drehort fahren", sagte Billy. „Du kannst mit mir fahren und ihn dann dort treffen. Ich rufe vom Auto aus im Hotel an und gebe ihm Bescheid."

„Sie haben ein *Telefon* in Ihrem Auto?", stieß ich ungläubig hervor.

Er schmunzelte über die Naivität dieser Frage.

„Komm", sagte er und erhob sich. „Das ist das letzte Kapitel im Abenteuer der griechischen Dolmetscherin. Sorgen wir dafür, dass es ein gutes wird."

*

Während wir quer durch Paris fuhren und uns allmählich den Außenbezirken im Osten der Stadt näherten, machte mich Billy unentwegt auf Orte aufmerksam, mit denen er persönliche Erinnerungen verband: Hier war die Straße, in der Marlene Dietrich wohnte, dort war das Restaurant, wo er einmal acht Stunden lang mit Maurice Chevalier zu Mittag gegessen hatte ... Er ließ die Bemerkung einfließen, dass Frankreich das Land sei, „wo einem die Geldscheine in der Hand zerfallen, man aber kein Klopapier abreißen kann" (dafür gebe es schließlich Bidets), und er erzählte mir erneut von dem Telegramm an Audrey – das mit dem Handstand unter der Dusche –, und obwohl ich die Geschichte nun zum dritten Mal hörte, musste ich trotzdem darüber lachen, weil er sie mit solch trockenem Humor wiedergab und sich so freute, wenn die Leute sie lustig fanden.

Der Wagen rollte ungehindert über die verkehrsarmen Straßen, und es dauerte nicht lange, bis wir die Peripherie erreichten. Orte mit unbekannten Namen wie Vaires, Torcy, Lagny, Thorigny und Esbly. Ruhige, wohlhabende Vorstädte. Große Einfamilienhäuser, die weitgehend verlassen wirkten; nur hier und da war ein Pärchen zu sehen, das auf dem Balkon oder im Garten saß und einen Aperitif trank. Zweifellos weilten die meisten Bewohner noch in ihren Feriendomizilen. Bald ließen wir auch die Vororte hinter uns und fuhren übers Land, durch die flache, eintönige Landschaft, die sich über drei oder vier Meilen hinzog, bis in der Ferne eine Stadt auftauchte. Man konnte die Türme einer imposanten gotischen Kathedrale erkennen, die lange Sommerschatten auf die dicht gedrängten Häuser und Läden zu ihren Füßen warf.

„Wo sind wir denn?", fragte Billy, der sich Notizen in sein Skript gemacht hatte und jetzt zum ersten Mal seit einer ganzen Weile aufsah und seine Umgebung wahrnahm.

„Wir sind gleich in Meaux, Sir", sagte der Fahrer.

„Meaux?", wiederholte Billy. Der Name schien ihm nichts zu sagen.

„Wo sie den Brie machen", erklärte der Fahrer. „Der beste Brie in ganz Frankreich kommt von hier."

„Ah, natürlich!", sagte Billy. „*Brie de Meaux.*"

„Möchten Sie ihn vielleicht probieren?", fragte der Fahrer. „Mein Cousin hat einen Hof, nicht weit von hier. Er würde sich sehr freuen, Sie zu empfangen."

„Das klingt sehr verführerisch", sagte Billy und fügte mit aufrichtigem Bedauern hinzu: „Aber wir müssen zum Drehort."

„Der Hof ist ganz in der Nähe. Nur ein paar Minuten von hier."

Billy zögerte und wandte sich dann an mich: „Was meinst du? Es wäre doch absurd, hierherzukommen, in die Wiege des Bries, und ihn nicht zu kosten, findest du nicht?"

Ich dachte daran, dass alle am Set auf Billy warteten. Und an Iz, der immer so großen Wert auf „Professionalität" legte.

„Wir dürfen nicht zu spät kommen ...", sagte ich.

Billy sah auf seine Uhr. „Na ja, erst müssen sie die Schienen auf dem Bahnsteig verlegen. Bevor sie damit nicht fertig sind, können wir dort ohnehin nichts ausrichten. Ich glaube, wir haben Zeit." Er beugte sich nach vorn zum Fahrer und sagte: „In Ordnung, bitte bringen Sie uns dorthin, aber es muss schnell gehen."

„Mein Cousin wird sich riesig freuen", sagte der Fahrer. „Es wird ihm eine Ehre sein."

Im Nu war der Wagen von der Route nationale nach rechts abgebogen und schlängelte sich eine schmale Landstraße entlang. Kurz darauf erblickten wir zu unserer Linken einen Bauernhof, der nur über einen langen, schnurgeraden Schotterweg zu erreichen war. Kies knirschte unter den Reifen des Wagens, und Staubwolken wirbelten auf beiden Seiten empor. Der Weg war sehr holprig und der Fahrer gab ordentlich Gas. Billy und ich wurden hin und her geworfen, und als wir durch ein Schlagloch fuhren, hielt er sich an meinem Arm fest.

Damals fand ich, dass Billy einen ganz schönen Aufwand betrieb, nur um ein bisschen Käse zu verkosten. Erst später, viel später, fiel mir ein, was Iz in Griechenland zu mir gesagt hatte, und ich fragte mich, ob ihn vielleicht noch etwas anderes zu diesem spontanen Umweg bewogen hatte: Schließlich war Billy im Grunde seines Herzens Europäer. In jenem Jahr hatte er mehr als vier Monate in Europa verbracht und es während dieser Zeit praktisch nie geschafft, die Dinge zu tun, die er an diesem Kontinent liebte. Jetzt waren die Dreharbeiten zu *Fedora* so gut wie abgeschlossen. In Kürze würde er in die Staaten zurückkehren. Warum also nicht diese letzte Gelegenheit ergreifen und sich daran erinnern, was Europa einem bedeutete – wie es *schmeckte,* nachdem man vor so vielen Jahren gezwungen worden war, es zu verlassen? Ein letztes Mal einer stillen Sehnsucht nachgeben und etwas tun, das man nur auf dem Kontinent tun konnte, der einen hervorgebracht hatte.

Vielleicht war es das.

Wir hielten vor einem Gehöft mit mehreren Nebengebäuden, und kaum war der Motor verstummt, herrschte eine tiefe, friedliche Stille. Kein Vogelgezwitscher, kein Muhen von Vieh, nichts. Der Fahrer ging zum Haus, um seinen Cousin zu holen, während Billy und ich aus dem Auto stiegen und unsere Glieder streckten. Es war ein wunderschöner Abend, lau und wolkenlos. Ich lehnte mich an den warmen Körper des Wagens und versuchte nicht allzu erstaunt darüber zu sein, was gerade geschah. Es war eine unwirkliche Wendung der Ereignisse, aber in den vergangenen Monaten war jede Wendung in meinem Leben unwirklich gewesen.

„Hier entlang, hier entlang!"

Der Fahrer war mit seinem Cousin im Schlepptau zurückgekehrt, und es folgte eine temperamentvolle Runde des Händeschüttelns und Umarmens und Rückenklopfens, wobei der Cousin nicht müde wurde, zu betonen, dass *Ben Hur* sein Lieblingsfilm und ein Meisterwerk des Kinos sei. Billy war es gewohnt, mit William Wyler verwechselt zu werden – das ging ihm seit mindestens dreißig Jahren so –, und er nahm die Komplimente für seinen Regie-Kollegen freudig entgegen. Dann führte uns der Hofbesitzer zu einer großen Scheune mit einem grün gestrichenen Tor. Er schloss es auf, und wir folgten ihm in einen ausgesprochen kalten Raum mit drei oder vier Tischen für Gäste. Es war ziemlich düster und unwirtlich dort drinnen.

„Soll ich Ihnen vielleicht einen Tisch nach draußen bringen?", fragte er.

„Wenn es nicht zu viele Umstände macht", sagte Billy. „Das wäre wunderbar."

„Für den Mann, der das tollste Wagenrennen aller Zeiten auf die Leinwand gebracht hat", sagte der filmbegeisterte Landwirt, „ist mir keine Mühe zu groß."

Zusammen mit dem Fahrer trug er einen der Tische hinaus in die Abendsonne und brachte zwei Teller, zwei Messer und zwei Weingläser.

„Zum Brie", sagte er, „empfehle ich immer einen Pinot Noir. Er ist nicht zu fruchtig, nicht zu schwer. Er bringt den Geschmack hervorragend zur Geltung."

„Ich vertraue ganz auf Ihr Urteil", sagte Billy und deutete zustimmend auf sein Weinglas.

Zwei Gläser wurden mit Wein gefüllt und dann wurde der erste Käse an den Tisch gebracht.

„Das", sagte der Bauer, „ist ein *Brie de Melun*. Wir verkaufen ihn hier, aber hergestellt wird er auf dem Hof meines Schwagers, ein paar Meilen von hier. Natürlich stammt er aus dem Département Seine-et-Marne, wie alle echten Bries. Er hat einen ziemlich kräftigen Geschmack, eher salzig. Wenn er zu lange reift, wird er bitter. Dieser hier hat eine Reifezeit von fünf Wochen."

„Hast du den schon mal probiert?", fragte mich Billy und strich etwas von dem Käse auf ein Stück knuspriges Baguette.

„Ich habe überhaupt noch nie Brie gegessen", gestand ich.

„Das wundert mich nicht, schließlich kommst du aus Griechenland", meinte er. „Ihr habt den Feta. Ein anständiger Käse, aber nicht die gleiche Liga. Ein bisschen, als würde man Asti Spumante mit Champagner vergleichen." Er biss ein Stück Brot mit Käse ab, schloss die Augen und kaute konzentriert. „Ah, ja, der ist gut. Einer der besten, die ich je gekostet habe."

Vollkommen unbedarft nahm ich meinen ersten Bissen. Sogleich eroberte eine komplexe Mischung aus Aromen meine Zunge. Der

Käse war weich und milchig, mit einem leichten Anklang von Walnuss und einer ausgesprochen erdigen Note. Für meinen noch unerfahrenen Gaumen war es ein fremder und zugleich ungemein angenehmer Geschmack. Die cremige Konsistenz des Käses in Verbindung mit der Krossheit des Brotes war umwerfend.

„Echt lecker", sagte ich.

„Koste ihn mal mit dem Wein", riet mir Billy. „Er hat recht, sie passen wirklich gut zusammen."

Ich hielt das Weinglas gegen die Abendsonne. Lichtstrahlen brachen sich in tiefem Rubinrot. Ich nahm einen großen Schluck und schmeckte, wie die beerigen Noten des Rotweins eine harmonische Verbindung mit den nachklingenden Aromen von Käse und Brot eingingen und sie schließlich übertönten.

„Mmmm", sagte ich. Mir fehlten die Worte, um meinem Genuss Ausdruck zu verleihen. Das Einzige, was ich hervorbrachte, waren gutturale Laute. „Mmmmnmnmnm …"

Wir aßen und tranken noch mehr davon, und dann ging der Bauer den nächsten Käse holen.

„Also, wenn ich an diesem Punkt ein wenig … privat werden darf", sagte Billy und wischte sich den Mund mit einer Serviette ab, „ich kam heute Nachmittag nicht umhin zu bemerken, dass du ein bisschen niedergeschlagen gewirkt hast. Ich habe mich gefragt, was los ist."

„Nun ja –"

„Ich meine, wenn du traurig bist, weil die Dreharbeiten zu Ende gehen: Wir alle sind traurig darüber, aber da ist nichts zu machen."

„Es stimmt schon, dass ich –"

„Weißt du, ich bin sehr froh, dass wir eine Tätigkeit für dich gefunden haben und du mit uns nach Deutschland und Frankreich kommen konntest, und ich weiß, dass Mr. Diamond dir sehr dankbar für deine Unterstützung ist, aber du kannst nicht mit uns zurück nach Los Angeles kommen, so leid es mir tut."

„Natürlich nicht. Das würde ich mir nie träumen lassen."

Der Bauer kehrte mit einem anderen Käse zurück.

„Dieser hier", erklärte er, „kommt ebenfalls vom Hof meines Schwagers. Auch ein *Brie de Melun,* aber einer mit nur vier Wochen Reifezeit, deswegen ist er ein bisschen härter, und er ist fein gewürzt. Ich bin gespannt, ob Sie das Gewürz erkennen."

Billy strich den Käse auf sein Baguette und nahm einen Bissen. Während er kaute, starrte er vor sich hin. Dann sagte er:

„Senf. Richtig?"

„Richtig. Senfsamen. Nicht viele. Das Aroma ist sehr dezent. Genießen Sie ihn, inzwischen hole ich den besten von allen."

Während er weg war und ich mehr Brot und Käse aß und noch mehr Wein dazu trank und nur noch staunte, wie etwas so Einfaches so gut schmecken konnte, kam Billy auf seine Frage zurück.

„Ich nehme also an, dass es eher um etwas Persönliches geht, hab ich recht?"

Ich nickte und schluckte meinen Käse mit Senfaroma hinunter bevor ich sagte:

„Als wir auf Lefkada waren, habe ich einen Jungen kennengelernt. Matthew. Wir haben uns angefreundet, aber irgendwie war da noch … etwas offen, könnte man sagen."

„Erzähl weiter", sagte Billy, während ich noch einen Schluck Wein trank.

„Also, am Freitag ist er dann in Paris aufgetaucht, im Hotel – seine Mutter ist nämlich eine der Maskenbildnerinnen –, und gestern Abend sind wir zusammen ausgegangen und dann …"

„Dann habt ihr die Sache zu Ende gebracht, nehme ich an."

Es war derb formuliert, aber ich nickte erneut.

„Und jetzt ist er weg?"

„Schlimmer als das", sagte ich und erzählte Billy die Geschichte von dem Brief, den ich am Morgen in Matthews Hosentasche gefunden hatte, und wie benutzt und verraten ich mich deswegen gefühlt hatte. Ich konnte kaum glauben, wie leicht es war, mich ihm anzuvertrauen. Wahrscheinlich ist es eine Binsenweisheit, dass Wein die Zunge löst und das Reden einfacher macht. Aber in diesem Fall war es, glaube ich, nicht der Wein. Ich glaube, es war der Käse.

Apropos Käse, in jenem Moment erschien der Bauer mit der dritten und letzten Kostprobe. Der tortenförmige Laib, den er jetzt brachte, war größer als die anderen, und seine Rinde war wesentlich dünner. Billy lehnte sich vor und beäugte ihn neugierig.

„Und das ist …?"

„Das hier, Sir, ist mein eigener Käse. Auf diesem Hof hergestellt. Ein echter *Brie de Meaux*. Volle acht Wochen gereift. Wir nehmen die Milch von unseren eigenen Kühen. Dieser Käse wird noch auf traditionelle Weise geschöpft und abgetropft – nicht gepresst –, dann gesalzen und auf Strohmatten zum Trocknen abgelegt. Anschließend kommt er zum Reifen in einen kühlen Keller. Nach rund einer Woche bildet sich die Rinde, die Sie mitessen sollten, Mademoiselle", fügte er mit einem vorwurfsvollen Blick auf meinen Teller hinzu, „sie ist nämlich sehr nahrhaft und schmeckt außerdem gut. Während des Reifens werden die Räder alle paar Tage von Hand gewendet und gepflegt. Sie werden in ganz Frankreich keinen besseren Käse finden als diesen. Das garantiere ich Ihnen."

Billy schaute auf seine Uhr und wandte sich dann an den Fahrer: „Wie lange brauchen wir von hier bis zum Drehort?"

„Ungefähr eine halbe Stunde, Sir."

„Okay. Mit dem hier müssen wir uns also beeilen."

„Sir", protestierte der Bauer. „Es dauert *acht Wochen,* um diesen Käse herzustellen. Ein *Brie de Meaux* braucht Zeit. Sowohl zum Reifen als auch zum Essen."

Billy dachte kurz darüber nach. Dann nickte er zustimmend, machte es sich wieder auf seinem Stuhl bequem und nahm noch ein Stück Brot.

„Sie haben recht. Könnten wir vielleicht noch etwas Wein bekommen?"

„Natürlich, Sir. Bitte" – er zeigte auf das Käserad – „bedienen Sie sich. Schneiden Sie ihn selbst an."

Er verschwand, um noch eine Flasche Pinot Noir zu holen. Vorsichtig, ganz vorsichtig schnitt Billy ein schmales Stück Käse aus dem Rad und schob es mir auf den Teller. Der Brie war von einem rahmigen Gelb, fast fließend, und verströmte einen zarten, aber unwiderstehlichen, leicht pilzigen Duft. Dann wiederholte er den Vorgang, während ich zwei Stücke von dem Baguette abbrach. Erwartungsvoll, mit wässrigem Mund, begutachteten wir unsere Teller.

„Sollen wir loslegen?", fragte er und hob sein Messer.

Ich hob meins ebenfalls.

„Aber vorher", sagte er abrupt und deutete mit dem Messer auf mich, „gestatte mir noch eine Bemerkung zu der Geschichte, die du mir eben erzählt hast."

Ich wartete gespannt.

„Der Brief, den du in der Tasche dieses Jungen gefunden hast", sagte er. „Ich glaube nicht, dass das ein stichhaltiger Beweis ist."

„Nein?" Bei diesen Worten regte sich ein Fünkchen Hoffnung in meinem Herzen.

„Wenn ich das richtig verstanden habe, hast du lediglich das Wort ‚Darling' gesehen. Und den Satz ‚Kann es kaum erwarten, dich wiederzusehen'."

„Stimmt."

„Also, warum voreilige Schlüsse ziehen? ‚Kann es kaum erwarten, dich wiederzusehen' könnte doch jeder schreiben."

„Wahrscheinlich schon …"

„Und in England gibt es einen bestimmten Menschenschlag, weißt du, Leute, die einander ständig ‚Darling' nennen. Das ist so ein Noël-Coward-Ding. Es hat nichts zu bedeuten. Sie sagen es sogar zu ihrem Fensterputzer."

Das klang plausibel, musste ich zugeben.

„Ich würde also die Möglichkeit in Betracht ziehen, dass diese Frau nur eine Bekannte ist."

„Eine Bekannte", wiederholte ich, und während ich noch über diesen Begriff sinnierte und ihn auf seine Wahrscheinlichkeit prüfte und spürte, wie mich eine Welle der herbeigesehnten Erleichterung durchflutete, kehrte der Bauer mit unserer zweiten Flasche Wein zurück und füllte unsere Gläser. Dann strichen Billy und ich etwas Käse auf ein Stück Brot und schoben es behutsam in den Mund.

Also. Dieser Käse – und ich übertreibe hier keineswegs –, dieser Käse war einfach das Beste, was ich je im Leben gegessen hatte. Die Aromen entfalteten sich allmählich, eines nach dem anderen, und jedes war vielfältiger und feiner als das vorige.

„Gut, was?", sagte Billy, nachdem wir eine Weile andächtig gekaut hatten.

„Oh ja."

„Ich schmecke ein klein wenig Haselnuss und einen Hauch von Pilzen. Es ist fast als … als könnte man den Boden darin schmecken, wie bei einem guten schottischen Whisky."

Ich nickte, aber im Gegensatz zu Billy konnte ich meine Empfindungen nicht in Worte fassen. Ich weiß nur, dass ich in jenem Moment so etwas wie eine Epiphanie erlebte. Alles kam zusammen – die plötzliche Hoffnung, die seine Worte über Matthew bei mir geweckt hatten, die Freude, meine nach wie vor ungläubigstaunende Freude darüber, in Billys Gesellschaft zu sein, der herrliche Geschmack des Käses, die wärmende Wirkung des Weines, die stille Schönheit der Natur um uns herum, die untergehende Sonne auf unseren Gesichtern, der wolkenlose, blau-rosa-gelbe Himmel über uns, der melancholische Zauber jenes Abends am Ende des Sommers – das alles kam zusammen, und wenn mich jemand nach meiner Vorstellung von vollkommenem Glück fragt, so ist es sogar jetzt, sogar heute noch dieser Moment, der mir in den Sinn kommt und zu dem ich immer zurückkehren werde. Was für ein Moment! Was für eine Erinnerung!

„Ich bin im Himmel", sagte ich nur.

„Gut", sagte Billy mit der professionellen Zufriedenheit von einem, der sich vorgenommen hatte, Freude zu bereiten, und dem es gelungen ist. Er aß seinen letzten Happen Käse und schaute dann wieder auf seine Uhr. „Aber Himmel hin oder her, jetzt müssen wir gehen."

„Ja, natürlich."

Er verschwand im Haus, um sich bei dem Bauern zu bedanken – vielleicht auch, um ihm etwas Geld zuzustecken, ich weiß es nicht. Als er wieder herauskam, lief er schneller als gewöhnlich.

„Wir werden zu spät kommen. Das ist mir noch nie passiert. Sieh nur, was du angerichtet hast!"

Zerknirscht hob ich an, mich zu entschuldigen – dann erkannte ich, dass er scherzte.

„Jedenfalls war es das wert", sagte er und ließ noch einmal den Blick über den Hof schweifen, während der Fahrer die hintere Wagentür für ihn öffnete.

„Ich bin froh, dass Sie das so sehen."

„Natürlich tue ich das." Er war schon im Begriff, ins Auto zu steigen, als er innehielt, mich anlächelte und sagte: „Weißt du, wir beide wurden heute Abend an etwas Wichtiges erinnert." Ich fragte mich, was er meinte – was er und ich bloß gemein haben konnten. „Egal, wie das Leben uns mitspielt", sagte er, „es hat immer auch Freuden zu bieten. Und die sollten wir uns nicht entgehen lassen." Und dann rückte dieser Mann, der in seinem Leben so viel erreicht und auch so viel gelitten hatte, den Hut auf seinem Kopf zurecht, sodass er genau im richtigen Winkel saß, und tippte mit zwei Fingern an die Krempe. „Denk daran", fügte er hinzu. Und das habe ich immer getan.

*

Wir trafen tatsächlich verspätet in Mortcerf ein. Aber die Crew war nicht untätig gewesen und hatte bereits die Dolly-Schienen auf dem Bahnsteig verlegt, parallel zum Gleis, genau wie Billy es sich vorgestellt hatte. Das machte etwas Zeit wett.

Der Dreh lief wie am Schnürchen. Ich war reichlich beschwipst von all dem Wein, aber um Billy außer Gefecht zu setzen, brauchte es mehr als ein paar Gläser Pinot Noir. Nur einmal gerieten die Dreharbeiten ins Stocken, als Miss Keller ihren Text nicht genau so wiedergab, wie er im Skript stand. Anstatt zu sagen, „Der Anruf – das war gar nicht Michael am Telefon. Wer war es?", sagte sie, „Der Anruf – der war nicht von Michael. Wer war es?" Natürlich wies Iz darauf hin, dass sie vom Drehbuch abgewichen war, und sie mussten einen weiteren Take machen. Miss Keller protestierte nicht. Inzwischen hatte sie verstanden, wie diese beiden tickten. Beim dritten oder vierten Versuch machte sie es richtig, und sie waren fertig. Alles war im Kasten, wie man so schön sagt.

Es gab aber keine richtige Drehschlussparty. Nach unserer Rückkehr ins Hotel versammelten sich nur ein paar Leute an der Bar. Viele der Schauspieler und Crew-Mitglieder waren ohnehin bereits abgereist. Mr. Holden war nicht da, auch nicht Frau Knef oder Mr. Ferrer. Wir waren ungefähr zu zehnt, tranken Champagner und rauchten ein paar Zigaretten. Allmählich löste sich die Runde auf, bis nur noch ich, Billy und Iz übrig waren.

Die beiden alten Freunde saßen eine Zeit lang schweigend da. Sie wirkten erschöpft, nicht triumphierend.

„Tja", sagte Iz schließlich trocken. „Wir haben's geschafft."

„Ja", sagte Billy. „Wir haben's geschafft."

Erneut herrschte Schweigen. Billy paffte eine seiner kleinen Zigarren. Iz starrte auf den Tisch. Ich hatte keine Ahnung, woran er dachte, freute mich aber, als langsam, fast unmerklich, ein zaghaftes Lächeln auf seinem Gesicht erschien. Es war ein schwermütiges, schiefes Lächeln, aber dennoch ein Lächeln. Schließlich schaute er auf, und im selben Moment, so, als verständigten sie sich auf irgendeine telepathische Weise, sah Billy ihn an, und ihre Blicke trafen sich. Er lächelte ebenfalls.

„Wir haben's geschafft", wiederholte Iz und erhob sein Glas.

„Wir haben's geschafft", sagte Billy und stieß mit ihm an.

Danach schwiegen sie wieder. Es bedurfte keiner weiteren Worte oder Gesten, um ihren Empfindungen Ausdruck zu verleihen, und mit einem Mal fühlte ich mich wie ein Eindringling. Es war Zeit, Gute Nacht zu sagen und von den beiden Abschied zu nehmen.

Auf dem Weg in mein Zimmer hielt ich kurz an der Rezeption und stellte fest, dass eine Nachricht auf mich wartete. Sie war von Matthew.

Liebe Calista,
was ist passiert? Warum bist du gegangen? Wo bist du?
Ich hoffe, dass alles in Ordnung ist. Ich muss jetzt zum Flughafen.
*Bitte schreib mir an diese Adresse: ***

Aber als ich ihm ein paar Tage später aus Athen schrieb, erwies sich die Anschrift, die er mir gegeben hatte, als falsch. Ich schrieb ihm einen langen Brief und steckte die Kassette mit der Aufnahme von mir und Chrysoula, wie wir auf dem Klavier und auf der Violine „Malibu" spielen, mit in den Umschlag, doch der Brief und die Aufnahme kamen nie bei ihm an. Vielleicht war er bereits ausgezogen und wohnte jetzt in irgendeinem Studentenzimmer in der Nähe der Filmhochschule. Vermutlich hätte ich einen zweiten Versuch unternehmen und an die Adresse seiner Mutter schreiben können. Aber etwas hielt mich davon ab: der Verdacht, dass er mir womöglich absichtlich eine falsche Anschrift gegeben hatte, weil er nichts mehr von mir wissen wollte. Je länger ich darüber nachdachte, desto wahrscheinlicher erschien mir das. Der Gedanke war

niederschmetternd, aber anders konnte ich es mir nicht erklären.
So enttäuscht war ich von meiner ersten Erfahrung mit der Liebe.
Jedenfalls – aus welchen Gründen auch immer – kam die Kassette, die ich ihm geschickt hatte, wieder zurück, mit dem Vermerk „Nicht zustellbar".

London

Fedora war im Kasten. Aber die Schwierigkeiten mit diesem Film waren noch nicht vorbei.

Nach ihrer Rückkehr in die Staaten engagierten Billy und Iz einen neuen Editor und fertigten einen Rohschnitt des Films an. Doch dann traf Billy eine fatale Entscheidung. Da er wollte, dass die Stimmen der beiden Hauptdarstellerinnen aus Plotgründen ähnlich klangen, ließ er ihren gesamten Text von einer deutschen Schauspielerin namens Inga Bunsch nachsynchronisieren. Hunderte und Aberhunderte von Zeilen – die komplette gesprochene Darbietung von Marthe Keller und Hildegard Knef – landeten im Müll und wurden durch die flache, monotone Stimme von Frau Bunsch ersetzt.

Im Dezember 1977 kehrte Billy nach München zurück, wo Miklós Rózsas Filmmusik durch das Symphonie-Orchester Graunke eingespielt wurde. Doch als die Musik dann unterlegt werden sollte, verwendete er nur einen Teil davon. Er verwarf zum Beispiel Dr. Rózsas Titelmusik und nahm stattdessen Edvard Griegs elegische Melodie „Letzter Frühling". Rózsa war außer sich. Wie man mir erzählte, redete er jahrelang kein Wort mehr mit Billy. In seiner Autobiografie *Double Life* ging er auf sämtliche Filme ein, zu denen er die Musik komponiert hatte. Aber *Fedora* erwähnte er nicht. Er war zu gekränkt.

Eine Probevorführung des Films in Santa Barbara ging schief, weil die Zuschauer an Stellen lachten, die eigentlich todernst gemeint waren. Als Nächstes wurde *Fedora* bei den Filmfestspielen von Cannes gezeigt, und die europäischen Kritiker mochten ihn, aber die Amerikaner hassten ihn. Erst 1979 kam er mit begrenztem Verleih in die Kinos einiger amerikanischer Metropolen. In New York lief er gut, aber sonst nirgends. Am Ende war es Billys Rache für Auschwitz, nicht die an Hollywood.

Anfang der 1980er-Jahre machten Billy und Iz noch einen letzten Film zusammen, eine Komödie namens *Buddy Buddy*. Die Idee stammte von jemand anderem, sie bedeutete ihnen nichts, ihr Herz hing nicht daran, und je weniger über diesen Film gesagt wird, desto besser.

Danach wurde es still um sie.

*

Und wie ging mein eigenes Leben weiter?

1981 wurde meine kleine Familie von einer Tragödie heimgesucht: All die Jahre, in denen mein Vater dem köstlichen griechischen Gebäck gefrönt hatte, holten ihn schließlich ein, und innerhalb weniger Wochen erlitt er zwei Herzinfarkte. Der zweite war tödlich.

In unserer Verlassenheit und Trauer verkauften meine Mutter und ich die Wohnung in der Acharnon-Straße und zogen nach London. Wir kauften ein Drei-Zimmer-Apartment in der Nähe unserer Verwandten, im wenig angesagten Stadtteil Balham.

Meine Mutter behielt ihren Ehenamen, und da es in Balham nicht viele Familien namens Frangopoulou gab (um genau zu sein, gab es nur eine), war es ein Leichtes für Matthew, mich ein paar Jahre später im Telefonbuch zu finden.

An einem Tag im Frühling 1985 rief er an. Mein Liebesleben war in den vergangenen Jahren nicht besonders aufregend gewesen, und ich gebe zu, dass ich wider alle Vernunft erfreut darüber war, von ihm zu hören. Er lud mich zum Dinner in ein italienisches Restaurant in Soho ein, und ich verbrachte den Großteil des Tages damit, zu überlegen, was ich anziehen sollte. Bekanntermaßen hatte ich ja eine Erfolgsbilanz vorzuweisen, was monumentale Fettnäpfchen in Sachen Kleidung betraf. Es erschien mir zu demütigend, ein sexy Outfit für ihn anzuziehen (selbst wenn ich eins besessen hätte), daher entschied ich mich schließlich für etwas Adrettes, aber Konservatives: ein dunkelrotes Nadelcordkleid im Zwanzigerjahre-Stil von Laura Ashley, mit tief angesetzter Taille und Matrosenkragen. Nichtsdestotrotz fühlte ich mich leicht overdressed, denn Matthew erschien in einem alten Seemannspullover und einer Jeans, die dem Schlag nach zu urteilen mindestens zehn Jahre alt war. Ich muss gestehen, dass ich enttäuscht war, als ich ihn sah. In meiner Erinnerung war er *unglaublich* gutaussehend gewesen: gutaussehend auf jungenhafte Weise, trotz seines Bartes, oder vielleicht gerade deswegen. Jedenfalls war der Bart jetzt ab, und sein Gesicht wirkte dicker, und auch um den Bauch herum hatte er etwas Speck angesetzt. Aber es machte nichts, dass ich ihn nicht mehr so attraktiv fand wie in Griechenland und Paris, denn meine Mutmaßung, dass es sich bei unserem Treffen um ein Date handeln könnte, erübrigte sich schon beim Aperitif. Innerhalb weniger Minuten erfuhr ich, dass er verheiratet war, und ich erfuhr außerdem, dass seine Frau Juliet hieß. Nun ja, in gewisser Weise war ich erleichtert. Zumindest wusste ich jetzt, dass mein Instinkt im Sommer 77 richtig gewesen war. Allerdings hatte ich gehofft, dass er versuchen würde, mit mir ins Bett zu gehen – dann hätte ich wenigstens die Genugtuung gehabt, ihn abblitzen zu lassen.

Okay, Matthew hatte mich also nicht hergebeten, um das Feuer unserer Jugendromanze wieder zu entfachen. Stattdessen unterbreitete er mir ein berufliches Angebot. Wie sich nämlich zu meinem Erstaunen herausstellte, hatte er Gelder bekommen, um einen Spielfilm zu drehen. Manch einer wird sich noch erinnern, dass das britische Kino Mitte der Achtziger gerade einen seiner periodisch wiederkehrenden Momente der Renaissance erlebte. Channel 4 war kurz zuvor aus der Taufe gehoben worden und steckte viel Geld in die Produktion und Entwicklung. Der Thatcherismus hatte Filmemacher wachgerüttelt und zum Widerstand bewegt. *Die Stunde des Siegers* hatte allen Mut gemacht. Matthew galt jetzt als aufstrebendes Nachwuchstalent und hatte mehrere Tausend Pfund an Fördermitteln bekommen, um seine persönliche Mischung aus Martin Scorsese, Nicolas Roeg und linksgerichteter Polemik auf die Leinwand zu bringen. Ich vermute mal, dass sich heute kaum noch jemand an diesen Film erinnert, aber damals erregte er eine gewisse Aufmerksamkeit. Als ich Matthew an jenem Abend traf, hatte die Postproduktion jedenfalls noch nicht begonnen, und ein entscheidendes Mitglied des Kreativteams stand noch nicht fest: der Komponist.

Während wir über unseren Antipasti saßen, summte er mir eine Melodie vor.

„Was ist das?", fragte ich.

„Wie – ‚was ist das'?", erwiderte er. „Das ist doch dein Stück. Das Lied, das du mir auf der Party in Griechenland vorgespielt hast."

„Du hast dir nie gemerkt, wie es geht", sagte ich und sang ihm „Malibu" so vor, wie es klingen sollte.

„Genau!", sagte er. „Genau so geht es!"

„Natürlich geht es so", antwortete ich ruhig und versuchte, nicht allzu herablassend zu klingen.

„Wir *müssen* es verwenden", sagte er. „Sogar bei den Dreharbeiten ging es mir ständig durch den Kopf, bei jeder Szene. Bitte sag, dass du es machst, Cal."

„Dass ich *was* mache?"

„Dass du die Musik zu meinem Film schreibst."

Und so fing es an. Matthew musste mir ein ganzes Team von Unterstützern an die Hand geben, die mir beibrachten, wie Filmmusik geschrieben und orchestriert und aufgenommen und synchronisiert und geschnitten wurde, denn alles, was ich vorzuweisen hatte – mein einziger Beitrag zu dem ganzen Projekt –, war diese einfache kleine Melodie mit dem bittersüßen Gefühl, das einem in Erinnerung blieb, aber das genügte. Tatsächlich waren damals gerade einige Filme ins Kino gekommen, deren Musik sich einem fast ebenso tief ins Gedächtnis gegraben hatte wie die Geschichte selbst – vielleicht sogar noch tiefer. *Die Stunde des Siegers* war einer davon, *Furyo – Merry Christmas, Mr. Lawrence* ein anderer, und ich hatte Glück, denn etwas Ähnliches widerfuhr auch mir. Das Kinopublikum nahm Notiz von meinem Lied und mochte es und erinnerte sich daran, und ich gewann einige Preise und bald kamen weitere Jobangebote herein, und so ging es weiter, wenigstens ein paar Jahre lang. Als Nächstes klopfte ein Hollywood-Studio bei mir an, und ehe ich mich's versah, flog ich mehrmals nach L.A., zu Meetings und Viewings und Aufnahmesessions.

Bei einem dieser Besuche, im Frühjahr 1987, traf ich Iz und Barbara zum letzten Mal.

Barbara war so strahlend und überschwänglich wie eh und je. Iz hingegen sah mager und ältlich aus.

Sie luden mich zum Dinner in ihr Haus am El Camino Real ein, und Iz erzählte mir, dass er und Billy sich nach wie vor jeden Tag im Büro trafen und mit Ideen für Geschichten und Drehbücher jonglierten.

„Aber daraus wird nichts mehr", sagte er.

„Warum nicht?", fragte ich.

„Aus mehreren Gründen. Zum einen möchte Billy nur noch einen einzigen Film machen, und der ist nichts für mich."

Ich bat ihn, mehr darüber zu erzählen.

„Vor ein paar Jahren ist dieses Buch erschienen, *Schindler's Ark*. Hast du davon gehört? Australischer Schriftsteller. Es geht um einen Deutschen, der viele Juden vor dem Holocaust rettet. Billy versucht gerade, sich die Rechte zu sichern."

„Er wäre genau der Richtige, um diesen Film zu machen."

„Kann sein", sagte Iz, wobei er nicht sonderlich überzeugt klang. „Aber viele Leute sind hinter den Filmrechten her. *Sehr viele.* Er hat ein paar … ziemlich mächtige Konkurrenten."

Den anderen Grund, weshalb er und Billy kein Drehbuch mehr zusammen schreiben würden, nannte Iz nicht. Den erfuhr ich erst im darauffolgenden Jahr, als ich die Nachricht von seinem Tod in der Zeitung las. Offenbar hatte er schon längere Zeit an einem Multiplen Myelom gelitten: Möglicherweise war seine Gürtelrose während der Dreharbeiten zu *Fedora* der Beginn dieser Krankheit gewesen. Er hatte wohl schon eine ganze Weile gewusst, wie es um ihn stand, aber nicht einmal Billy hatte er davon erzählt. Der erfuhr es erst wenige Wochen, bevor sein Freund starb. „So war das in unserem Drehbuch nicht vorgesehen", sagte er später in einem Interview. „Im Drehbuch unseres Lebens hätte ich als Erster gehen sollen – schließlich bin ich vierzehn Jahre älter als er. Wie man sieht, ist es anders gekommen."

*

Der Film, der mich damals nach L.A. führte, war das Werk eines Kreativteams, zu dem auch mehrere Briten gehörten, darunter der Editor, ein sanftmütiger, freundlicher, gutherziger Mann namens Geoffrey. Vielleicht war unser Liebeswerben nicht das feurigste und leidenschaftlichste (ich weiß, er hat nichts dagegen, wenn ich das sage), aber auf unsere stille, unaufdringliche Weise verliebten wir uns ganz schön heftig ineinander. Drei Monate, nachdem wir uns kennengelernt hatten, waren wir verheiratet.

Geoffrey und ich wollten beide möglichst rasch Kinder haben, aber das erwies sich als schwierig. Schließlich unterzog ich mich einer IVF, und so wurden im Frühjahr 1994 Francesca und Ariane geboren. Und da stellte ich fest, dass es nur eins gab, was ich noch mehr liebte, als Filmmusik zu schreiben: mit kleinen Kindern zusammen zu sein und ihnen die Liebe und Fürsorge zu geben, die sie brauchten. Von dem Moment an, da meine Töchter auf der Welt waren, drehte sich mein Leben darum, ein Gleichgewicht zwischen diesen beiden Berufungen zu finden – die Musik auf der einen, die Kinder auf der anderen Seite –, und obwohl es nicht immer einfach war, habe ich beides genossen. Musik für Filme zu komponieren ist ein wunderbares Abenteuer, aber ich habe auch nie bereut, einen Auftrag abzulehnen, wenn ich dafür mehr Zeit mit den Mädchen verbringen und mich Tag für Tag an ihrer Energie, ihrer Neugierde, ihrer unbeschwerten Lebensfreude laben konnte.

Und so komponierte ich weiter, nur eben nicht mehr so viel wie früher. Inzwischen kamen meine Aufträge hauptsächlich aus Großbritannien, manchmal auch aus Europa, hin und wieder aus Hollywood. Der letzte amerikanische Film, für den ich die Musik schrieb, wurde 1996 gedreht. Das war das Jahr, als ich erneut nach Los Angeles flog und ein letztes Mal Billy Wilder traf.

Audrey, Billy und ich gingen zum Lunch in eins ihrer Lieblingsrestaurants, das „Mimosa" auf dem Beverly Boulevard. Nach dem Dessert verabschiedete sich Audrey, weil sie einen Arzttermin hatte. Ich wollte schon aufstehen und ebenfalls gehen, aber Billy legte mir die Hand auf den Arm und sagte, nein, ich solle doch noch auf einen Kaffee bleiben. Wir bestellten also zwei Espressi und machten es uns für unseren letzten Plausch bequem.

„Also, die kleine griechische Dolmetscherin", sagte er, „hat es in den letzten Jahren weit gebracht, findest du nicht?"

„Das hat sie vermutlich", sagte ich und erinnerte ihn daran, dass fast zwanzig Jahre vergangen waren, seit Gill Foley und ich in unseren schrecklichen T-Shirts und den abgeschnittenen Jeans im „Bistro" aufgekreuzt waren, und ich zu viel getrunken hatte und mein ausgiebiges Gähnen am Ende des Dinners ihn auf eine Idee für *Fedora* gebracht hatte.

Wir sprachen ein bisschen über die Entstehung dieses Films. Billy konnte sich noch gut an die Dreharbeiten erinnern; jedenfalls besser als an den Film selbst. Ich erwähnte ein paar Einzelheiten aus verschiedenen Szenen und hatte den Eindruck, dass er nicht genau wusste, was ich meinte.

„Ich denke nie an meine alten Filme zurück", sagte er. „Wozu auch? Es fallen einem ja doch nur die ganzen Fehler auf, die man gemacht hat. Das würde einen total verrückt machen. Man sollte immer nur an den nächsten denken."

„Du hast vor, einen neuen Film zu machen?", fragte ich.

Er sah mich entgeistert an und lachte.

„Mein Gott, Calista, ich bin neunzig Jahre alt. Glaubst du im Ernst, ich würde um fünf Uhr morgens aufstehen, um an irgendeinen Drehort in der Pampa zu fahren? Also wirklich. Ich bin doch nicht meschugge."

„Iz hat mir mal erzählt", sagte ich, „dass du *Schindlers Liste* verfilmen wolltest."

„Stimmt."

„Hast du ihn gesehen?", fragte ich. Spielbergs Film war drei Jahre zuvor in die Kinos gekommen.

Billy nickte und schwieg lange. Dann sagte er:

„Ja, ich habe ihn gesehen. Nur ein einziges Mal. Noch einmal hätte ich es nicht ertragen, ihn anzuschauen. Ich denke, es ist einer der ... der *größten* Filme. Der allergrößten. Besser als alles, was ich je hätte machen können."

Ich war sehr bewegt, das von ihm zu hören. Ich dachte an unsere Unterhaltung in Paris zurück und sagte:

„Ich weiß noch, wie du einmal zu mir gesagt hast, dass Spielberg und die anderen Filmemacher seines Alters nie richtig ernsthafte Filme machen können, weil sie nicht erlebt haben, was du durchgemacht hast. Die Menschen deiner Generation. Die beiden Weltkriege."

Er sah auf.

„Das habe ich gesagt?"

Ich nickte.

„Also, das war Bullshit. Und überhaupt erinnere ich mich nicht daran. Wann habe ich das gesagt?"

„Weißt du nicht mehr? In Paris, am letzten Drehtag. Bevor wir zu dem Bauernhof in Meaux gefahren sind und Brie gegessen haben."

Seine Augen leuchteten auf. „Ah, ja. Ich erinnere mich daran. Den Käse habe ich jedenfalls nicht vergessen. Aber ich kann mir gar nicht vorstellen, so etwas über Mr. Spielberg gesagt zu haben. Und wenn doch, lag ich falsch."

Eine Weile sagte keiner von uns etwas. Wie schon so oft rief ich mir jenen kostbaren Abend ins Gedächtnis, ließ ihn still Revue passieren. Aber Billys Gedanken waren ganz woanders.

„Weißt du", sagte er schließlich, und auf einmal kam es mir vor, als wäre das ganze Lokal verstummt, als würden nur wir beide dort sitzen und reden, während die Welt um uns herum schwieg. „Als ich den Film sah … diese Szenen … die Szenen in den Lagern, den Todeslagern. Sie waren so echt. Weißt du, wobei ich mich ertappt habe?"

Ich schüttelte den Kopf und sah in seine Augen, die trüb geworden waren.

„Ich habe gar nicht mehr auf die Schauspieler geachtet. Ich habe die Leute im Hintergrund angeschaut. Es war, als würde ich … es mit eigenen Augen sehen, während es geschah, und ich habe gemerkt, dass ich immer noch nach ihr suche. Ich habe immer noch geschaut, ob sie dort war."

Ich langte über den Tisch und ergriff seine neunzigjährige Hand. Unsere Blicke trafen sich zum letzten Mal. Und dann trank er seinen Espresso aus, bestellte ein paar Brandys und erzählte mir eine lustige Geschichte über Jack Lemmon und Shirley MacLaine.

*

Am Ende habe ich die Suite, zu der mich Billy Wilder inspiriert hat, dann doch noch fertiggeschrieben, wobei sie bis heute weder aufgeführt noch aufgenommen wurde. Ich habe allerdings länger dazu gebraucht als gedacht – drei oder vier Jahre, alles in allem –, weil etwas dazwischenkam und mich ablenkte. Es begann an dem Tag, als ich Fran beim Telefonieren im Garten belauschte und die alten Fotos von meiner Mutter und ihren Enkelkindern durchsah. An dem Tag hatte ich eine Idee; eine, die die Geschichte meiner Familie für immer verändern sollte.

Und was hat mich auf diese Idee gebracht? Natürlich *Fedora*.

Ich weiß nicht, warum ich an jenem Abend die DVD aus ihrer Hülle nahm und in den Rekorder schob. Vermutlich hingen mir die fürchterlichen BAFTA-Screener zum Hals heraus, aber es muss noch mehr dahintergesteckt haben. Fran und Geoffrey waren beide oben und schliefen. Es war fast Mitternacht, und ich fühlte mich ruhelos und unglücklich, aber ich wollte nichts trinken und auch keinen Brie essen. Ich verspürte den Drang, nach langer Zeit mal wieder *Fedora* anzuschauen.

Was für ein merkwürdiger Film es geworden war.

Nachdem ich ihn mir angesehen hatte, kam mir plötzlich ein Gedanke: Damals, 1977, hatte ich versucht, meine Unwissenheit in Sachen Film zu überspielen, indem ich auswendig gelernte Passagen aus Leslie Halliwells Filmführer zitierte, aber aus unerfindlichen Gründen hatte ich nie nachgesehen, was Mr. Halliwell in den späteren Auflagen eigentlich über *Fedora* geschrieben hatte. Daher nahm ich in jener Nacht die dicke Taschenbuchausgabe aus dem Regal und las sein Urteil: „Eine Neuauflage von *Boulevard der Dämmerung,* allerdings ohne die Bitterkeit des Originals, und ohne seine Wirkmacht." Und dann: „Aber Ende der Siebzigerjahre musste man über jeden zivilisierten Film froh sein." Ich glaube, das hätte Billy gefallen. Der Begriff „zivilisiert" ist vollgepackt mit Deutungsmöglichkeiten, aber Billy wäre bestimmt damit einverstanden gewesen. Was vielleicht mit seiner Generation zu tun hat.

Bei *Fedora* liegt so manches im Argen. Da ist die schreckliche Synchronisation der beiden weiblichen Hauptdarstellerinnen in der amerikanischen Fassung. Das widerspenstige Melodram und der Umstand, dass einige Szenen nicht so ganz einleuchten. Selbst der exzentrische Schlusssatz des Films – „Die elektrische Heizdecke, die ich ihr geschickt hatte, kam wieder zurück, mit dem Vermerk ‚Nicht zustellbar‘" – zeigt, dass Billy und Iz den Bezug verloren hatten, nicht mehr in Topform waren. Kein Vergleich zu „Nobody's perfect" oder „Shut up and deal".

Außerdem fiel es mir schwer, mich auf den Film als solchen zu konzentrieren, denn das, was Billy und sein Editor zusammengefügt hatten, befand sich in einem ständigen Tauziehen mit meinen unvermindert lebhaften Erinnerungen an die Entstehung jeder einzelnen Szene. Wenn William Holden in Kerkyra die Straße überquert, sich an den Tisch des Cafés setzt und „Ober!" ruft, verschwimmt das Bild zu einer klassischen Rückblende, und ich denke wieder an den Morgen, an dem ich anfing, für Billy zu arbeiten, und im Foyer des Hotels die verrückten Interviewfragen der Journalisten für ihn übersetzte. Wenn ich den alten Fischer sehe, der Mr. Holden mit dem Boot auf die Insel bringt, erinnere ich mich an diesen fröhlichen kleinen Mann und daran, wie Iz ihn die Frage nach seiner „Motivation" stellen ließ, um seinem alten Freund einen Streich zu spielen. Und gleich zu Beginn, wenn Fedora sich im Bahnhof von Mortcerf vor den Zug wirft, erscheint unwillkürlich ein anderes Bild vor meinem geistigen Auge: das von Billy und mir, wie wir vor der alten Scheune des Bauernhofs sitzen, Wein trinken, den Sonnenuntergang betrachten und *Brie de Meaux* essen.

Es fällt mir also schwer, diesen Film scharf zu sehen. Aber wenn es mir gelingt, sehe ich darin ein Werk von großer Schönheit. Von großer Schönheit und Entschlossenheit. Billys Drang, etwas zu schaffen, der Welt auch weiterhin etwas zu geben – ein zutiefst großzügiger Impuls –, war so stark wie eh und je, als er ihn drehte. Und es ist tatsächlich ein Film geworden, der Mitgefühl für seine Charaktere zeigt: vor allem für seine alternden Charaktere, Männer wie Frauen, die versuchen, eine Rolle für sich zu finden, in einer Welt, in der nur Jugend, nur das Neue zählt.

Als ich den Film in jener Nacht anschaute, empfand ich mit einem Mal eine überwältigende Freude darüber, dass es ihn gab. Ein unsagbares Gefühl der Dankbarkeit gegenüber Billy, dafür, dass er die Mühe auf sich genommen hatte, dieses seltsame, einzigartige Etwas in die Welt zu setzen, damit es die Menschen, die es sahen, in vielerlei Weise berühren und inspirieren konnte.

Und in dem wärmenden, klärenden Licht dieser Freude nahm meine Idee plötzlich Gestalt an.

*

Unter der Tür von Frans Zimmer drang noch der Schein einer Lampe hervor. Ich ging hinein und stellte ihr eine Frage. Als die Antwort Ja lautete (wie ich erwartet hatte), ging ich in unser Schlafzimmer, um mit Geoffrey zu sprechen. Denn alles hing nun von ihm ab.

*

Zuerst wusste ich nicht, ob er überhaupt wach war. Doch als ich ihm zuflüsterte, dass ich etwas Wichtiges mit ihm zu besprechen hatte, rollte er sich zu mir herüber, während ich mich neben ihn legte, und hörte mir zu.

Fran will ihr Baby behalten, sagte ich. Aber sie will auch zur Uni gehen. Es liegt also an uns.

„An uns?"

Wir können das hinbekommen, sagte ich zu ihm. Wir können das Kind für sie aufziehen. Ein paar Jahre lang kann das unsere

Aufgabe, unsere Verantwortung sein. Es ist zwar fast zwei Jahrzehnte her, seit wir so etwas gemacht haben, aber wir haben bestimmt nicht vergessen, wie das geht. Der Antrieb ist noch da. Der Wille und die Energie sind noch da.

Noch während ich das sagte, kam mir die Begegnung auf der Rolltreppe in der U-Bahnstation ein paar Tage zuvor in den Sinn. Das kleine Mädchen, das die Hand seiner Mutter festhielt. Dieser gewaltige, unbezahlbare Moment der Verbundenheit. So etwas noch einmal empfinden, das wollte ich so sehr. Nicht wollte: brauchte. Das Bedürfnis war furchterregend, überwältigend.

„Was meinst du?", flüsterte ich, während Geoffrey stumm dalag.

Er antwortete nicht.

„Wir können das noch hinbekommen", drängte ich, und meine Stimme begann zu zittern. „Wir haben es immer noch drauf."

Zum ersten Mal machte er richtig die Augen auf und sah mich im Halbdunkel an.

Er küsste mich. Dann rollte er sich wieder auf die andere Seite, bis er erneut mit dem Rücken zu mir lag.

Und dann brummte er „Warum nicht?!" vor sich hin und schlief ein.

Cascais, 14. Oktober 2019 – London, 22. Mai 2020

Danksagungen, Quellen und Anmerkungen

Meine beiden Hauptquellen für diesen Roman waren der abendfüllende Dokumentarfilm *Swan Song: The Story of Billy Wilder's Fedora* von Robert Fischer aus dem Jahr 2014 sowie Rex McGees ausführlicher Beitrag „The Life and Hard Times of *Fedora*" in *American Film,* Februar 1979, S. 17–32.

Rex McGee, der als junger Mann Wilders persönlicher Assistent bei *Fedora* wurde (und zwar beinahe so zufällig und aus heiterem Himmel, wie es Calista in meinem Roman widerfährt), ließ mir außerdem zahlreiche unschätzbare Informationen via E-Mail zukommen. Für seine Großzügigkeit und Geduld kann ich ihm nicht genug danken.

Paul Diamond, der Sohn von Iz, beantwortete ebenfalls viele Fragen über E-Mail und Twitter und nahm mich im Januar 2019 mit auf eine Tour durch Beverly Hills, auf den Spuren von Iz und Billy; und, was besonders wertvoll war, er gewährte mir Zugang zu den Memoiren seines Vaters, *A Definite Maybe* (die derzeit noch unveröffentlicht sind, es aber hoffentlich nicht mehr lange bleiben werden). Mein Dank an ihn ist grenzenlos.

In Griechenland erteilten mir Alkistis Triberi und Marilena Astrapellou geduldig Auskunft über zahlreiche Einzelheiten. Chrissoula Sklaveniti gab ihre detaillierten Ortskenntnisse über Nydri und Lefkada an mich weiter und erzählte mir die Geschichte ihres Großvaters Filippos, der eine kleine Rolle als Bootsführer in *Fedora* übernahm, wobei ich nicht glaube, dass er Billy Wilder je nach der Motivation seiner Figur gefragt hat.

Viele wertvolle Details über das Leben im München der 1970er-Jahre verdanke ich Tanja Graf und Patrick Süskind.

Volker Schlöndorff, der Billy Wilder gut kannte und auch bei den Dreharbeiten zu *Fedora* in den Bavaria-Studios dabei war, hat mich überaus großzügig mit seiner Zeit und seinem Wissen bedacht.

Mein Dank geht außerdem an Julie Gavras, Frederic Tuten (von dem die Idee zu *Der weiße Hai in Venedig* stammt) und natürlich an Marthe Keller, die meine langen und spontanen Textnachrichten so freundlich beantwortet hat.

*

Die erste Hälfte dieses Romans entstand während einer zweimonatigen Residency im Hotel Pestana Cidadela in Cascais, Portugal. Dieses Aufenthaltsstipendium wurde durch die Fundação Dom Luís I, F. P. und der Câmara Municipal de Cascais finanziert. Filippa Melo hat mich zur Teilnahme an dem Programm eingeladen, und ich kann ihr gar nicht genug für die Herzlichkeit, Wärme und Gastfreundschaft danken, die sie mir während meines Aufenthalts entgegengebracht hat. Mein Dank geht auch an ihre Kollegen von der Fundação, Salvato Tenes de Menezes und Pedro Viagre, die mich so freundlich aufgenommen haben. Joana Soreiro, Nareen Figueiredo, Francisca Prieto, Elisabete Pato und Manuel Alberto Valente haben ebenfalls dazu beigetragen, dass dieser Aufenthalt so produktiv und angenehm war.

*

Die folgenden Bücher wurden bei der Abfassung dieses Romans herangezogen:

Cameron Crowe (2019). *Hat es Spaß gemacht, Mr. Wilder? Gespräche mit Cameron Crowe.* Zürich: Kampa (Originalausgabe: *Conversations with Billy Wilder,* 1999).

Robert Horton (Hrsg.) (2001). *Billy Wilder: Interviews.* Jackson: University Press of Mississippi.

Hellmuth Karasek (2015) [1992]. *Billy Wilder: Eine Nahaufnahme.* Hamburg: Hoffmann und Campe.

Kevin Lally (1996). *Wilder Times: The Life of Billy Wilder.* New York: Henry Holt and Company.

Ed Sikov (1998). *On Sunset Boulevard: The Life and Times of Billy Wilder.* New York: Hyperion.

Anthony Slide (Hrsg.) (2015). *It's the Pictures That Got Small: Charles Brackett on Billy Wilder and Hollywood's Golden Age.* New York: Columbia University Press.

Maurice Zolotow (1977). *Billy Wilder in Hollywood.* London: W. H. Allen.

*

Einzelne Episoden und einige wörtliche Zitate von Billy Wilder, die im Roman enthalten sind, stammen aus folgenden Quellen[1]:

S. 37, passim: Iz Diamonds höchster Ausdruck der Begeisterung: „Warum nicht?!"
Ed Sikov (1998), S. 389.

S. 56: „Ich kann ja keine Filme für sechs Leute in Bel Air machen ..."
Maurice Zolotow (1977), S. 179.

---

1 Anm. d. Übers.: Für die deutsche Ausgabe wurden einzelne Zitate durch deutschsprachige Quellen ersetzt oder ergänzt sowie einige Anmerkungen hinzugefügt (diese sind mit * gekennzeichnet). Die im Roman enthaltenen Zitate aus Billy Wilders Filmen sind – sofern sie den Originalwortlaut angemessen wiedergeben – den jeweiligen deutschen Synchronfassungen entnommen.
Die Übersetzerin dankt Jonathan Coe für den langen, engagierten Austausch über (film)historische Details und kaleidoskopische Quellen und für die vielen Hinweise, die in diese Übersetzung eingeflossen sind.

S. 105: * „Billy will die Szene umschreiben und sie im Studio drehen …"

Die Szene wurde tatsächlich in München nachgedreht, am Ende aber herausgeschnitten, weswegen man sie in *Fedora* vergeblich sucht (siehe Ed Sikov [1998], S. 558).

S. 108: „Genauso gut könnten Sie einen Bankräuber fragen, warum er Banken ausraubt …"
Robert Horton (2001), S. 144.

S. 112: „Colin, ich möchte, dass du in dieser Szene spielst wie Laughton und tanzt wie Nijinsky …"
Maurice Zolotow (1977), S. 236.

S. 113: „Billy hatte mal ein Meeting mit einem Produzenten …"
Maurice Zolotow (1977), S. 236.

S. 141: „Du hast erzählt, deine Frau lasse gerade eure Wohnung neu tapezieren …"
Anthony Slide (2015), S. 251.

S. 152: „Der Führer der Nationalsozialisten, Adolf Hitler, ist soeben von dem Herrn Reichspräsidenten von Hindenburg zum Reichskanzler ernannt worden …"
Zitiert nach Ansgar Diller (1980). *Rundfunkpolitik im Dritten Reich.* München: dtv, S. 56.

S. 153: „… sahen wir, wie sie am helllichten Tag auf der Tauentzienstraße einen alten Juden zusammenschlugen …"
Ed Sikov (1998), S. 86; Gundolf S. Freyermuth (1986). „Billy the Hit" (Porträt Billy Wilder und Interview). In: *Stern* 26 (19. Juni 1986), S. 21.

S. 196: „Unter einer Bedingung: Bei der Kreuzigung werden echte Nägel verwendet."
Maurice Zolotow (1977), S. 137.

* Werner Krauß, der nicht zuletzt wegen seiner Darstellungen von jüdischen Charakteren im antisemitischen Propagandafilm *Jud Süß* (1940) oder im *Kaufmann von Venedig* am Wiener Burgtheater (1943) auf Hitlers „Gottbegnadeten-Liste" der wichtigsten Künstler stand, wurde nach dem Krieg zeitweilig mit einem Berufsverbot belegt und schließlich von einem Entnazifizierungsgericht als „minderbelastet" eingestuft. Ende der Vierzigerjahre kehrte er als Ensemblemitglied ans Burgtheater zurück. 1954 wurde er mit dem Bundesverdienstkreuz der BRD ausgezeichnet. Um die Rolle des Jesus bei den Oberammergauer Passionsspielen hat er sich nicht beworben. (Die „echten Nägel", die der Umerziehungsoffizier Billy Wilder zur „Bedingung" für die Teilnahme an dem Laienspiel machte, waren auf mehrere Darsteller mit einschlägiger NS-Vergangenheit gemünzt.)

S. 197: „Aber sie haben alle Bleistifte gestohlen."
Aus dem Dokumentarfilm *Billy Wilder, wie haben Sie's gemacht?* (1992). Billy Wilder im Gespräch mit Volker Schlöndorff und Hellmuth Karasek (Teil 2). Regie: Gisela Grischow und Volker Schlöndorff.

S. 200 f.: „Da war ein ganzes Feld, eine ganze Landschaft von Leichen …"
Hellmuth Karasek (2015), S. 306.

S. 202: „Wenn die Konzentrationslager und die Gaskammern nur Einbildung waren, wo ist dann meine Mutter?"
Billy Wilder (1994). „Man sah überall nur Taschentücher". In: *Süddeutsche Zeitung Magazin*, 7, 18. Februar 1994, zitiert nach

Christoph Weiß (Hrsg.) (1995). *„Der gute Deutsche": Dokumente zur Diskussion um Steven Spielbergs* Schindlers Liste *in Deutschland.* St. Ingbert: Röhrig Universitätsverlag, S. 43.

S. 204: „Wenn es ein großer Erfolg wird, ist es meine Rache an Hollywood. Wenn es ein Flop wird, ist es meine Rache für Auschwitz."
Robert Horton (2001), S. 145.

S. 208, passim: „Bidet nicht aufzutreiben …"
Maurice Zolotow (1977), S. 235.

S. 217: „Audrey, ich würde den Boden küssen, auf dem du gehst …"
Hellmuth Karasek (2015), S. 326.

S. 224: * *Dans chaque rue, il y a un inconnu qui rêve d'être quelqu'un* … (Filmplakat zu *Taxi Driver*): „In jeder Straße gibt es einen Niemand, der davon träumt, jemand zu sein. [Travis Bickle] ist ein einsamer, vergessener Mann, der verzweifelt zu beweisen versucht, dass es ihn gibt."

S. 232: „… und jetzt fühle ich mich wie der Klavierspieler in einem Bordell …"
Ed Sikov (1998), S. 558.

S. 235: „In dieser Zeit hätte ich *drei* lausige Filme drehen können …"
Rex McGee (1979), S. 32.

S. 236 f.: „Stell dir eine Familie in Düsseldorf vor …"
Robert Horton (2001), S. 160.

S. 239: * „Herr Ober, bitte einen Tänzer!"
Titel einer Fortsetzungsreportage über seine Erlebnisse als Ein-tänzer, die Billie Wilder im Januar 1927 für die *Berliner Zeitung am Mittag* schrieb.
Billy Wilder (1996). *Der Prinz von Wales geht auf Urlaub: Berliner Reportagen, Feuilletons und Kritiken der zwanziger Jahre*, hrsg. v. Klaus Siebenhaar. Berlin: Fannei & Walz.

S. 241: „Frankreich ist das Land, wo einem die Geldscheine in der Hand zerfallen, man das Klopapier aber nicht abreißen kann …"
Hellmuth Karasek (2015), S. 327.

S. 242 ff.: „*Brie de Meaux* …"
In der Dokumentation *Swan Song: The Story of Billy Wilder's Fedora* erinnert sich der Produktionsleiter Harold Nebenzal: „Wir haben auf dem Bahnhof von Mortcerf, außerhalb von Paris, ge-dreht. Wir mussten warten, bis es dunkel wurde. Ich fuhr zusam-men mit Billy dorthin, und unterwegs kamen wir durch Meaux. Und der Fahrer sagte zu Billy: ‚Wissen Sie, hier machen sie den guten Brie.' Er sagte: ‚Brie? Wunderbarer Käse. Können wir ihn vielleicht probieren?' ‚Aber sicher, Monsieur!' Wir fuhren also von einem Bauernhof zum nächsten, traten ein, kosteten den Käse hier und da, dazu ein Glas Wein hier, ein Stück Brot dort, und – was für Billy Wilder völlig ungewöhnlich war – wir trafen verspätet am Drehort ein. VERSPÄTET! Ich glaube, das war Billy in seinem ganzen Leben noch nicht passiert …"

S. 255: * „Hunderte und Aberhunderte von Zeilen – die kom-plette gesprochene Darbietung von Marthe Keller und Hildegard Knef – landeten im Müll und wurden durch die flache, monotone Stimme von Frau Bunsch ersetzt."

In der deutschen Synchronfassung werden beide Parts von Hildegard Knef gesprochen.

S. 260: „So war das in unserem Drehbuch nicht vorgesehen …"
Ed Sikov (1998), S. 580.

S. 263: „Ich habe gar nicht mehr auf die Schauspieler geachtet …"
Diese Geschichte über Billy Wilders Reaktion auf den Film *Schindlers Liste* hat mir Volker Schlöndorff während eines Gesprächs bei ihm zu Hause in Berlin am 13. März 2020 erzählt.

Inhalt

Die Arbeit der Übersetzerin am vorliegenden Text wurde im Rahmen des Programms „NEUSTART KULTUR" aus Mitteln der Beauftragten der Bundesregierung für Kultur und Medien vom Deutschen Übersetzerfonds gefördert.

Die Drucklegung erfolgte mit freundlicher Unterstützung durch die Abteilung für deutsche Kultur in der Südtiroler Landesregierung.

TransferBibliothek CLVIII

Die Originalausgabe ist 2020 unter dem Titel *Mr Wilder and Me* bei Viking, London, erschienen.

Lektorat: Joe Rabl

Zweite Auflage
FOLIO Verlag Wien • Bozen 2021

© Umschlagmotive: Fosco Maraini/Proprietà Gabinetto Vieusseux, © Fratelli Alinari;
Bridgeman Images; Mary Evans Picture Library
Grafische Gestaltung und Umschlag: Dall'O & Freunde
Druckvorbereitung: Typoplus, Frangart
Printed in Europe

ISBN 978-3-85256-833-1

www.folioverlag.com

E-Book: ISBN 978-3-99037-112-1